KB238690

FANTASTIC ORIENTAL HEROES
설봉 新무협 판타지 소설

십검애사 6

설봉 新무협 판타지 소설

초판 1쇄 찍은 날 § 2012년 8월 9일
초판 1쇄 펴낸 날 § 2012년 8월 16일

지은이 § 설봉
펴낸이 § 서경석

편집부장 § 권태완
편집책임 § 주소영

펴낸곳 § 도서출판 청어람
등록번호 § 제1081-1-89호
등록일자 § 1999. 5. 31
어람번호 § 제2-2249호

주소 § 경기도 부천시 원미구 심곡2동 163-2 서경B/D 3F (우) 420-822
전화 § 032-656-4452 팩스 § 032-656-4453
http://www.chungeoram.com
E-mail § chungeoram@chungeoram.com

© 설봉, 2012

ISBN 978-89-251-2968-6 04810
ISBN 978-89-251-2806-1 (세트)

十劍哀史

FANTASTIC ORIENTAL HEROES
설봉 新무협 판타지 소설

십검애사

[완결]  6

여세장별(與世長別)
세상을 떠나다

도서출판 청어람

제36장 공개수련(公開修練)   7

제37장 멸문(滅門)   55

제38장 당랑거철(螳螂拒轍)   91

제39장 고사(古事) 재현(再現)   139

제40장 난전(亂戰) 난사(亂死)   189

제41장 농사(弄事)   239

제42장 원흉수악(元凶首惡)   285

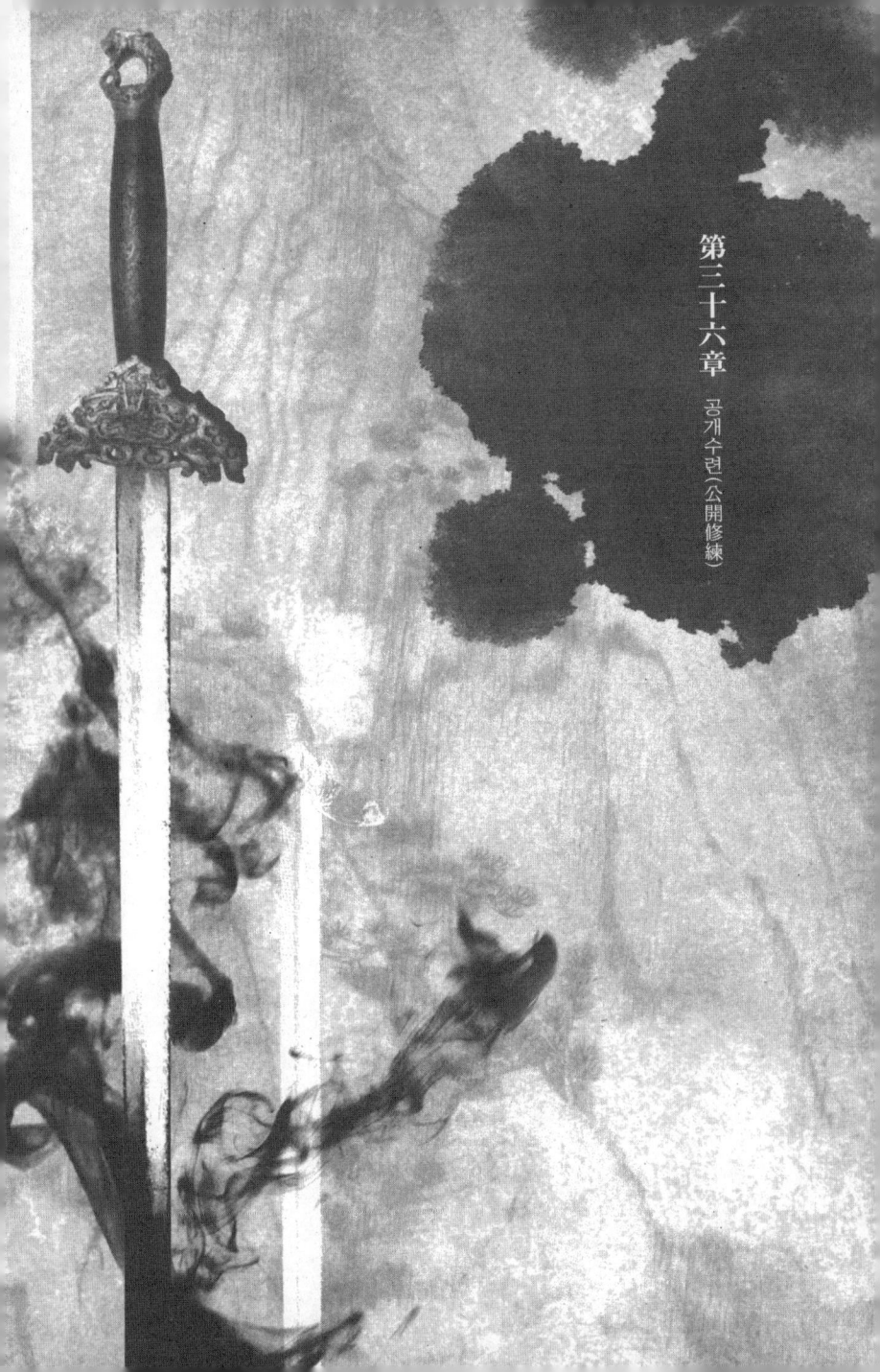

第三十六章 공개수련(公開修練)

1

타탁! 타탁! 타타탁!

모닥불이 타들어간다.

맹삼력은 묵묵히 불을 지폈다. 불길이 일정하게 올라오도록 나무를 집어넣기도 하고, 빼기도 했다.

"키킥! 키키킥!"

검치가 웃으면서 술을 마셨다.

그는 무엇이 그리 즐거운지 거의 한 시진 동안을 미친 듯이 웃고 있다.

루주는 모닥불 옆에 드러누워서 하늘을 올려다보고 있다.

그의 전신은 피투성이다. 머리끝부터 발끝까지 터지지 않은 곳이 없다. 얼굴은 퉁퉁 부었고, 겉으로 드러난 손등은 시커먼

명으로 살 색깔이 변했다.

그는 밤하늘을 올려다본다.

온몸이 죽었는데 두 눈만 살아서 움직인다.

"키킥! 키킥! 꿀꺽꿀꺽! 키킥!"

검치의 웃음소리가 고요한 밤 공기를 뒤흔든다.

그는 술을 마신다. 웃는다. 키득거리면서 혼자서 웃는다. 그러다가 생각난 듯이 술을 마신다.

맹삼력은 그 모습을 유심히 관찰해야 한다.

술이 떨어지기 전에 새 술병을 옆에 갖다 놓아야 한다. 그렇지 않으면 당장 돌멩이가 날아온다. 루주를 향해서 던졌던 십검이 자신에게 쏘아진다.

"늙은이……."

죽은 듯이 누워 있던 루주가 입을 열었다.

'늙은이?'

맹삼력은 소스라치게 놀랐다.

입으로 '늙은이'라는 말을 토해낼 때는 공격받아도 좋다는 뜻이다. 검치는 늘 십검을 쓰니…… 십검으로 공격해 보라는 뜻으로 받아들여도 상관없다.

몰골이 말이 아닌데 또 싸우나?

"늙은이… 힘이 빠진 건가? 마지막 일검…… 이상했어."

"키킥! 키킥! 꿀꺽꿀꺽!"

"늙은이… 구검까지는 이상없었는데…… 마지막 일검은 위력이 떨어졌어. 그렇지 않았다면 내 머리통이 박살 났을 텐데.

덕분에 살았어. 왜 살려둔 거지?"

"미친놈, 살려줘도 지랄이야."

보다 못해서 맹삼력이 중얼거렸다.

그는 검치의 눈치를 살폈다.

검치가 미친 척하고 돌멩이 하나라도 집어 들면 그때는 정말 끝장이다. 손가락 하나 꿈지럭거리지 못하는 놈이 무슨 수로 십검을 감당하겠나. 그런데,

"늙은이, 한 번 더 할까?"

루주가 억지로 몸을 일으켰다. 아니, 일으키려고 했다. 하지만 움직이지 못한다. 너무 두들겨 맞아서 고개조차 들지 못한다. 몸을 일으키려고 몸부림치지만, 바르르 경련을 일으킬 뿐이다.

검치의 돌멩이가 그의 혈을 강타했다.

지법으로 혈을 찍는 것보다 더 큰 충격으로 혈도를 무너뜨렸다.

루주는 지금 죽음보다 더한 고통에 시달리고 있다. 피의 순환이 원활하지 않아서 머리가 어지러울 게다. 정신이 깜빡깜빡할 게다. 뱃속에서는 구역질이 치밀 게다.

마혈이 짓뭉개졌다. 혼혈도 무너졌다. 모든 혈이 정말 제대로 망가졌다.

"가만히 있어. 미친놈. 너 정말 더 맞으면 큰일 나."

맹삼력이 루주의 입을 틀어막았다.

그가 염려하는 사람은 루주뿐만이 아니다. 제정신을 놓아버

린 듯, 죽을 만큼 두들겨 맞은 후에도 계속 앙살을 부리는 루주도 문제지만 다른 사람들도 걱정된다.

근처에는 세 여인이 있다.

주설언, 팽가연, 그리고 취취.

그녀들도 루주만큼이나 불안하다.

사랑이라는 이름으로 무장한 사람만큼 물불 안 가리는 사람도 없을 게다.

특히 주설언!

그녀가 들입다 달려들면 그야말로 막막하다.

검치는 여인이라고 봐주지 않는다. 어린아이가 달려들어도 십검을 날리는 사람인데, 여인이라고 봐주겠나.

그녀들은 구급약을 가지고 왔다. 하지만 이십 장 안으로 들어서지 못한다. 검치가 들어서라는 말을 하지 않았기 때문에 멀리서 지켜보기만 한다.

그녀들은 검치를 상대하지 못한다.

행여 시험할 생각은 꿈도 꾸지 말아야 한다.

검치는 미쳤다. 제정신이 아니다. 그가 살검을 쓰면 그 누구도 제지하지 못한다. 또 책임도 묻지 못한다. 미쳤지 않은가. 미친 사람에게 어떤 책임을 물을 수 있는가.

또 그는 명실공히 천하제일인이다.

무공으로 그에게 책임을 물을 수 있는 사람은 아무도 없다.

개개인은 물론이고 명문정파에 몸담은 사람들도 검치 앞에서는 눈치를 본다. 미친놈이 발광하지 않기만 고대하면서 검치가 원하는 것을 들어준다.

십검은 무적이다.

여러 명이 합공을 하든 절정무공으로 달려들든…… 지금까지 십검을 이겨낸 사람이 없다.

주설언이 죽은 듯이 누워 있는 루주를 봤다.

그녀는 당장에라도 달려들려고 했다. 하지만 팽가연이 말렸고, 취취가 말렸다.

두 여인은 주설언을 이기지 못한다.

계속 말리다가는 검치와 싸우기 전에 천멸독경을 먼저 상대해야 할 지경까지 이르렀다.

하지만 그런 주설언도 맹삼력의 만류에 우뚝 멈춰 섰다.

"루주를 죽이고 싶은 거야! 지금 저 상태에서 혈 한 대만 맞으면 절명이라는 거 몰라!"

주설언은 맹삼력의 일갈에 주저앉았다.

그녀는 눈을 부릅뜬 채 검치를 노려본다.

그녀는 자신이 수련한 천멸독경으로 승부를 보고 싶어 한다. 그것이면 검치를 누를 수 있다고 생각한다. 아니, 사실 그런 생각은 하지 않는다. 이제 갓 무공을 배우기 시작한 그녀가 어찌 검치를 이겨낼 수 있겠나.

검치를 이긴다는 건 꿈에서도 불가능하다.

그녀가 원하는 것은 찰나의 틈이다.

검치를 꼭 이길 필요는 없다. 검치와 싸우다가 죽어도 괜찮다. 자신이 검치와 싸우는 동안에 팽가연이 루주를 빼내올 수 있지 않겠나. 그거면 만족한다.

그녀가 결전을 벌이지 않은 것은 검치가 더 이상 십검을 쓰지 않기 때문이다.

검치가 루주를 공격하지 않는다.

루주도 더 이상 목검을 깎지 않는다.

두 사람은 모닥불 가에 있다. 검치는 술을 마시면서 웃는다. 루주는 멀거니 누워 있다.

이런 평화는 루주가 먼저 공격을 멈췄기 때문에 가능하다. 반항을 멈췄기 때문이다. 그래서 검치도 공격을 멈췄다. 루주가 다시 목검을 든다면 검치도 반격할 게다.

그렇다고 안심하기는 이르다.

검치는 술만 마시고 있다. 하지만 언제 태도가 바뀔지 모른다. 몇 시진 전처럼 루주를 알아보고 선제공격을 가할 수도 있다. '죽일 놈'이라고 하면서 십검을 쏟아낼 수도 있다.

지금의 고요는 한시적이다. 언제 깨질지 모른다.

검치에게서 이성적인 판단을 기대하면 곤란하다.

검치는 눈앞에서 검을 드는 자가 있으면 누가 되었건 우선 제압하고 본다. 강력한 무공으로 늘씬 두들겨 패주거나, 아니면 아예 절명시켜 버린다.

죽음도 그에게는 별것 아니다.

차라리 지금처럼 미쳐 있는 게 낫다. 지금은 술만 떨어지지 않게 대주면 아무런 탈도 일어나지 않는다.

그런데, 루주가 먼저 시비를 걸고 있으니.

"늙은이… 한 번 더 해보자고."

그가 꿈틀거렸다.

맹삼력은 급히 그의 어깨를 짓눌렀다.

"제발…… 제발 조용히 좀 하자. 사람 좀 살자. 나도 좀 살아야 할 거 아니냐. 내일 아침 다시 지랄하고, 오늘 밤은 좀 쉬자. 나도 하루 종일 두들겨 맞았어, 이놈아."

그제야 루주가 잠잠해졌다.

잠이 들었나?

루주는 심유하게 가라앉은 눈으로 밤하늘을 올려다보고 있었다.

"저 사람… 저대로 못 놔두겠어요."

주설언이 조용히 말했다.

낮에처럼 들뜬 음성이 아니다. 차분하게 착 가라앉아서 속삭인다는 느낌마저 들게 한다.

그녀가 결심을 굳혔다.

"안 그랬으면 좋겠는데."

팽가연이 미간을 찌푸리면서 말했다.

주설언은 듣지 않았다. 차분하게 손가락을 꿈지럭거렸다. 하독할 손을 부드럽게 푼다.

팽가연도 이번에는 낮에처럼 억지로 말리지 않았다. 대신

죽은 듯이 누워 있는 루주를 뚫어지게 쳐다보면서 말했다.

"루주를 믿어?"

"……."

"나보다 더 잘 알겠지. 그가 어떤 사람이란 건. 그럼 물어볼게. 그가 무모하게 목숨을 던질 사람처럼 여겨져? 그가 자살하려고 검치에게 덤빈 거야?"

"어떤 마음으로 싸운 건지는 알아요."

그녀가 품을 뒤졌다.

추명오독을 점검하는 것 같다.

추풍혈사분, 망지독, 혈선과액, 흑산, 절명…… 모든 것을 한꺼번에 터뜨리려는 듯 꼼꼼하게 만져본다.

"옛날이야기 하나 해줄게. 옛날, 남만(南蠻)에 화독문(火毒門)이라고 있었어. 한때는 독으로 사천당문과 어깨를 나란히 할 정도로 성세를 떨친 문파야. 그런데 그 문파가 어느 날 갑자기 멸절됐어. 한 사람도 살아남지 못하고 모두 절명했지."

주설언의 어깨가 바르르 떨렸다.

그녀가 무슨 이야기를 하는지 안다.

천멸독경상에는 독문에 대한 이야기가 많이 나온다. 중원에 존재했던 옛 독문들부터 비교적 최근에 성세를 드러낸 문파까지 총망라되어 있다.

그들 문파에서 주로 사용하는 독이 무엇이며, 어떤 하독 방법을 쓰는지 읽어봐서 안다.

팽가연이 말한 화독문에 대한 글도 읽었다.

그들을 멸절시킨 사람은 검치다.

화독문이 거의 세 가마니에 이르는 독을 뿌려댔는데도 검치를 어쩌지 못했다.

독이 약했나? 평소 화독문은 독분을 손톱 밑에 숨겨놓고 다닌다.

손톱 밑에 넣을 정도…… 그 정도면 절정 고수를 절명시킬 수 있다.

그런 독분을 세 가마니나 퍼부었는데도 검치를 살상하지 못했다. 뿐만 아니라 화독문이 멸절당했다. 단 한 명도 요행을 바라지 못하고 죽었다.

검치를 상대할 수 있는 사람은 없다.

병기의 종류를 불문하고, 독이나 화약을 막론하고…… 온갖 암계를 동원해도 검치는 죽이지 못한다. 그는 불사조다. 영원히 죽지 않는 불새다.

천멸독경은 강하다.

백인대나 살천루의 십간조도 천멸독경만은 꺼린다.

하지만…… 검치에게는 안 된다. 이것이 객관적인 평가이자 팽가연의 사적인 견해다.

팽가연이 말했다.

"내 생각에 검치 저 사람은 만독불침(萬毒不侵)인 것 같아. 독으로 죽일 수 없는 사람이지. 차라리 내 칼이 독보다 더 나을 것 같아. 그러니 정 하겠다면 내가 나설게."

팽가연이 칼을 만졌다.

주설언은 팽가연을 쳐다봤다.

그녀의 표정…… 그녀의 각오…… 그녀를 지켜봄으로써 그녀의 생각을 읽으려고 애썼다.

그녀는 왜 죽을지도 모를 일에 끼어드는 것일까?

검치를 상대하지 못하는 것은 자신이나 그녀나 매일반이다. 그녀가 혼원벽력도를 수련해 냈지만 검치의 십검은 상대하지 못한다. 이건 분명하다.

그녀는 루주도 상대하지 못했다. 그런 칼로 검치를 상대한다는 건 자살행위다.

그녀는 왜 죽음 속으로 뛰어드는 걸까?

"언니, 하나만 물을게요."

"얼마든지."

"뭐죠?"

"……?"

"저는 저 사람 부인이에요. 감히 부인 소리를 들을 처지는 아니지만, 마음으로는 그렇게 생각해요. 그러니 제가 죽는다는 건 당연한 거예요. 언니는 뭐죠?"

"……"

팽가연은 아무 소리도 못했다.

그녀는 놀란 얼굴로 주설언만 쳐다봤다.

무슨 말인가 하려고 입술을 달싹거렸다. 하지만 말이 되어 나오지 않는다. 어떤 말도 변명에 불과한 것 같고…… 이치에 맞지 않고…… 마음에 내키지 않는다.

주설언이 고개를 끄덕였다.

"그렇군요."

팽가연은 이 말에도 반박하지 못했다.

먼저처럼 입술을 달싹거렸다. 분명히 무슨 말인가를 해야 한다고 생각했다. 그런데 아무 소리도 나오지 않는다.

주설언이 다시 주저앉았다.

"언니 말을 들을게요."

"…왜?"

주설언이 활짝 웃는 얼굴로 말했다.

"언니나 저나 저 사람을 생각하는 마음은 똑같잖아요. 똑같은 마음, 똑같은 눈으로 보고 있잖아요. 제 눈에는 그렇게 보여요. 언니도 똑같다고. 안 그래요?"

"아니. 난 그저……."

"됐어요. 아니라고 해요."

주설언이 믿지 않는다는 듯 픽 웃었다.

툭! 툭! 툭……!

무언가 맑은 소리 같기도 하고, 둔탁한 소리 같기도 하고 이상한 소리가 들려서 눈을 떴다.

그사이에 깜빡 잠이 들었나 보다.

주설언은 소리가 들린 곳으로 고개를 돌렸다. 순간,

"헉!"

그녀는 자신도 모르게 헛바람을 내질렀다.

어느새 날이 밝아오고 있다. 어둠이 물러가고 새벽이 밝아온다. 그런데 이 새벽에 좋지 않은 일이 일어나고 있다.

검치가 발밑에 나뒹구는 작은 돌멩이로 루주를 격타하고 있다.

그에게는 장난처럼 보인다. 심심파적으로 어린아이가 물 위에 수제비를 뜨듯이 돌을 던져댄다.

그런데 격타당하는 루주의 몸에서 아주 좋지 않은 소리가 들린다.

퍽! 퍽! 퍽!

돌멩이가 날아들 때마다 살이 푹푹 들어간다.

팔에 맞을 때는 충격이 얼마나 컸던지 손이 위로 툭 쳐들리기까지 했다.

더욱 기가 막힌 것은 루주의 최측근이나 다름없는 맹삼력이 돌멩이를 끊임없이 공급해 주고 있다는 점이다.

검치는 던지고, 맹삼력은 흩어진 돌멩이를 주워서 검치 발밑에 쌓아놓는다.

그런 일이 계속 반복되고 있다.

"저, 저것……!"

주설언은 매우 분노했다.

너무 분노해서 살이 부르르 떨렸다. 눈에 핏발이 서고 피가 확 솟구쳤다.

이게 사람이 할 짓인가!

죽은 사람에게도 저런 짓은 하지 못한다. 하물며 산 사람이다. 어떻게 산 사람에게 저런 식으로 장난을 친단 말인가.

그녀는 분노해서 벌떡 일어섰다. 그때,

쿡!

그녀는 몸을 일으키기도 전에 부드러운 손에 짓눌려 다시 주저앉고 말았다.

팽가연이다. 그녀가 말했다.

"이럴 줄 알고 깨우지 않았어."

"뭐, 뭐라고요!"

"가만히 있어. 지금 끼어들면 안 돼."

"뭐라고요!"

"쉿! 조용히. 조용히 하고 보자."

주설언은 팽가연의 태도가 이해되지 않았다.

그녀는 분명히 루주를 마음에 두고 있다. 그런 표정, 마음, 행동을 읽었다. 그래서 어젯밤에 결단을 내리려다가 그녀의 말을 듣고 참기까지 했다. 한데 그런 여자가 어찌 저런 모습을 보고도 태연할 수 있단 말인가.

그녀는 숨을 크게 들이쉬며 차분해지려고 애썼다. 그러면서 감정을 짙게 억누른 음성으로 말했다.

"제가 잘못 봤군요. 전 언니도 저와 같은 마음인 줄 알았어요. 그래서 안심하고 있었어요. 언니와 제가 같은 마음이기에."

"같아."

이번에는 팽가연이 분명히 말했다.

그녀는 부인하지 않았다. 즉시 시인했다. 그리고 흐트러짐 없는 눈빛으로 말했다.

"그래! 나… 저 사람에게 흥미 있어. 하지만 동생 사랑을 가로챌 정도로 후안무치는 아냐. 그러니 그 부분은 안심해도 좋아. 됐어? 같은 마음이야. 그 마음으로 기다리는 거야. 지금은 안 돼!"

팽가연이 단호하게 말했다.

취취가 불안해하는 그녀의 옷소매를 잡아끌었다.

"확실하지는 않은데…… 저거 격공타혈(隔空打穴) 같아요."

"격공타혈?"

주설언은 취취의 말을 알아듣지 못했다.

천멸독경을 수련했다고 해서 무림의 모든 용어에 익숙한 것은 아니다.

솔직히 격공타혈이라는 말, 지금 처음 듣는다. 그러니 그게 무슨 수법인지 알 턱이 없다.

취취가 그녀의 마음을 눈치챈 듯 말했다.

"허공을 격하고 혈도를 타혈하는 수법인데… 아씨도 확실하지 않아서 딱 부러지게 말하지는 못하는데…… 지금 꼭 그런 것 같아요. 루주 안색을 보세요. 격타당하고 있는데도 편안해 보이잖아요. 마치 잠을 자는 사람 같아요."

주설언은 그제야 루주의 안색을 살폈다.

시선이 거기까지 돌아가지 못했다. 그가 두들겨 맞는 사실에 눈이 확 뒤집혔다. 피가 끓었다. 그래서 다른 부분은 살피지 못하고 오직 맞는 모습만 보였다.

취취의 말대로 루주를 봤다. 안색을 살폈다.

그는 매우 편안해 보인다.

쉬익! 픽! 턱!

돌멩이가 날아가 그를 두들긴다. 충격을 받은 살이 퍽퍽 들어간다. 한데도 그는 매우 편안해 보인다.

혈색도 좋아졌다.

어제저녁만 해도 먹칠을 해놓은 듯 시커멨는데, 지금은 불그스름하니 딱 보기 좋다.

그녀는 혀를 내밀어 바싹 마른 입술을 적셨다.

아무리 좋은 방법이라고 해도 그녀의 애간장은 바싹 타들어갔다.

2

굵은 비를 쭉쭉 뿌려대던 하늘이 갑자기 싹 개이면서 뜨거운 태양 볕을 쏟아내기 시작한다.

마치 그와 같은 일이 루주에게 일어났다.

루주는 금방이라도 죽을 듯이 위태로워 보였다. 한데 아침 내내 돌팔매질을 당한 후에는 일어나 앉았다. 일어나 앉은 후에도 돌팔매질은 계속 이어졌고, 루주는 묵묵히 맞았다.

그게 나쁜 건 아니다.

루주의 얼굴색을 보면 알 수 있다. 표정이 한결 좋아졌다. 화색이 도는 얼굴을 보니, 이제는 조금 사람다워 보인다.

점심을 넘긴 후에는 더 좋아졌다. 큰 걱정을 하지 않아도 될 정도까지 이르렀다.

그야말로 검은 구름이 물러가고 맑은 햇살이 떴다.

그런데…… 오후에 들어서면서 불안이 다시 일어난다. 두 사람의 행동이 심상치 않다.

검치가 목검을 깎기 시작했다.

루주도 목검을 깎는다.

두 사람은 아무 말도 하지 않고 묵묵히 열 자루의 목검을 준비하기 시작했다.

맹삼력의 표정도 심상치 않다.

그는 딱딱하게 굳은 얼굴로 온갖 구급약을 준비하기 시작했다.

지혈제에서부터 살을 꿰맬 때 사용할 실과 바늘까지 꼼꼼하게 준비한다.

이게 무슨 의미인지는 삼척동자도 안다.

"저 사람… 말릴 수 없어요?"

주설언이 금방이라도 울음을 터뜨릴 것 같은 얼굴로 맹삼력을 다그쳤다.

맹삼력이 고개를 가로저었다.

하기는 지금 분위기로는 그도 어쩌지 못할 상황이다. 검치와 루주의 냉랭함이 하늘을 찌른다. 마치 철천지원수끼리 외나무다리에서 만난 것 같다.

두 사람 중에 한 사람이 죽기 전까지는 싸움이 그치지 않는다.

이것은 단순한 예감이 아니다.

두 사람을 지켜보는 사람이라면 어느 누구라도 같은 생각을 하게 될 것이다. 둘 중 어느 한 쪽이 죽기 전까지는 결코 끝나지 않을 싸움이라고.

"이야기 좀 하고 싶어요. 이야기도 안 돼요?"

"너까지 왜 이러니. 그러잖아도 심사가 복잡해서 미치겠구면."

"전 더 미치겠어요."

맹삼력은 눈물이 그렁그렁 고인 주설언을 쳐다봤다.

"휴우!"

한숨이 새어 나온다.

주설언을 보고 무슨 말을 할 수 있으랴. 사랑하는 사람이 곧 죽을지도 모르는데 말 한마디 나눌 수 없다는 게 말이 되는가. 그것도 멀리 있다면 모를까 사람이 코앞에 있는데.

맹삼력이 그녀의 어깨를 다독이며 말했다.

"옛날에 이랬다. 죽기 아니면 까무러치기라는 심정으로 목검을 깎았다. 맞고 맞고 또 맞고…… 정말 죽어라고 맞았다. 너무 맞아서 견딜 수 없을 때, 도망쳤다. 정말 죽을지도 모른다는 생각에 도망쳤다. 저 늙은이… 정말 죽일 생각이니까."

"도대체 왜 그런데요? 왜 죽이지 못해서 안달인데요? 그래도 사부잖아요. 제자잖아요."

"사부는 개뿔… 미쳤잖니."

순간, 할 말이 없어졌다.

사부가 미쳐서 제자를 패 죽이겠다는데 무슨 할 말이 있는가. 제지할 힘도 없고, 설득도 통하지 않고…… 무조건 도주할 수밖에 없는 상황이니 답답하기 그지없다.

"그래서 금제를 당한 건가요?"

팽가연이 나섰다.

"금제는 모두 풀렸다."

"그럼 아침에 그게……."

"풀리면 뭐하나. 옛날에는 더 펄펄 날았다. 그래도 안 됐지. 지금 끼어들면 모두 죽는다. 저 늙은이 모두 죽이고도 남아. 정 죽기를 원하면 이 싸움이 끝난 다음에 끼어들어라. 저놈이 죽은 다음에 끼어들어. 그래도 늦지 않아."

"어쩌면 그런 말을…… 너무 야속하세요."

"그럼 어쩌누. 저 늙은이를 불러오라고 한 게 저놈인데. 그래도 한 가닥 믿을 수 있는 건… 저놈…… 내가 보기엔 십검을 얻었다. 완벽하게 얻었어."

"완벽하게 얻은 사람이 그렇게 얻어맞아요?"

"능숙함의 차이지."

맹삼력의 말이 거짓처럼 들린다. 위안일 뿐이다.

루주는 단 한 차례도 반격을 가하지 못했다. 그토록 빠른 검이 검치의 옷자락도 스치지 못했다.

　목검과 목검이 부딪치면서 갈라진다.

　그 순간 다른 검이 튀어나온다. 비도를 날린 것보다 훨씬 빠른 손길이 이어진다.

　그 속도에서 뒤진다.

　검치가 십검을 전개할 동안 루주는 겨우 사검에서 오검 정도밖에 펼쳐 내지 못한다.

　확연한 기량 차이다. 수준 차이다.

　그래서 팽가연의 절망이 더 깊어진다.

　그녀는 루주와 겨뤄봤다. 그래서 루주의 무공을 안다. 그의 빠름과 강함을 안다.

　그런 루주가 어린아이처럼 당하고 있다.

　이런 괴물을 무슨 수로 상대한단 말인가.

　괴물이라는 점에서는 루주도 만만치 않다. 그는 언제든 마음만 먹으면 죽일 수 있는 인물에서 이제는 극초강자로 인정받는 위치에까지 올랐다.

　이들 사제는 하나같이 괴물이다.

　"저 사람들, 예전에는 어떻게 결판났어요?"

　팽가연이 물었다.

　"결판은 무슨…… 깨박살났지. 십검이면 똑같은 십검인가? 아무래도 늙은이가 더 낫지. 피곤죽이라는 말, 들어봤지? 그렇게 맞았어. 옛날에."

　"우리가 뭐 할 건 없어요?"

"없어. 지켜보는 수밖에. 할 게 있었으면 내가 벌써 했지, 지금까지 가만히 있겠어? 다행히 루주가 십검을 어느 정도는 알아낸 것 같으니까 지켜보자고."

맹삼력은 오랜만에 두 발을 죽 뻗고 쉬었다.

사각! 사각! 사각!

두 사람이 부단히 목검을 깎는다.

목검을 깎는 솜씨도 검치가 빠르다. 그는 순식간에 열 자루를 만들었는데, 루주는 이제 일곱 자루째 깎고 있다.

다행히도 이 부분에서만큼은 검치도 재촉하지 않았다.

그가 팔베개를 하고 누웠다.

기습 생각이 절로 나게 만드는 방심이다. 슬그머니 기어가서 목검을 내리치면 여지없이 격타당할 것 같다. 아무런 반항도 못할 것처럼 보인다.

검치는 그런 방심을 루주 앞에서 태연히 보였다.

칠 테면 쳐봐.

검치가 자신만만하게 말한다. 말 같은 것은 할 필요가 없다는 듯이 강한 행동으로 자부심을 토해낸다.

사각! 사각! 사각……!

목검 깎는 소리가 조용히 울렸다.

이윽고 열 자루가 완성되었다.

루주는 목검 열 자루를 옆에 놓고 조용히 침묵했다.

검치는 누워 있다. 루주는 앉은 자세로 돌부처가 되었다. 두 사람 모두 아무 소리도 하지 않고, 자신이 만든 목검에 눈을 돌리지도 않고…… 편안하게 앉거나 누워서 휴식을 취한다.

휴식? 아예 잠든 것 같다. 그럴 리는 없지만 잠을 자는 것처럼 보인다.

"다 했냐?"

한참 만에 새어 나온 말이다.

"다 했다."

"다 했다?"

검치의 말꼬리가 위로 쳐들렸다.

"왜? 기분 안 좋아?"

"쯧! 저런 놈도 제자라고…… 이놈아, 사부한테는 존댓말을 쓰는 법이야."

"후후! 사부가 사부 같아야지. 당신 같은 사람을 사부로 두면 목숨이 열 개라도 모자랄 거야. 그렇지?"

"쯧! 아직 덜 맞았군. 확실히 덜 맞았어."

"당신 말대로 당신은 미친 정신병자잖아. 늘 그렇게 말해왔으면서 새삼스럽게 뭘…… 아, 대접받으려고?"

"썩을 놈……."

검치가 팔베개를 풀고 일어섰다.

순간, 큰 바위가 움직이는 듯한 착각이 일었다.

검치를 모르는 사람이라도 이 모습을 보면 당장 그가 무시하지 못할 고수라는 점을 알게 될 게다.

그만큼 검치가 풍기는 기도는 강하고 높았다.

그렇다. 지금까지 검치는 자신의 무위를 겉으로 드러낸 적이 없었다. 키 작고 볼품없는 늙은이로 볼지언정, 무공이 강한 무림인으로 보지는 않았다.

그런데 이제는 속에 숨겼던 기도를 마음껏 발산한다.

츠와와앗!

차가운 검기가 두 손으로 흐른다.

죽음을 예고하는 검초가 목검에서 무럭무럭 피어난다.

루주는 주설언이 만들어준 가죽 검대에 목검을 꽂고 살인적인 기세를 마주 대했다.

등에 여섯 자루, 양쪽 허리에 두 자루씩 네 자루.

그리고 보니 이상하다? 검치는 목검을 뽑아 들고 있는데, 루주는 아직 검을 뽑지 않았다?

상수와 하수가 바뀌었다.

루주는 검초도 느리면서 왜 검을 뽑지 않는 것일까?

스으웃!

검치가 검을 들어 올렸다.

본격적으로 싸움이 시작된다.

주변에는 어느새 구경꾼들로 가득했다.

검치가 움직이고 있다는 것은 이미 세상의 관심사가 된 지 오래다.

맹삼력이 우마차를 끌 때부터 쭉 지켜봤고, 지금도 꾸준히 지켜보는 중이다.

그동안 수많은 무인이 검치를 건드렸다.

물론 그때는 검치인 줄 모르고 달려들었다. 사람이 사람을 소처럼 부리는 모습에 격분해서 달려들었을 뿐이다. 그리고 날아오는 돌멩이에 머리가 터졌다.

사람들은 나중에야 그가 검치인 줄 알게 되었다.

그때부터 그를 주시하는 눈이 더욱 많이 따라붙었다. 무림 모든 문파, 모든 무인이 그를 주목했다.

그가 싸운다?

이것은 당연히 주목해야 할 부분이다. 소문만으로 전해지는 전설적인 무공, 십검을 눈으로 볼 수 있는 최고의 기회이다. 누가 이런 기회를 놓치려고 하겠는가.

지금까지는 검치가 전력을 다하지 않았다.

그럴 필요가 없었다. 그에게 달려드는 하루살이들은 모두 허접한 무인들이다. 그렇기에 검치가 내뿜는 기도를 알아보지 못했다. 호랑이의 무서움을 모르고 덤벼든 하룻강아지들이다.

루주는 다르다. 그는 강자다.

옛날에는 어땠는지 몰라도 지금은 살천루 십간조를 단신으로 박살 낸 초강자 중의 초강자다.

듣기로 그는 검치의 제자라고 한다.

하기는 둘이 사용하는 검초가 똑같다. 십검 대 십검이다. 의심할 여지 없이 검치의 제자다.

사제간에 맞대결을 한다.

그것도 목숨을 내놓고 치열하게 겨룬다.

이것보다 더 보기 좋은 구경거리는 세상천지 어디에도 없을 것이다.

"검치가 이기겠지?"

"말이라고."

"그런데 왜 대들었대? 어휴! 속사정은 모르겠지만 사제간에 검을 맞댈 정도라면 저놈도 어지간한 놈이지. 하기는 검치의 제자란 놈이 기방이나 운영했으니."

"쉿! 얻어터지려고 그래!"

"얻어터지기는…… 저놈이 저 싸움판에서 살아나오기나 할 것 같아? 이럴 때는 큰 소리로 말해도 되는 거라고."

"허! 이 사람하고 같이 구경 못하겠네. 나 저리로 감세. 따라 오지 말게."

"거 간덩이가 쥐꼬리만 해가지고 어디 쓰겠어? 쯧!"

사람들은 그들 속에 독공의 대가가 함께한다는 사실을 몰랐다. 하북팽가의 여식이 눈을 부릅뜨고 있다는 사실도 깨닫지 못했다. 그들은 목검을 든 두 사람을 쳐다보느라고 옆에 누가 있는지 신경 쓸 겨를이 없었다.

물론 주설언이나 팽가연도 사람들의 이런 농지거리에 신경을 쓸 만한 여유는 없었다.

싸움은 금방 끝난다.

벼락이 치는 것보다 더 빠른 순간에 끝난다. 십검을 아는 사람으로서 그들의 부딪침이 누구보다도 겁난다. 한순간도, 찰나의 순간까지도 놓칠 수 없다.

그녀들은 주위에서 뭐라고 떠들든 두 사람의 움직임에만 시선을 고정했다.

목검을 들고 있는 것과 검집에 넣고 있는 것은 차이가 없다.

무인들의 일반적인 상식에서 보면 말도 안 된다. 검을 뽑은 사람이 절대적으로 유리하다. 어떻게 검집에 넣고 있는 사람과 같다고 할 수 있나.

더군다나 두 사람은 번개보다도 빠른 초식을 구사한다.

루주가 검을 뽑을 동안이면, 검치는 전신을 난자하고 지나간다. 두 사람은 그럴 만한 빠름을 지녔다.

도무지 상식적으로 이해가 안 된다.

하지만 이것이 십검이다. 검을 들어 올려 내리치는 속도와 검집에서 뽑자마자 찔러내는 검초의 속도가 똑같다. 순간에서 순간으로 이어지는 경기(勁氣)도 다를 바 없다.

검치는 목검을 손에 들고 있고, 루주는 검을 뽑지 않았다. 하지만 이와 반대의 경우가 벌어지더라도, 두 사람의 입장이 바뀌었어도 상황은 지금과 똑같다.

그들은 제일초로 승부를 보지 못한다.

제이초 역시 승부를 가리지 못한다.

예전에 루주가 사 초까지 전개할 수 있었으니, 그 사 초까지는 똑같은 힘과 속도를 발휘한다.

승부는 그 후에 벌어진다.

스윽!

검치가 목검을 중단으로 들어 올렸다.

드디어 몸통을 치겠다는 신호다. 공격을 가할 테니, 받아보라고 한다. 실제로 검치의 입가에 옅은 미소가 어렸다.

—건방진 놈…… 그래, 어디 받아봐.

그의 미소가 조롱과 함께 번진다.

스윽! 스웃! 스으윽!

두 사람은 천천히 거리를 좁혀갔다.

얼마나 빠를까? 어느 각도에서 쳐올까? 막지 못할 경우에는 피할 수 있을까?

머릿속에서 상념을 지운다.

지금은 아무런 생각도 하지 말아야 한다. 머릿속이 부산하면 패한다. 무념을 유지하면서 눈으로, 감각으로 상대의 검을 직접 보고 살펴야 한다.

"타앗!"

검치가 고함을 질렀다. 그리고 냅다 허공으로 신형을 띄웠다.

스승이 선제공격을 가한다.

이것도 상식 밖이다.

모두 알고 있듯이 검치는 천하제일인이다. 그에 반하면 루주는 한참 멀었다.

이럴 경우, 검치가 선공을 양보하는 게 도리다. 그렇지 않은가. 한데 그가 먼저 공격한다. 두 사람 사이에서 양보란 말은 눈을 씻고 찾아봐도 찾을 수 없다.

"타앗!"

루주도 고함을 지르면서 신형을 띄웠다.

팟! 파팟! 파파파팟!

순식간에 목검과 목검이 부딪치면서 나무 파편들이 비산했다. 마치 눈보라가 휘날리듯, 잘게 썬 톱밥이 흩뿌려지듯 작은 조각들이 분분히 휘날렸다.

퍼억!

둔탁한 소리가 울렸다. 그리고 루주가 실 끊어진 연처럼 나가떨어졌다.

"아!"

맹삼력이 탄식을 토해냈다.

"하아!"

팽가연도 탄식을 쏟아냈다.

두 사람뿐만 아니다. 여기저기서 가벼운 한숨들이 연이어 쏟아져 나왔다.

그들은 보았다. 용 두 마리가 허공에서 맞붙은 모습을 보았다. 누가 이기고 누가 진 것은 중요하지 않다. 그들이 어떻게 싸웠는지가 중요하다.

두 사람이 허공에서 벌인 격돌!

그들은 단 한 차례만 격돌했다. 하지만 부서져 나간 목검은 무려 여덟 자루나 된다.

놀라운 광경이다.

천수여래(千手如來)가 수십 개의 팔을 이용해서 검을 펼치는 것 같다. 일시에 수십 자루의 목검이 호선을 그린다. 먼저 쳐낸 목검의 잔상이 지워지기도 전에 다른 목검이 쏘아져 간다.

수십 개의 목검이 동시에 휘둘러진다.

부딪침은 한 번이었다. 하지만 격돌은 무려 여덟 번이나 일어났다. 그것도 한순간에, 픽! 소리 한 번 울릴 동안에. 보통 무인들이 주먹질 한 번 하는 지극히 짧은 시간 동안에.

승부는 아홉 자루째에서 갈렸다.

검치가 검을 쳐냈고, 루주는 목검을 잡은 채 뽑지 못했다.

둔탁한 울림이 터졌다. 루주가 나가떨어졌다. 죽지는 않았다. 원래대로라면 즉사했어야 마땅하다. 목검은 살을 파고든다. 명치끝까지 파고든다. 그리고 폭발한다.

루주도 그런 죽음을 당했어야 마땅하다.

검치가 구경꾼들을 보며 말했다.

"키키키! 네놈들 중에 이놈 치료할 놈 없어? 키키키! 살려놔. 그래야 한 번 더 죽이지."

검치의 말이 끝나기 무섭게 주설언이 뛰쳐나갔다.

"이 영감탱이!"

파파파파팟!

그녀의 손에서 오색 연기가 흩뿌려졌다.

"추명오독이다! 피햇!"

팽가연이 버럭 고함을 내질렀다.

주설언은 분노한 나머지 구경꾼을 염두에 두지 않고 독분을 뿌렸다. 품에 지니고 있던 추명오독을 모두 흩뿌렸다.

휘익! 휘이이익!

사람들이 메뚜기처럼 튀어서 흩어졌다.

검치의 검은 사람들의 움직임보다 더 빨랐다. 그는 허리를 살짝 숙여서 자세를 낮춤과 동시에 왼발을 축으로 빙글 돌았다.

검치는 어느새 주설언의 옆쪽으로 돌아가 있었다.

쉬익! 빠악!

목검이 너무도 자연스럽게 흘러나왔다. 그 모습이 너무 유연해서 원래부터 검을 뽑아 들고 공격한 것처럼 보였다.

목검은 주설언을 여지없이 강타했다.

등짝을 후려 맞은 주설언이 풀썩 꼬꾸라졌다.

사람들은 십 장 밖으로 물러난 채 가까이 다가오지 못했다.

그런 사람들 속에는 팽가연과 취취가 있었다. 시중을 들던 맹삼력도 포함되었다.

그들도 주설언이 살포한 추명오독은 견디지 못한다.

가까이 다가오지는 못하고…… 멀리서 발만 동동 구를 수밖에 없었다.

이대로 가만 놔두면 루주가 위험한데. 주설언이 추명오독을 살포했기 때문에 벌써 중독되었을 텐데. 정신만 말짱하다면 진기로 독기를 밀어낼 수도 있겠지만, 지금은 혼절해 있는 상태이니.

"내 사고 칠 줄 알았다!"

맹삼력이 눈에 힘을 주었다. 하지만 그가 할 수 있는 일은 아무것도 없었다.

3

목검 열여섯 자루가 일시에 파괴되는 현상은 분명히 볼만한 구경거리다.

많은 사람이 한순간의 폭발을 구경하기 위해 몰려들었다.

하지만 그 시간이 너무 짧다. 그 광경은 눈 깜짝할 순간에 끝나 버린다.

움직였다! 팟!

그것으로 끝이다. 더 이상의 구경거리가 없다.

그런 일이 한 달 이상 반복되자, 구경꾼은 점점 사라졌다. 어디에 가면 그런 일도 있다 하는 식으로 많은 사람들이 가볍게 흘려 버리는 지경에 이르렀다.

무인들은 다르다.

그들에겐 한순간의 부딪침이 십 년 수련보다 더 큰 충격을 주기도 한다.

그들은 지켜본다. 보고 또 본다.

천하제일인이 되어버린 전설과 그의 제자가 공개수련을 하고 있는 셈이다.

쉬이잇! 파파팟! 따악!

끝은 언제나 경쾌한 격타음으로 마무리된다.

루주가 실 끊어진 연처럼 휠휠 날아가 떨어진다.

부서지는 목검의 수가 여덟 자루에서 아홉 자루가 되기까지 딱 한 달이 걸렸다.

파파팟!

일순간에 열여덟 자루가 부서진다. 그리고 마지막 십검이 루주의 몸을 격타한다.

"키키키! 아직 멀었다, 이놈아! 키키키! 조금만 더 하면 될 것 같지? 어림도 없어. 키키! 아홉 자루와 십검은 천양지차. 하늘과 땅 차이야, 이놈아!"

검치는 루주를 놀려댔다.

그렇게 오늘의 격투도 끝났다.

주설언과 팽가연은 처음처럼 다급해하지 않았다.

나쁜 일도, 거친 일도 반복되다 보면 익숙해진다. 습관처럼 몸에 익어버린다.

부서지고 구겨진 루주를 치료한다.

루주는 말을 잃었다. 처음에는 그래도 몇 마디 우스갯소리라도 했는데, 시간이 지날수록 점차 말을 잃고 침묵 속에 빠져든다. 굉장히 힘들어한다.

하기는…… 누가 이런 매타작을 좋아하겠는가.

검치는 수련을 시키는 것이 아니다. 즐거움을 위해서 루주를 타작할 뿐이다.

가끔가다가 맹삼력을 두들겨 패기도 한다.

그때는 루주가 잠시 쉬는 날이다. 하루 정도 수련을 건너뛰는 유일한 휴식시간이다.

맹삼력은 루주처럼 버티지도 못한다.

쉬익! 따악!

맹삼력이 흘릴 수 있는 유일한 소리다.

검이 나른다. 그리고 부딪친다. 아니, 격타당한다.

그러면서 왜 겨루나? 루주를 잠시라도 쉬게 하려고 자진해 나선 것인가? 아니다. 아침에 일어난 검치가 목검 끝을 그에게 겨누면 그것이 끝이다. 어쩔 수 없이 싸워야 한다. 도살장에 가는 소 마냥 질질 끌려가서 얻어터지는 수밖에 없다.

이런 일이 벌써 한 달 이상 반복되고 있다.

남들이 보기에는 피나는 수련처럼 보이겠지만 정작 당사자들은 매타작을 당하고 있는 것이다.

"이래서 도망쳤다니까."

맹삼력이 한 번씩 두들겨 맞을 때마다 입버릇처럼 중얼거렸다.

"정 견디기 힘들면 도주해요."

주설언이 루주를 치료하면서 말했다.

루주는 피식 웃었다.

맹삼력이 루주 대신 고개를 살래살래 흔들며 말했다.

"무턱대고 도망치면 내공을 금제당한다니까. 저 늙은이 아주 지독해. 우리가 도망치면 너희까지 금제당할걸? 아직도 모르겠냐? 저 늙은이, 너희까지 금제 목록에 포함시켰어. 이렇게까지 말했는데도 알아듣지 못한다면 할 수 없고."

"치잇! 할 테면 해보라지!"

취취가 입술을 삐죽 내밀었다.

아니다. 말은 그렇게 하지만 그녀의 얼굴에는 공포가 어렸다.

검치를 상대할 수 있는 방법이 없다. 루주와의 싸움은 이 세상에 존재하는 모든 무공의 무용성을 설명해 준다. 어떤 무공도 소용없다는 뜻이다.

빠름으로 검치를 상대할 수 있는 방법은 없다.

세상에서 가장 빠른 검초를 지닌 자 열 명이 동시에 합격을 하는 것과 같다.

이것이 검치의 검공이다.

그는 추명오독에도 꿈쩍하지 않았다.

사방이 독분투성이가 되었지만 검치에게 타격을 가하지는 못했다. 그는 씩 웃기만 했다.

그를 생각하면 머리가 지끈거린다.

그나마 그에게 가장 가까이 근접한 사람이 루주다.

비록 구검에서 무너지고는 있지만 그래도 십검을 상대할 수 있다는 희망이 엿보인다.

십검을 모두 상대해야만 풀려날 수 있다면…… 너무 요원하다. 끝이 안 보인다. 하지만 해야 한다. 그리고 그 일을 해줄 수 있는 사람은 오직 루주뿐이다.

주설언이 루주의 몸에 금창약을 발라주었다.

이번 상처는 크지 않다. 멍이 조금 들었을 뿐 살이 터지거나 뼈가 부러지지는 않았다.

검치와 싸우면서 유일하게 득을 보는 부분이 있다면 이 점일 게다.

몸이 갈수록 단단해진다.

세상에. 생각해 보라. 목검에 맞아서 몸이 단단해질 지경이라면 얼마나 두들겨 맞았다는 것인가.

어쨌든 루주의 몸은 굳은살투성이다.

겉만 단단해진 것이 아니라 속까지 단단해졌다. 이제는 웬만큼 타격당해서는 타박상을 입는 정도에서 그친다.

스윽!

검치의 목검이 팽가연에게 겨눠졌다.

"하!"

맹삼력이 어이없다는 듯 목검과 팽가연을 번갈아 쳐다보았다.

루주도 꿈틀거렸다. 하지만 무슨 생각에서인지 곧 자신과는 상관없다는 듯 무심해졌다.

팽가연이 여러 사람을 쳐다보다가 작심한 듯 칼을 들고 일어섰다.

목검이 그녀를 향한다. 그녀에게 나오라고 한다. 마치 네 무공 좀 보자고 말하는 듯하다.

'지지 않아!'

팽가연은 이를 꽉 깨물었다.

하지만 마음은 이미 지고 있다. 저자를 어떻게 상대할 수 있단 말인가. 루주도 그렇게 당했는데……

그때, 그녀의 마음을 읽기라도 한 듯 루주가 중얼거렸다.

"벼락 맞고 산 놈 없지."

아무도 의미를 알아들을 수 없는 혼잣말이다.

하지만 이 순간, 팽가연은 정말 벼락이라도 맞은 듯 전신을 부르르 떨었다.

그렇다! 혼원벽력신공은 지상최강이다. 이를 능가할 도법은 없다. 십검이라도 해서 혼원벽력신공의 무서움, 강함, 빠름을 능가하지는 못한다.

'그래! 벼락 맞고 산 놈 없어!'

검치에게 벼락을 때린다.

스웃!

유엽도를 들어 올렸다.

타라랑! 다랑! 타라라랑!

단전에서 진동이 울린다. 온몸에 차가운 진동이 울리면서 몸과 정신이 분리되는 듯한 환상이 일어났다.

혼원벽력신공은 정신 무공이다. 혼의 무공이다.

육신을 의념하지 않는다. 육신을 보지 않는다. 단전의 진기를 보지 않는다.

그것들은 몸이 움직일 때 자연히 따라서 움직이게 되어 있다. 자신이 굳이 의념하지 않아도 움직이는 대로 따라온다.

팔을 들고자 해보라. 팔이 들린다. 고개를 돌려봐라. 고개가 돌아간다. 그렇게 당연한 행동을 하면서 굳이 자신을 냉철하게 지켜볼 이유가 있는가.

무인에게 진기란 그래야 한다.

몸을, 육신을 제어하려고 하지 마라.

몸은 살아 있다. 스스로 움직이는 생명체다. 머리가 없다고 해서, 생각을 하지 않는다고 해서 몸이 죽는 건 아니다. 아무 생각을 하지 않아도 몸은 살아간다. 위험이 닥치면 본능적으로 피한다. 그 움직임도 머리로 생각한 것보다 훨씬 빠르다.

무념(無念)이 전신을 관통한다.

의념(意念)을 완전히 지워 버릴 때, 무념이 일어난다. 아니다. 무념은 원래부터 있었다. 백지상태로 늘 존재해 왔다. 그 상태 그대로 놓아두면 되는 것을…… 괜히 붓을 들고 그림을 그린다, 글씨를 쓴다 하고 설쳐댄다.

백지를 원하는가? 그럼 백지로 그냥 놔둬라. 붓을 들지 마라.

스으읏!

의념 없는 진기가 전신을 휘돈다.

그녀는 진기의 순환 자체를 잊어버렸다. 한 자루 유엽도만 쳐다봤다. 검치가 어느 정도나 빠를까 하는 생각도 지워 버렸다. 자신이 상대할 수 있을까 하는 생각은 아예 망각했다.

죽을 수도 있다.

그래서 어쨌단 말인가. 아무 상관 없다. 자신과는 상관없는 일이다. 육체에게 맡긴다. 육체가 스스로 일으킨 진기에게 맡긴다. 자신은 그저 백지상태에서 지켜보기만 한다.

스읏!

검치가 움직였다. 순간!

'보인다!'

그녀는 눈을 번쩍 떴다.

믿을 수 없게도 검치의 움직임이 눈에 잡힌다. 그가 어떤 식으로 보법을 밟는지, 신형을 어떻게 움직이는지 환히 보인다. 한눈에 들어온다.

그녀는 기쁨이 실린 웃음을 토해냈다. 그 순간,

따악!

목검이 그녀의 머리를 정확하게 가격했다.

"헉!"

그녀는 아득한 충격에 할 말을 잃어버렸다.

머리가 깨지면서 핏물이 주르르 흘러내린다.

눈썹 위로, 눈으로, 코를 지나 입안으로 흘러든다. 찝찔하면서 비릿한 핏물이 스며든다.

"키키키! 계집이 피 흘린다. 계집이 피 흘려. 키키키!"

검치는 미친 듯이 좋아했다.

루주가 붕대를 가져와 그녀의 머리를 감쌌다.

취취가 하려는 것을 굳이 그가 했다.

"할 수 있겠어요. 며칠만 더 하면 막아낼 수 있겠어요."

그녀는 환하게 웃으면서 말했다.

머리가 깨져서 피가 흐르지만 아무렇지 않다. 그 정도는 얼마든지 참아낼 수 있다.

지금 중요한 것은 검치의 움직임을 봤다는 것이다.

공격하는 모습을 봤으니 막을 수도 있다. 며칠만 더 수련하면 될 것 같다. 빠르면 하루이틀 사이에도 파해법을 찾아낼 수 있을 것 같다.

검치는 무적이 아니다.

그녀는 자신감에 들떠서 눈빛을 빛냈다.

루주가 머리에 붕대를 감으면서 말했다.

"봤지?"

또 뜬금없는 말이다. 그런데,

"네. 봤어요."

팽가연은 루주의 말을 기다렸다는 듯 활짝 웃으면서 말했다.

"보면 안 되는데……."

"네?"

"보면 안 되지."

팽가연은 루주가 무슨 말을 하는지 알아챘다.

검치의 움직임을 보지 마라. 끝까지 무심을 유하라. 혼원벽력신공의 위엄, 무리를 잃지 마라.

그런 뜻에서 한 말이라면 말을 달리한다. 달리할 수 있다.

"그러게 말예요. 보면 안 되는데 보고 말았네요."

"다음에는 안 볼 수 있을 것 같아?"

"네. 한 번 경험해 봤으니까……."

"후후후!"

루주가 싱겁게 웃었다. 마치 철부지 어린아이를 대하는 듯 기분 나쁘게 웃는다.

"왜 웃어요?"

"보아하니 걸려든 것 같아서."

"걸려들어요?"

"다음에는 보지 않을 것 같지? 후후! 또 보게 될 거야. 그래서 목검을 얻어맞지. 보지 않아야 하는데… 무심을 끝까지 유지해야 하는데, 유심이 끼어들어. 그래서 당하지. 다음에는 보지 않을 것 같은데… 그런데 해보면 또 보게 돼. 한 번만 더, 한 번만 더…… 그러다 보면 온몸이 멍투성이가 되는 거야."

"후후후! 저 늙은이의 마수에 걸려드는 거지."

맹삼력이 옆에서 같이 웃으면서 말했다.

"저 늙은이가 좋아하는 것 봤지? 후후! 이미 걸려들었다고 확신하고 있구만, 뭘."

맹삼력이 팽가연을 쳐다보면서 말했다.

"할 수 있을 것 같은데, 정말…… 안 될까요?"

팽가연이 물었다.

루주는 그녀를 힐끔 쳐다본 후, 붕대를 마무리하고 일어섰다. 맹삼력도 고개를 휘휘 내저었다.

"이미 끝났네. 벌써 걸려들었어."

다음 날도, 그 다음 날도 팽가연은 혼원벽력신공을 끌어올렸다.

검치의 검은 여전히 보인다. 하지만 그녀는 이런 현상을 긍정적으로 받아들였다.

수련의 일환이지 않은가. 혼원벽력신공이 정점에 달하지 못했기 때문에 무심이 깨지는 게 아닌가. 이런 수련을 통해서 혼원벽력신공을 정점으로 이끌리라. 꼭 대공을 이루고야 말리라.

검치가 수련을 도와준다.

그를 보지 않게 될 때, 그의 움직임이 눈에 들어오지 않고, 그래서 무심히 칼을 뻗어낼 수 있을 때…… 그때 자신은 무적이 된다. 이 세상에서 단 한 번도 탄생하지 않은 여제가 된다.

그녀는 희망을 품고 칼을 뻗어냈다.

보름이 지나갈 무렵, 그녀는 무언가 이상하다고 느꼈다.

검치의 움직임이 똑같다.

그가 눈에 보이는 시점, 그의 움직임, 그리고 목검이 날아오는 방향까지 똑같다.

"저 이런 거 물으면 안 되는데…… 십검…… 신법이 하나뿐이에요? 검치의 움직임이 한결같아서."

"무변광대(無邊廣大)."

루주는 짧게 말했다.

그녀는 기운이 탁 풀렸다.

그녀가 보았다고 생각한 것은 착각이다. 검치가 무심을 깨고 유심을 심어놓았다. 그녀의 무심이 약해서 깨진 게 아니다. 그의 움직임에 무심이 깨진 것이다.

검치가 희롱하고 있었다.

"왜 말해주지 않았어요?"

그녀가 야속하다는 투로 말했다.

루주는 예전보다는 한결 밝아진 얼굴로 말했다.

"첫째, 내가 맞지 않으니 한숨 돌려서 좋고."

"뭐요!"

"둘째, 검치 저 늙은이…… 아무에게나 목검을 휘두르지 않아. 그래도 싹수가 있다고 생각되는 자에게만 이 지랄을 하지. 그러니 말릴 필요가 없고."

도움은 될 거라는 뜻이다.

이런 수련을 받는 자가 몇 명 되지 않는다는 뜻이기도 하다.

"그 말은 그나마 위안이 되네요."

"그럼 다행이고."

"그럼 저도 검치의 제자가 된 건가요?"

"후후후! 그 말은 하고 싶지 않을걸?"

한 달이 지나갈 무렵, 팽가연은 자신이 얼마나 힘든 길을 선택했는지 여실히 깨달았다. 그녀는 그제야 비로소 루주와 맹삼력이 왜 도망을 쳤는지 이해했다.

그녀의 애초 생각은 맞다.

검치를 상대로 혼원벽력신공을 수련할 수 있다. 검치가 움직일 때, 공격해 올 때, 지극히 짧은 한순간만 무심을 유지할 수 있다면 대공이 완성된다.

하지만 그럴 수 없다.

검치가 무심을 깨고 들어오기 때문에 평정을 유지할 수 없다. 뿐만 아니라 평정을 유지하는 방법 또한 찾지 못하겠다.

하루아침에 이루어질 대공이 아니다.

대공을 사과나무에서 사과 따듯이 생각한 것이 잘못이다.

그 길이 너무 길고 요원하다. 너무 멀어서 끝이 보이지 않는다. 아예 끝이 없는 것 같다.

모든 수련에는 성취를 측정하는 단계가 있다.

그 단계를 보면서 희망을 가진다. 성취감을 가진다. 앞으로 계속 정진할 수 있는 힘을 얻는다.

그런데 검치는 그런 희망을 주지 않는다.

단계를 측정할 수 있는 기준은 없다.

모두 자신이 어느 정도까지 와 있는지 알지 못한다.

그 점은 이제 막 시작한 자신이나 어느 정도까지 달려갔다가 포기해 버린 맹삼력이나 똑같다. 구검까지 받아낸 루주도 매한가지다. 그는 일검만 남았지만, 그 일검이 문제다. 어느 세월에 수련해 낼지 알지 못한다.

꾸준히 수련하다 보면 반드시 깨우친다는 보장만 있어도 좌절하지 않는다.

그런 것조차도 없다.

지금 있는 것은 검치의 노리개가 되어서 하루도 거르지 않고 맞고 또 맞는 일밖에 없다.

그녀는 좌절했다. 하지만 오늘도 검치의 목검은 그녀를 가리켰다.

"혼원벽력신공… 정말 깨달은 거 맞아?"

온몸이 피투성이가 되어서 쓰러져 있는 그녀에게 루주가 비난에 가까운 질책을 했다.

"건들지 말아줄래요?"

"혼원벽력신공…… 무결(武訣)은 모르지만 어떤 무공인지 대충 짐작할 수는 있겠더군. 전에 한 번 경험해 본 적도 있고. 한데 지금 네 검… 무심이 없다."

"……!"

팽가연은 눈을 번쩍 떴다.

뭐야? 무심이 없어? 왜?

"무심이란 무심 자체를 잊는 거야. 무심 따로 있고, 유심 따로 있는 게 아니지. 온몸으로 없다는 것을 말해야 하는데, 아주 강한 결기만 느껴져. 꼭 이기고야 말겠다는 의지만 읽힌다고. 그러니 더 화가 난 거야."

오늘 그녀는 무려 오검이나 두들겨 맞았다.

다른 때는 일검으로 그쳤다. 머리나 팔, 몸통을 한 번 가격하면 히죽히죽 웃으면서 물러섰다.

오늘은 온몸을 늘씬하게 얻어맞았다.

타격의 강도도 예전과는 다르다. 전에는 정신을 잃는 선에서 그쳤는데, 오늘은 살이 터지고 뼈가 부러졌다.

아주 강하게 내리쳤다.

"키키키! 쓰레기! 쓰레기! 쓰레기 같은……."

검치가 마지막 말까지 내뱉지는 않았지만, 쓰레기 같은 년이라고 말한 게 틀림없다.

그는 그렇게 화를 냈다.

그녀는 영문도 알지 못하고 얻어맞았고, 검치는 화가 머리 끝까지 치밀어 두들겨 댔다.

루주와 맹삼력은 태연히 구경했다.

말릴 생각을 전혀 하지 않았다. 그녀를 대신해서 검을 들어주지도 않았다.

이거였나? 무심이 보이지 않았나?

"검치의 검을 두려워하지 마. 그냥 맞아. 어차피 맞잖아. 그러니 한 대 더 때리라고 해. 그냥 맞아. 맞고 맞다가 그래도 틈이 보이면 한 대 치지 뭐. 그런 생각을 해."

루주가 일어섰다.

"그러면 돼요?"

팽가연은 눈물이 왈칵 쏟아졌다.

절망밖에 없는 곳에서 희망을 본 기분이다.

루주도 자신의 이런 행동이 절대로 약이 된다고는 생각지 않을 것이다. 무인에게 위로란 독이 될지언정 약은 되지 않으니까. 그런데도 위로를 해주는 것은 그녀가 너무 상심해 있기 때문이다.

안다. 아니까 눈물이 나온다.

"그러면 돼. 혼원벽력신공의 오의를 제대로 알았다면……내가 이런 말을 하지도 않았을 텐데. 후후! 엉터리로 깨우쳤나봐. 후후! 내일은 그냥 맞으라고. 맞으면 되지. 후후후."

'그래, 맞으면 돼.'

팽가연은 일어섰다.

더 이상 우울해할 필요 없다.

순간, 그녀의 눈에 많은 사람이 보였다.

루주, 맹삼력, 주설언, 취취……

이들이 자신을 지켜보고 있다. 그녀 곁에서 떠나지 않고 있다. 그녀 혼자서 고군분투하는 게 아니라 이들의 지원을 받고 있다.

그녀는 칼을 잡았다.

'난 혼자가 아냐.'

"검치, 한 판 더 하지. 한 대 더 때려줘."

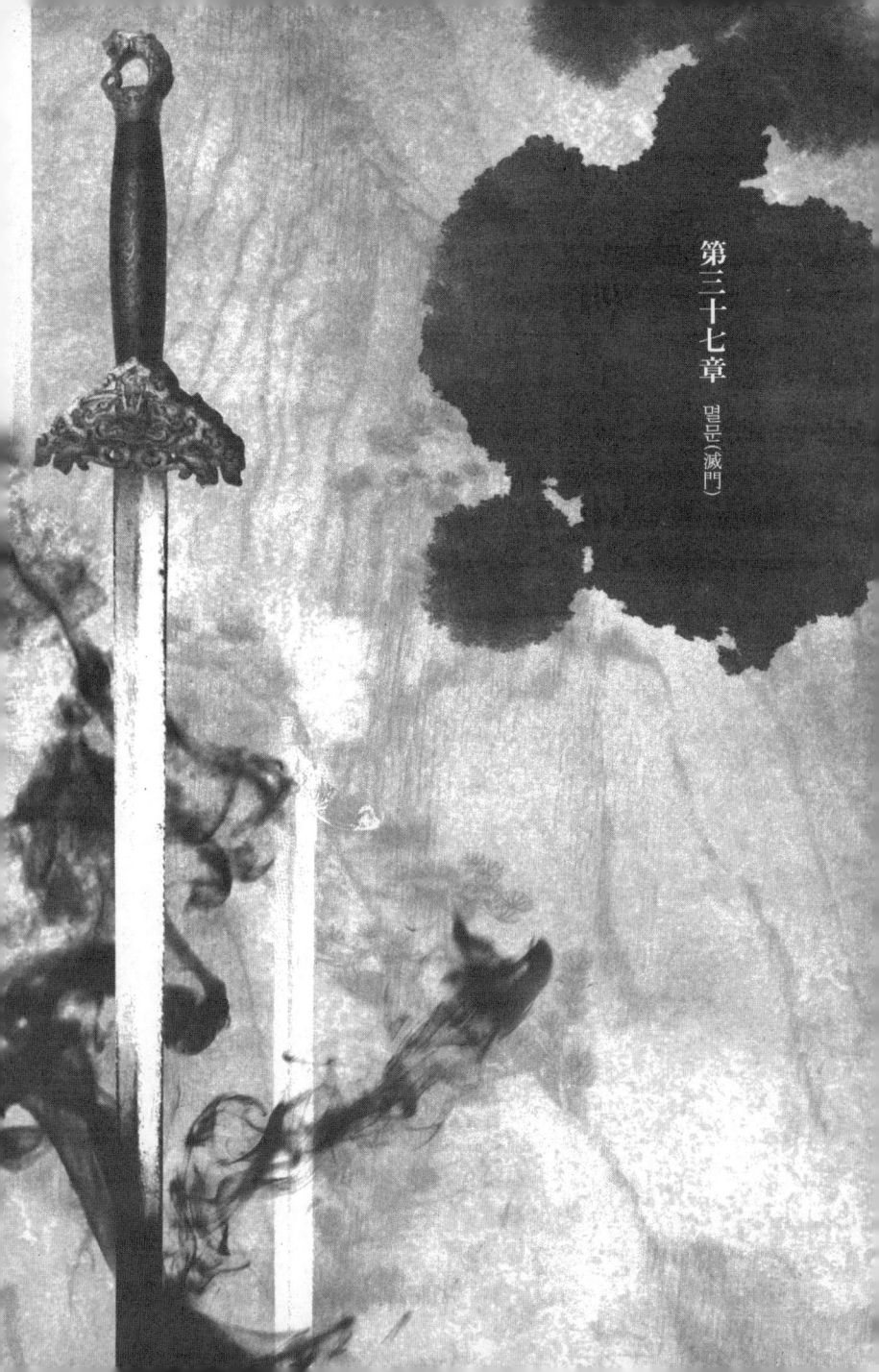

第三十七章　멸문(滅門)

1

방법이 없다.

그들은 하루에도 몇 번씩 비무를 지켜봤다. 자신들의 무공에 견주어봤다. 어떻게 하면 저들을 죽일 수 있나. 어떤 방법으로 암습을 가하면 될까?

머리를 아무리 굴려도 방법이 없다.

루주는 훨씬 더 강해졌다.

십간조를 척살할 때보다 적어도 세 배는 강해졌다.

검치는 단신으로 사총을 눌러 앉혔다. 지상 최강의 문파라고 자부하던 사총을 목검 열 자루로 주저앉혔다. 다른 사람의 도움을 일절 받지 않았다. 혼자서 그 일을 해냈다.

루주가 그런 경지에 올랐다.

비록 십검에 패해서 번번이 나가떨어지지만 구검을 동시에 쏠 수 있다는 점만으로도 그를 상대할 수 있는 무인은 없다. 어떤 빠름, 어떤 암습도 그를 칠 수 없다.

살천루 살수들은 절망을 이겨내지 못했다.

"이건…… 예상했던 상황이 아냐."

"루주가 이런 정도라면…… 분살광왕 탑하리…… 그는 운이 좋았어. 그는 그래도 희망을 안고 죽었잖아. 남은 사람들이 놈을 분명히 죽일 수 있을 거라고."

"우리지, 우리가 죽여주기를 바란 거야. 그걸 믿고 편히 죽을 수 있었던 거지."

"어쩐다……."

"어쩌기는. 후후! 방법이 없어. 동귀어진을 하거나 아니면 이대로 물러나거나."

"이대로 물러난다는 것은 말이 안 되고."

"그렇지? 그럼 죽어야지."

그들은 죽음을 생각했다.

죽음 외에는 달리 방법이 없다. 아예 손을 대지 않으면 모를까 손을 대어야만 한다면 죽음을 감수해야 한다.

지금은 감수 정도도 아니다. 죽음이 확실하다.

그들이 십검을 제거할 수 있다고 자부한 것은 나름대로 충분한 이유가 있었다.

검을 뽑기 전에 친다!

이것보다 확실한 방법은 없다. 또한, 유일한 방법이기도

하다.

검을 뽑은 다음에는 칠 수 없다. 십검의 빠름을 보지 않았나. 강함을 보지 않았나. 십검은 어떠한 병기도 무력화시킨다. 단번에 박살 낸다.

한 사람이 목검 한 개를 상대하고 죽는다.

그는 죽을 수밖에 없다. 루주의 두 번째 검이 그를 박살 낼 것이다.

루주가 세 번째 검을 뽑을 때, 정확히 말하면 뽑기 전에 이쪽에서 먼저 친다.

근본적으로 루주를 상대할 수 있는 방법은 이것뿐이다.

그들은 이런 정도의 빠름은 지녔다고 자부한다.

제일 먼저 죽는 자는 검치의 검을 단단히 묶어둬야 한다. 첫 번째 검에 병기가 박살 나고, 두 번째 검에 몸이 산산조각 갈라진다. 하지만 세 번째 검은 뽑지 못하게 막아야 한다.

그럴 수 있다.

그럴 수 없어도 이제는 어쩔 수 없다.

"동면염라(童面閻羅), 어떻게 됐어?"

"괜찮아. 우리 없어도 잘들 살 거야. 루주께서 은밀히 남겨 주신 게 있어서…… 그거면 한 삼대까지는 먹고 살 거야."

"루주께서 남겨주신 게 있어?"

"그렇게 말하면 안 되지. 우리가 살천루에서 훔쳐가지고 나온 거지. 그게 무어고, 얼마가 되었건."

동면염라, 시산망자, 혈수마염, 사망유객.

그들 네 명은 일가족을 은밀히 잠입시켰다.

원래 살천루를 떠나올 때는 이럴 의도가 아니었다. 모두가 죽을 생각이었다. 하지만…… 검치가 루주와 합류했다. 명실공히 천하제일인이 검을 들고 있다.

그 앞에서 잔꾀는 통하지 않는다.

옛날 사총이 멸문했듯이, 살천루 또한 멸문할 수밖에 없다.

이들과 정면으로 부딪치면…… 그렇다. 그래서 편법을 쓴다. 모두가 죽는 것으로 방향을 바꾼다. 루주를 죽이려고 하는 게 아니라 자신들이 죽는 것으로.

살천루는 이들에게서 손을 떼야 한다.

가모의 부탁을 받아들이는 게 아니었다. 귀살왕… 그 미련퉁이들의 복수를 해주는 게 아니었다. 그 시점에서 손을 떼고, 살수 문파로 명맥을 이어나가는 것이 그래도 오래 버티는 길이었다.

살천루에 있을 때는 상황이 이토록 심각한지 몰랐다. 하지만 이제는 안다. 검치와 루주의 비무를 바로 곁에서 지켜보니 확실히 알 것 같다.

이들에게 검을 들면 모두 당한다.

살천루 루주는 사총에게 의미심장한 밀서를 전했다.

살천루를 벗어난 살수들이 어떻게 행동하는지 똑바로 지켜보라는 밀서다.

루주를 어떻게 잡는지, 살천루가 정말로 루주를 잡을 수 있는지 직접 지켜보라는 의미를 담아서 밀서를 전했다.

루주를 죽일 수 있는지 가능성을 봐라.

사총은 당연히 지켜볼 게다.

하지만 틀렸다. 자신들이 뜻을 바꾼 이상 살천루는 더 이상 기개를 높이지 못한다. 사총과의 협상에서 유리한 위치를 점유하지 못한다. 오히려 그 반대로 질질 끌려가지나 않으면 다행이다.

그래도 상관없다.

사총에 목이 메이든, 질질 끌려가든, 아니면 아예 버림받든…… 그게 무엇이든 루주를 향해서 검을 드는 것보다는 훨씬 낫다. 살천루를 오래 지속시키는 길이다.

살천루에서 데리고 나온 가족은 모두 흩어졌다.

그들이 어디로 갔는지, 어떻게 자리 잡았는지는 직접 그 일을 주관한 동면염라밖에 모른다.

시산망자가 자신의 처자식을 찾고 싶어도 찾지 못한다. 이제 영영 볼 수 없다. 혈수마염과 사망유객도 같은 입장이다. 두 번 다시는 가족들을 만날 수 없다.

그들이 어디 있는지는 동면염라가 알고 있지 않은가. 그러니 굳이 비밀이라고 할 것도 없지 않은가.

그럴 수도 있고, 그렇지 않을 수도 있다.

그들의 목숨이 오래 지속된다면 여러 가지 변수가 일어날 수 있겠지만… 불행히도 그렇지 않다. 어차피 목숨이 오늘 안으로 끊어질 것이니 미련 같은 건 남기지 않는다.

스릉! 스릉!

그들은 누가 먼저라고 할 것도 없이 병기를 뽑았다.

네 명이 다섯 명에게 달려든다.

다섯 명 중에 만만한 사람은 한 명도 없다.

한 명은 단신으로 사총을 박살 낸 사람이다. 천하제일인이다. 그에게 병기를 들이댄다는 자체가 미친 짓이다.

다른 한 명은 검치의 제자다.

천요루의 주인이며, 당금 무림을 혼란 속으로 몰아넣고 있는 주역이다.

이들을 무슨 수로 상대한단 말인가.

또 다른 세 명을 볼까? 또 다른 한 명은 천산파의 숨은 고수다. 다른 한 명은 팽가촌에서 가주 다음으로 혼원벽력신공을 터득했다고 소문난 여인이며, 또 한 여인은 추명오독을 장난 감처럼 쓴다.

누가 만만한가. 누구에게 병기를 들이밀어야 하나.

암습을 가한다면 그나마 방법이 있다. 등 뒤에서 검을 찔러 넣는 짓은 힘없는 아낙도 한다.

한데…… 그 방법도 이들에게는 통하지 않는다.

모든 방법을 고려한 끝에 창피한 짓, 추잡한 짓은 이제 그만 하자는 쪽으로 생각을 굳혔다.

"내가 할게요."

팽가연이 유엽도를 들고 일어섰다.

검치가 날마다 그녀를 두들겨 패지만, 단 한 번도 움직이지 못했던 칼이다.

유엽도가 반짝반짝 윤기를 토해낸다.

그동안의 설움을 일시에 쏟아내는 듯 날카로운 경기를 발산한다.

"저들…… 진짜배기야. 아주 강해. 죽음을 아는 검이야. 아차 하는 순간에……."

맹삼력이 경계심을 띠며 말했다.

"계속 말할 거예요?"

"아니, 내 말은……."

"저도 알아요. 굉장하다는 것. 하지만… 저 미친 늙은이보다 대단할까요?"

"미, 미친 늙은이? 하하하! 팽 소저께서 드디어 저 늙은이를 제대로 부르기 시작했네. 미친 늙은이. 하하! 이거 축하해 줘야 하나?"

맹삼력이 루주를 보면서 말했다.

루주가 말했다.

"축하는 무슨…… 늙은이라는 말을 입에 담았다는 것은 이제 질릴 대로 질렸다는 뜻이고, 그만큼 많이 맞았다는 뜻이고, 앞날에 대한 희망도 없다는 뜻이고……."

팽가연이 그의 말을 막았다.

"이 뜻 저 뜻 말할 건 많지만, 그래도 맞은 만큼 컸잖아요. 그건 부인하지 못하죠. 호호! 제가 증명해 보일게요. 그동안 맞은 게 얼마나 약이 됐는지."

사 대 일의 승부.

살천루 초강고수들의 입장에서는 치욕적인 결전이다. 하지만 지금 이 상황에 대해서는 입도 벙긋하지 않았다.

어떤 형태로 싸우느냐는 중요하지 않다.

누가 누구를 죽이느냐가 중요하다.

사 대 일도 좋고 십 대 일도 좋다. 이기는 자가 승자다. 지고 난 다음에 비겁한 놈들이라고 욕해봤자 무슨 소용이 있는가. 누가 알아주기나 하나.

사 대 일의 승부를 만들어주니 고마울 뿐이다.

타탁! 타타탁!

혈수마염이 양손을 요란하게 흔들었다.

쌍수가 움직이면 찰나 만에 삼백 번의 변화를 이끌어낸다는 혈수난무(血手亂舞)다.

팽가연은 조용했다.

아니다. 조용하다는 말은 생명이 있다는 말을 내포한다. 살아 있지만 움직임이 적은 것이다.

팽가연은 죽었다. 시신처럼 딱딱하게 굳어버렸다.

혈수마염이 그녀의 눈을 현혹하려고 혈수난무를 격렬하게 펼쳐도 그녀는 조용하기만 했다.

숨이 멎었다. 가슴의 들락거림이 전혀 없다. 어깨의 들썩임도 없다. 눈도 흔들리지 않는다.

무인이라면 누구나 호흡을 조정할 수 있다. 하지만 그녀는 아예 숨을 쉬지 않는다. 완전히 죽음 속에 파묻혔다. 살아 있다는 느낌이 전혀 들지 않는다.

사망유객이 그녀의 등 뒤에서 날카로운 검기를 쏘아냈다.

정신이 있는 무인이라면 한 번쯤 고개를 돌려볼 만하다. 그런데도 그녀는 돌아보지 않는다.

사망유객이 검을 쳐냈다.

실제로 등 뒤까지 바싹 붙여갔다. 본격적으로 검을 쓰지는 않았지만, 거의 지근거리까지 육박했다.

그녀는 움직이지 않는다.

한순간, 그는 검을 계속 펼쳐 낼까 하는 갈등이 치밀었다.

공격을 계속해도 될 것 같다는 예감이 들었다. 이런 여자는 단숨에 죽일 수 있을 것 같다.

하지만 아니다. 그녀가 검치와 싸우는 모습을 봤다. 수십 번을 맞았지만 그럼에도 불구하고 한순간의 노림을 잊지 않았다. 언제든 기회만 생기면 칼을 쓸 준비가 끝나 있었다.

지금도 마찬가지다.

그녀는 위협을 느끼지 않는다. 그래서 반응을 하지 않는다. 정작 목숨이 위험하다고 생각되면, 검치의 목검처럼 살벌한 기운이 감지되면 당장 반격할 게다.

'결국!'

그들은 팽가연에게조차 절망을 느꼈다.

원래는 루주를 잡으려고 왔다. 검치를 잡을 수 있으면 더없이 좋다. 하지만 그들과는 상대도 해보지 못하고, 이제 막 검치의 조련을 받아들인 팽가연과 겨룬다. 그리고 쩔쩔맨다. 상대할 수 없는 압박감을 느끼면서.

쉐엑! 쉑! 쉐에에엑!

그들은 일시에 병기를 쳐냈다.

검과 칼이 난무했다. 절정 살수들의 급공이 네 방향에서 동시에 날아들었다. 그 순간,

스륵!

팽가연의 유엽도가 힘없이 쳐들렸다.

강한 바람에 수양버들이 낭창거린다. 그녀는 수양버들처럼 몸을 눕히면서 칼을 썼다.

한칼이 시산망자의 겨드랑이를 파고들었다.

푸왁!

피가 솟구쳤다. 겨드랑이를 뚫고 들어온 칼이 심장을 꿰뚫었다.

혈수마염의 잔혹한 손길도 피로 물들었다.

시산망자를 친 칼이 그의 목을 가르고 지나갔다.

그는 얼떨결에 칼을 두 손으로 붙잡았다. 그리고 그 바람에 열 손가락이 뎅겅 잘려 나갔다.

사망유객은 머리가 반으로 갈렸다.

하늘에서 번쩍 쏟아진 벼락에 머리가 쩍 갈라졌다.

동면염라도 죽음을 면치 못했다. 네 사람 중에서 가장 빠른 검으로 짓쳐갔지만, 그녀를 건드리지 못했다.

검이 몸에 닿기 전에 벌써 시산망자와 혈수마염을 죽였다.

그리고 빙글 돌아서 그의 가슴을 서걱 베어낸 다음, 다시 뒤돌아서며 사망유객의 머리를 갈랐다.

네 명의 일초식이 팽가연의 사초식보다 느리다.

아니다. 이것은 단순히 빠름만의 문제가 아니다. 빠름도 빠름이지만…… 그렇다! 어찌 된 영문인지 그녀는 자신들의 절초를 환히 꿰뚫어봤다. 검이 나아가는 길을 정확히 파악하고 있었다. 그래서 길목을 차단하고 역습을 가할 수 있었던 것이다.

그녀는 마치 자신들의 공동전인 같다.

그도 시산망자의 무공을 알지 못한다. 시산망자가 어떤 무공을 쓴다는 것을 알지만, 초식의 영묘함은 짐작도 하지 못한다.

거의 평생을 같이 지냈다시피 한 자신들이지만 서로의 무공에 대해서는 알지 못한다.

한데 팽가연은 정확히 꿰뚫어 봤다.

어찌 된 영문인가. 초식의 흐름은 어떻게 본 것인가. 병기가 흐르는 길목을 어떻게 안 것인가.

어쨌든 이런 식으로 싸우면 일초반식도 받기 힘들다.

"휴우!"

팽가연이 한숨을 쉬면서 유엽도를 거뒀다.

동면염라가 쿵 무너졌다.

가슴을 베인 관계로 다른 자들보다 늦게 죽었지만, 그게 반드시 좋지만은 않다. 죽음이 분명하고, 자신들 모두 힘없이 죽어간다는 사실을 확인했으니 오히려 더 불행할 수도 있다.

예상은 했지만 받아들이기 불편한 진실이다.

팽가연은 아무 일도 없었던 듯 태연히 늘 머물던 자리로 돌아가서 앉았다.

맹삼력이 엄지손가락을 곧추세웠다.

그녀는 루주를 봤다. 하지만 루주는 그녀를 쳐다보지 않았다. 당연한 일을 했는데 뭘 더 바라냐는 듯이.

'야속한 사람.'

이럴 때 잘했다는 말 한마디라도 해주면 좋은데. 그런 말이 아주 큰 힘이 되는데…… 아니, 그에게서 그런 말을 듣고 싶은데…… 안 돼! 지금 무슨 생각을! 그에게는 주설언이 있잖아!

그녀의 눈이 촉촉하게 젖었다.

*   *   *

"그런가… 그렇게 죽었는가……."

검은 장막 속에서 침중하게 가라앉은 음성이 들렸다.

살천루 루주는 이런 경우를 예상하지 못했다.

수하들이 항명까지 하면서 살천루를 뛰쳐나간 것은 결사의 의지가 있었기 때문이다. 그리고 그 결사의 의지 속에는 가족들의 죽음까지도 담보되어 있었다.

그런데 가족들은 살리고 자신들만 죽었다.

이런 짓은 하지 않느니만 못하다.

물론 그들의 하고자 하는 말은 알아듣는다. 더 이상 이번 일에 개입하지 말라는 경고다.

하지만 아는가? 그런 식으로 일을 중단할 바에는 십간조가 죽었을 때 손을 뗐어야 한다. 사총에 연을 댈 필요도 없었다. 아니, 그렇게 해서는 안 된다.

사총과 연결이 되는 순간부터 먹히든가, 손을 잡든가 둘 중 하나만 선택할 수 있는 유희가 된다.

선택의 여지가 없다.

죽은 자들이라고 그런 점을 모를까.

너무 답답하니 말하는 것이지, 저들이 그런 점을 모를 리 없다.

동면염라는 가족들을 돌보지 않았다.

그는 한 군데서, 모두를 막다른 절곡에 몰아넣고, 죽음을 설득했다. 그리고 죽였다.

애초 항명한 뜻은 따르지 않지만, 그래도 살천루의 살수들이 목숨을 아끼지 않는다는 기백은 보여주어야 하지 않나.

가족을 모두 죽이고 돌아섰다.

그들은 이로써 사총에게 보여줄 것은 보여주었다.

또 사실이 그렇다. 그들이 더 이상 무엇을 할 수 있겠는가.

하지만 사총은 다르다.

그들은 이런 인정에 감탄하지 않는다. 냉정하게 손익을 따져보고 계산서를 뽑아낸다.

가족을 모두 죽여? 미련한 짓, 아무 가치도 없는 죽음. 그러니 이 부분은 삭제한다. 네 명이 팽가연에게 죽어? 역시 아무 가치도 없는 죽음이다. 하니 이 부분도 삭제한다.

결국 그들에게 보여준 것은 아무것도 없다.

이게 그들이 의도한 바이기도 하다. 사총에게 살천루의 강력함을 보여줄 필요가 없다. 그럴 만한 힘도 없지만, 있다고 해도 숨겨야 한다. 사총과 십검 사이에 끼지 말고 은신해라. 숨죽이고 기다렸다가 살수문파의 명맥이나 이어가라.

장막 뒤에서 냉막한 음성이 흘러나왔다.

"복수를 포기한 살수는 존재 가치를 잃는다. 그런 살수가 무슨 낯을 들고 하늘을 대할 것인가. 어떻게 죽은 동료들의 넋을 대할 생각인가."

"죽음으로써!"

모두들 한목소리가 되어서 말했다.

살천루 무인들이 병기를 다듬는다.

루주는 결국 명령을 내리지 못했다. 결전을 벌인다는 전체적인 윤곽은 정해졌지만, 세부적인 계획을 말하지는 못했다.

루주 한 명도 벅찬데…… 한데 지금은 검치까지 있다. 살천루 최대 중신들은 루주와 검을 맞대보지도 못했다. 팽가연이라는 하북팽가의 어린 여자에게 몰살당했다.

이런 마당에 어떤 수를 쓸 수 있는가.

몰살당하는 것은 쉽다. 모두 죽기는 쉽다. 하지만 루주를 죽이는 건 어렵다. 검치까지 죽이는 건 불가능하다.

살천루주는 장고를 거듭했다.

하루, 이틀, 사흘······.

시간이 화살처럼 지나갔지만, 장막 뒤에서는 어떠한 명령도
토해지지 않았다.

살천루주는 생각만 하고 있었던 게 아니다.

그는 숙고 끝에 서신을 작성했다.

"사총주에게 건네라."

"저희 말을 듣겠습니까? 어떤 말이든 무시할 겁니다. 안 가
느니만 못합니다."

"이 서신만은 무시하지 못할 것이다. 가라."

"정히 그러시다면······ 알겠습니다."

루주를 지키던 심복이 은밀히 살천루를 떠나갔다.

2

살천루주의 말이 맞다. 그의 서신에는 사총도 무시할 수 없
는 내용을 담고 있다.

"살천루가 백기 투항했다."

총주가 서신을 덮으며 말했다.

"백기 투항입니까? 아무 조건도 없습니까?"

"없다."

"허! 그놈들이 그럴 리가 없는데······ 뭐 지분 보장이라거나

그런 게 있을 텐데."

"남은 게 뭐가 있어야 보장을 받지."

"흠! 그렇긴 해."

사총 무인들은 시큰둥하게 받아들였다.

살천루의 십간조가 루주 한 명 죽이지 못했다. 그리고 루주를 죽일 수 있으니 잘 보라고 큰소리 뻥뻥 쳤다. 그 결과는 어땠나? 형편없이 죽었다.

그런 정도의 죽음은 언제든 일어난다.

무림 어느 곳을 살펴봐도 그만한 죽음쯤은 찾아볼 수 있다. 굳이 살천루를 지켜보지 않아도 된다.

"다 쓰러져 가는 곳 아닙니까? 이제 와서 투항하면 뭐합니까. 별로 쓸 데도 없는데."

"하하하! 그래도 어떻게든 살아보겠다고 발버둥 치는데, 살려줘야 하지 않나. 살수 문파답게 마지막 발악을 하게 해줘야지."

"마지막 발악?"

"살수 놈들의 마지막 발악이라는 게 뭐 별거 있어? 싸우다 죽는 거지."

"최선봉에 내세운다?"

"내세워 봤자 쓸모도 없겠지만… 그래도 원없이 싸우게는 해줘야지. 흐흐!"

잡졸들을 거두는 데는 숫자에 제한이 없다.

열 명이든 스무 명이든 머리를 숙이고 들어오는 자들은 모두 받아들인다. 그리고 그런 자들은 가장 희생이 큰 곳, 죽음이 불가피한 곳에 우선 배치한다.

소모품은 아까울 것이 없다.

죽으면 또 구하면 된다. 지금도 바깥세상에는 밥 한 끼를 얻어먹기 위해서 목숨을 내놓는 사람들이 부지기수다.

살천루는 나름대로 정예화되어 있다.

그들이 백기 투항했다면 써먹을 곳이 많다. 다만… 그들을 거두면 그들의 원한까지 함께 받아들여야 한다.

이것이 고민이다.

살천루는 귀살왕의 원한을 인계받았다가 이 꼴이 됐다. 귀살왕의 죽음에서 끝났다면 아직도 공포의 존재로 인정받고 있을 터인데, 괜히 나섰다가 멸문의 길로 접어들었다.

루주!

살천루를 개망신시킨 자.

사총도 루주에게 많이 당했다. 루주 때문에 잡히거나 죽은 사람들이 꽤 있다. 하지만… 그것은 단편이다. 사총이 전체적으로 간여한 일이 아니다. 부분적인 움직임이다.

그런 움직임까지 사총이 간여할 필요는 없다.

가모와 연관을 맺은 자들이 많이 죽었지만… 그게 뭐 어떻다는 것인가?

사총은 무림에 나선 문파가 아니다.

무림을 휘어잡으려고 힘을 발휘하지도 않았다. 아직은 숨죽이면서 힘을 기르고 있는 잠룡에 불과하다.

거대한 용이 잠을 잔다.

용을 지키는 잡졸들이 무림에 나갔다가 몇 명 죽은 모양인데… 그런 일 때문에 사총이 잠에서 깨어나야 한단 말인가? 용이 나서야 하나?

그건 아니다. 나설 필요가 있으면 나서지만, 지금 이대로 등을 돌리고 앉아서 모른 척해도 무방하다.

한데 살천루를 껴안으면 그렇게 하지 못한다.

살천루는 복수를 하기 위해 광분해 있다. 그들은 루주와 직접적인 원한이 있다. 살천루 전체가 덤벼들어도 이길 수 없게 된 거대한 집단을 적으로 두었다.

집단? 그렇다. 루주는 이제 집단이다.

검치가 있고, 맹삼력이 있고, 팽가연과 취취가 있고, 추명오독이 있다. 인원은 몇 명 되지 않지만 무위의 강력함으로는 어느 문파 못지않다.

이런 말을 해서 무엇하랴.

그들에게 검치가 있다는 사실만으로도 할 말이 없다.

살천루를 받아들인다는 것은 그런 뜻이다. 그들이 안고 있는 원한까지 접수한다는 뜻이다.

그들만 받아들이고 원한은 모른 척할까?

그럼 살천루 무인들이 가만히 있겠나. 그들이 발버둥 쳐봤자 눈 하나 깜박할 사총이 아니지만, 괜히 자질구레한 일이 자꾸 터지면 신경 쓰인다.

그럴 바에는 아예 처음부터 모른 척하는 게 좋다.

이것이 모두의 생각이다.

살천루를 받아들여서 얻는 이득보다 잃을 게 더 많다. 편하게 부려먹는 쪽보다 귀찮은 문제가 더 많이 발생한다.

버리자.

살천루가 백기 투항했는데도 사총은 달갑지 않다.

그들에게 거대한 힘이 있다면 웃으면서 받아들였겠지만, 지금은 아니다.

십간조가 무너졌다.

살천루 충신들이 대거 이탈했다.

살천루를 위해서 죽음을 불사한 것이지만, 손실은 손실이다. 그들의 충성심, 살천루를 위하는 마음 따위는 신경 쓸 필요가 없다. 고려의 대상이 일절 아니다.

그렇게 봤을 때, 살천루는 계륵이다. 그것도 버리는 쪽이 좋다고 생각되는 매우 하찮은 계륵이다.

이득이 전혀 없는 것은 아니다.

살천루는 살법(殺法)에 대한 경험이 많다. 사총이 알지 못하는 수법을 다량 보유하고 있다. 암살에 관한 한 단연 독보적인 존재임이 틀림없다.

사람은 쓸모없으나, 그들의 수법은 유용하다.

모두들 와자지껄 의견들을 피력했다.

대부분이 버리자는 쪽이었고, 극히 일부만 그들의 살법에 대해 흥미를 보였다.

탁!

총주가 탁자를 내리쳤다.

일순, 장내는 쥐 죽은 듯 조용해졌다. 그토록 두서없이 떠들어대던 사람들이 일시에 입을 다물었다.

"염탈군."

총주가 사총제일뇌를 불렀다.

"보듬어 안으십시오."

염탈군이 조용히 말했다.

"그들의 원한까지 말이냐?"

"후후후! 검치는 어차피 저희의 원수이기도 합니다. 한 번크게 드잡이질을 벌여야 하는 사이죠. 양쪽 모두… 서로를 피해 갈 수는 없습니다."

중구난방은 이 말로 정리되었다.

사총제일뇌 염탈군이 결정한 사항이면 대부분 받아들여진다.

이번에도 예외는 없었다.

"가서 살천루를 접수해!"

명령이 떨어졌다.

사총 무인들이 살천루로 들어섰다.

무혈입성(無血入城)!

살천루는 누차에 걸쳐서 공조를 요구했지만 결국 요구를 관철하지 못하고 두 손을 들었다.

시산망자, 혈수마염, 사망유객, 동면염라…….

그들이 제 일을 하지 않고 죽음을 택하는 순간, 살천루를 말할 입을 잃어버렸다.

사총에 어떤 요구도 할 수 없다.

그렇다고 해도 살천루의 명맥이 끊긴 건 아니다. 살천루는 계속 존재할 것이며, 앞으로도 많은 청부를 받아들일 게다. 앞으로 한 십 년 정도는 눈 찔끔 감고 버티면 옛날의 성세를 되찾을 수 있다.

살천루주는 그 일을 포기했다.

어떤 일이 있더라도 검치와 루주와 승부를 결행하려고 한다.

좌아아악!

살천루의 상징이던 검은 휘장이 들춰졌다.

휘장 너머에는 검은 의자 한 개가 달랑 놓여 있었다.

흑단목(黑檀木)으로 만든 의자는 기름칠을 해놓은 듯 윤기가 자르르 흐른다.

역대 루주들이 앉았던 자리다.

제십육대 살천루 루주는 그 자리에 앉지 않았다. 그는 의자로부터 한 발 앞에, 그리고 우측으로 한 발 옆에 물러서서 두 무릎을 꿇고 오체투지(五體投地)했다.

뚜… 벅! 뚜…… 벅!

추레한 노인이 매우 느린 걸음으로 걸어왔다.

그는 오체투지한 살천루주를 힐끔 쳐다본 후, 태연히 걸어가 목단 의자에 앉았다.

"살천루, 살천루… 그 이름은 유지하는 게 좋겠어. 아무래도 많은 사람이 알고 있으니까."

"감사합니다."

살천루주가 머리를 더욱 깊이 조아렸다.

"나한테 뭐…… 줄 거 없어?"

그 말에 오체투지를 하고 있던 살천루주가 고개를 들고 옆에 있던 시종에게 눈짓을 했다.

시종이 쟁반을 들고 노인에게 다가갔다.

살천루주가 말했다.

"저희 살천루 백이십삼 살법입니다."

"흠! 살천루 살법이라……."

노인은 호기심이 가득한 얼굴로 쟁반 위에 놓여 있는 비급을 집어 들었다.

살천루에서 거둬들일 것은 두 가지다.

하나는 살천루가 오랜 세월 동안 축적해 온 살법이다.

당금 무림에서 살천루만큼 암살에 정통한 문파는 없다. 그런 면에서 살천루는 매우 유용하다.

노인이 집어 든 책자 안에, 살천루가 축적한 암살 방법이 모두 기재되어 있다.

그럼 이 책자만 있으면 누구라도 제이, 제삼의 살천루를 세울 수 있는 것인가. 살법에 능통한 살수들을 대량으로 양성해 낼 수 있는 것이다.

아니다. 그럴 수 없다.

책자는 책자일 뿐이다. 암살 방법들을 기재해 놓은 단순한 설명서에 지나지 않는다.

정통 살수는 경험에서 나온다.

이런 책자 수백 권을 읽는 것보다 살행에 나섰던 살수의 경험담 한마디가 더 낫다.

정말로 뛰어난 살수를 양성하고 싶은가? 그럼 이런 책자들은 아무 소용이 없다. 이런 책을 수집하는 것보다 뛰어난 살수 한 명을 영입하는 게 훨씬 빠르다.

살천루의 살수비기를 흡수하기 위해서는 살천루 교두들을 훔쳐야 한다. 그들의 마음에서 살천루에 대한 충성심을 씻어내고 사총에 대한 충성심으로 메꿔 넣어야 한다.

노인은 형식적으로 책자를 들춰봤다.

"흠! 이렇게 죽이는 방법도 있군. 독을 물에 풀어서 송곳처럼 얼린다…… 유용한 방법이야. 흔적 없이 죽일 수 있겠어."

노인의 관심은 책자에 있지 않다.

그가 건성건성 말하는 것만 봐도 알 수 있다. 다른 것… 조금 더 현실적인 것을 원한다.

사총이 살천루에서 취할 것, 두 번째.

살천루에는 검치를 상대할 방법이 있다.

물론 그 방법을 믿을 수 있는 것은 아니다. 사실 살천루는 지금까지 검치를 상대할 수 있다고 자신있게 말해왔지만, 사총은 그 말을 믿지 않았다.

만약 그 말을 믿었다면 두 집단은 벌써 손을 잡았을 게다.

살천루주가 노인의 뜻을 알아채고 말했다.

"제가 직접 제 아이들을 데리고 가서 검치를 치겠습니다."

"호오!"

노인이 눈빛을 반짝였다.

"저와 제 아이들은 몰살할 겁니다. 살천루의 뿌리조차 남지 않겠지만… 감수합니다."

"내가 해줄 건 없고?"

"교두 네 명을 남겨놓겠습니다."

"흐음!"

"저들에게 전폭적인 지원을 부탁합니다."

"그건 부탁이라고 할 것도 없지. 내 당연히 해줘야지. 루주가 무릎까지 꿇었는데, 그 정도도 안 해주면 되나. 살수를 양성하는 데 필요한 자금, 전폭적으로 대겠네."

"자금은 저희에게도 있습니다."

"흠! 그럼?"

"저희의 명줄을 끊지 말아주십시오. 이 순간 이후로, 살천루는 사총의 뼈와 살입니다. 어떤 부림도 받을 것이니, 명줄만 붙여놓아 주십시오."

"그러지. 믿게."

노인이 목단 의자에서 내려와 살천루주의 두 손을 움켜잡았다. 그리고 그를 일으켰다.

"루주의 바람을 알 것 같으이. 내 살천루를 꼭 재건시켜 놓음세. 모든 지원을 아끼지 않겠네. 그리고 살천루가 제 모습을 찾게 되면, 내 약속하고 독립을 시켜줌세."

"고맙습니다."

살천루주가 노인의 두 손을 꾹 잡았다.

3

살천루의 살인기예를 일반적인 관점에서 생각하면 큰코다
친다.

커다란 측면에서 사람을 살상하는 방법은 직접적인 공격과
암살, 이 두 가지 방법밖에 없다. 고육지계(苦肉之計)를 쓰든
뭐를 쓰든 정면에서 치는 것과 등 뒤를 치는 것, 딱 두 가지다.

하지만 세부적인 방법으로 들어가면 그 종류를 헤아릴 수
없을 만큼 많아진다.

백이십삼 살법?

웃기는 소리다. 그것은 지금처럼 남들 앞에 보여줄 필요가
있을 때 꺼내놓는 전시용 살법이다.

살천루의 살법은 양중양(陽中陽), 양중음(陽中陰), 음중양(陰
中陽), 음중음(陰中陰)으로 나뉜다. 그리고 각 부분이 또 갈려
져서 적어도 천여 가지 이상의 살법으로 세분화된다.

그중에 가장 시전하기 어렵고, 까다롭지만 완성도는 낮은
게 음중음이다.

음중음은 하나 더하기 하나가 주를 이룬다.

하나만 펼치면 아무것도 아니지만, 다른 하나를 추가하면

즉시 효험을 발휘한다. 무독(無毒)에 무독을 더해서 극독(劇毒)을 만드는 것과 같은 이치다.

아무 해도 없을 때, 암수를 알아채기는 쉽지 않다.

바로 눈앞에서 펼쳐도 알아채지 못한다. 자신의 몸에 제재가 가해졌는데도 까마득히 모른다.

음중음 살법은 그야말로 정말 고절한 살수가 아니면 펼칠 수 없을 정도로 난해하다.

"루주."

"아무 소리 마라."

살천루 루주는 묵묵히 병기를 챙겼다.

허리에 검 두 자루를 찼다. 가슴에 표창 스무 자루가 들어 있는 꾸러미를 맸다.

병기를 만져본 게 언제인지.

수하가 등 뒤의 옷매무시를 만져주며 말했다.

"저희 살천루는 어떻게 되는 겁니까?"

"없다."

살천루주가 단호하게 말했다.

"잘못된 겁니까?"

"그렇다."

"그럼 사총과 연계한 것은……? 저놈들… 우리가 백기 투항까지 했는데도 받아들이지 않은 겁니까? 우리를 이렇게 대접해도 좋은 겁니까?"

"조용히!"

"알겠습니다."

수하가 입을 다물었다.

루주는 사총 노인에게 음중음 살법을 펼쳤다.

이제 누구라도 다음 한 수만 더 보태면 그는 죽는다. 거드름을 피우던 모습에서 피를 토하며 죽는 모습으로 바뀐다.

루주가 살법을 펼치는 모습, 몇몇 사람만이 봤다.

루주는 그런 모습조차도 숨길 수 있지만, 일부러 보이게 펼쳤다. 자, 내가 펼친다. 마무리는 너희가 하라.

루주의 뜻이 명확하게 읽혔다.

루주가 손목에 완대를 차며 말했다.

"잘되면 좋고 안 되면 말고…… 그래도 되기를 바라는 마음이 컸는데…… 안 된 것뿐이야."

"저자, 살법을 눈치채지 못했습니다."

"사총주가 아니니까."

"넷? 그럼 누구?"

"사총제일뇌 염탈군이다. 후후! 사총주가 직접 왔다면 믿을 수 있었는데…… 하하! 만약 그가 왔다면 살법을 펼치지도 못했을 게야. 나 정도로는 어림도 없지."

"그렇군요. 그럼 자구책이라도……."

"미련을 버려라. 끝났어."

루주가 성큼성큼 밖으로 나갔다.

밖에는 살천루 살수 삼백여 명이 무장을 갖춘 채 대기하고 있었다.

사총제일뇌 염탈군은 손을 크게 흔들어주면서 살천루 루주의 출행을 배웅했다.

"십간조 네 개. 이게 살천루의 전부였군요."

"하나가 몰살했으니 이제 세 개지. 후후! 난 어찌 저놈들보다 검치 쪽이 더 강해 보이냐?"

"너만 그런 게 아냐. 나도 그래."

사총 무인들이 손을 흔들면서 말했다.

살천루는 뒷정리를 깨끗이 했다.

일가족을 자신들 손으로 벴다. 검을 들고 나선 사람들을 제외하고 모든 사람을 죽였다.

살천루의 대가 완전히 끊겼다.

남은 사람은 교두 네 명뿐이다.

"저놈들…… 피도 눈물도 없는 무정한 놈들인 건 알고 있었는데, 이번에 제 식솔들 처리하는 걸 보고 완전히 놀랬잖아."

"흐흐흐! 살수 핏줄은 따로 있나 보더라고."

"그렇지? 흐흐흐!"

그들은 살천루 교두들이 옆에 있는데도 불구하고 마음껏 농을 주고받았다.

염탈군이 배웅하던 손을 내렸다. 그 순간,

차앙! 스릉!

같이 배웅하던 사총 무인들이 느닷없이 병기를 꺼내 교두들의 목에 붙였다.

교두들은 꿈쩍도 하지 않고 염탈군만 쳐다봤다.

"너희 놈들의 비기가 탐나기는 하는데…… 그러기에는 지불할 것이 너무 많아. 그렇다고 몰인정하게 내칠 수는 없고……."

염탈군이 고개를 끄덕였다.

사총 무인 중의 한 명이 환단이 놓인 접시를 들고 왔다.

"먹어!"

사총 무인이 강압적으로 말했다.

복용하면 살려주고, 아니면 죽이겠다는 뜻이 분명했다.

교두들이 머뭇거리자, 사총 무인이 징그럽게 웃으면서 말했다.

"흐흐흐! 혈맹단(血盟丹)이라는 거다. 몸에 좋은 것이니 안심하고 복용해도 돼. 솔직히 너희 같은 놈들을 어떻게 믿어? 딴 뜻만 먹지 않으면 천 년이고 만 년이고 살 수 있으니까 안심하고 복용해. 살천루의 비기를 남겨야 하잖아? 안 그래? 흐흐!"

교두들은 잠시 망설이는 듯하더니 긴 한숨을 내쉬면서 단환을 입에 넣고 삼켰다.

"허허! 그래도 시세를 아는 자들이군. 잘된 거야. 모든 게 잘된 거야."

염탈군이 이미 까마득히 점이 되어버린 살천루주를 바라보면서 말했다.

살천루가 남긴 유산은 매우 많다.

그들이 남기고 간 은자만 해도 능히 일개 성을 살 정도는 되는 것 같다. 지하 창고에 쌓아놓은 온갖 패물을 옮기는 데만 무려 열흘이 소요되었다.

살천루는 살법의 정화도 남겼다.

루주가 건네준 책자는 아무런 가치도 없다. 그 정도의 책자는 사총에도 널려 있다.

교두 네 명!

그들의 가치는 이루 말할 수 없다.

살천루의 모든 역사가 그들 네 명의 몸에 집대성되어 있다.

이들을 잘 이용하면 잿더미에서 꽃을 피울 수 있다. 무너지고 망가진 살천루는 잊어라. 완전히 새로운 살수 문파의 등장, 새로운 살수 신화를 창조해 낼 수 있다.

그리고 그 살수들은 사총의 이름으로 움직일 게다.

이런 식의 융합이라면 얼마든지 거둬들일 수 있다.

"소득이 컸습니다."

염탈군은 만족했다.

"살천루주가 꽤 고심했겠군."

"고심해 봤자 선택의 여지가 없으니까요. 호랑이도 어미가 죽으면 새끼들은 늑대의 먹이가 되는 법이죠. 루주가 떠난 자리…… 저희가 싹쓸이를 하지 않아도 누군가 했을 겁니다."

"그런가."

"그렇습니다."

염탈군이 환한 미소를 지으면서 머리를 조아렸다.

안됐지만, 이것이 사파의 운명이다.

루주가 떠난 살천루는 승냥이들의 먹잇감으로 전락해 버린다.

그들에게는 막대한 은자가 있다. 가만히 내버려 둘 것 같은가. 그들에게는 살수비기가 있다. 그것을 가지면 당장 조그마한 문파 하나는 창건할 수 있다. 어느 누구라도 약간의 힘만 있으면 먹이를 먹자고 달려들 게다.

대가리가 떨어져 나가면 나머지는 모두 죽는다.

자신들의 식솔을 모두 정리했다고? 그게 최선이다. 그게 가장 편하게 삶을 마감하는 길이니, 그렇게 한 것이다. 만약 살천루주에게 티끌만 한 희망이라도 생겼다면 그 길을 택하지 않을 사람이 아니다. 그에게는 절망밖에 없었다.

"뒤는 살펴봤고?"

"죽은 자의 시신까지 점고해 봤습니다. 이상없습니다."

"너무 빨리 포기한다고 생각하지 않나?"

"그런 생각이 듭니다만…… 허허! 어쩔 수 있었겠습니까?"

염탈군은 모든 일이 마무리됐다고 보고했다.

사총주가 고개를 저었다.

"적어도…… 한 사람은 끌고 가겠군."

"무슨 말씀이신지?"

"너…… 당했어."

"저? 저 말씀입니까?"

"네 미간에 검은 기운이 스며 있다. 암살을 당한 증거지. 아마도 살천루의 음중음인 것 같은데…… 후후! 보기 좋게 당했군. 그러게 조심하라고 했지?"

"그렇…… 습니까?"

염탈군이 미간을 찌푸렸다.

사총주의 눈길은 정확하다. 총주가 당한 것이라면 당한 게 맞다. 도대체 언제……?

'그때! 손을 맞잡을 때! 이런!'

염탈군의 눈가에 신광이 맴돌았다.

음중음은 복중복(腹中腹)이다. 그것 자체로는 위험이 되지 않고 또 다른 암수 한 개가 쳐들어와야 한다. 그리고 그 일을 행할 자들은 자신이 데리고 온 네 명의 교두 중의 한 명이리라.

다행히도 음중음은 사전에 발견하기만 하면 치료가 가능하다.

오랜 세월 동안 병마에 시달려야 하겠지만, 그래도 목숨을 부지할 수 있다.

사총주가 말했다.

"조심해. 좋은 머리 하나 묻고 싶지 않아."

생각 같아서는 교두 네 명을 단숨에 처리하고 싶다. 그러면 아무 일도 일어나지 않는다. 그 누구도 다치지 않는다. 살천루주가 잔꾀를 부렸지만, 불발로 끝나 버린다.

두 번째 방법은 살천루주와 한 약속을 지키는 것이다.

교두들을 전폭적으로 지원해 준다.

그들은 때가 되었을 때 떠나간다.

그때도 아무 일이 일어나지 않는다. 루주가 암수를 펼친 것은 혹시 약속을 지키지 않을까 봐 우려한 건데…….

'약속은 지킨다. 전폭적으로 지원하지. 하지만…… 네놈들이 키워낸 살수는 사총의 이름으로 움직일 거야. 네놈들은 네놈들이 키워낸 살수에게 죽을 것이야. 허허!'

염탈군은 아무 걱정도 하지 않았다.

먼 훗날 일어날 일을 지금 걱정하는 것은 아무 가치도 없다. 그것이 설혹 자신의 목숨에 관한 것일지라도.

第三十八章 당랑거철(螳螂拒轍)

1

"살천루가 업(業)을 접었습니다."

그는 공손하게 말했다.

"끌끌! 확인했어?"

창노한 음성이 어이없다는 듯 실소를 흘리며 물었다.

"확인했습니다. 만약을 대비해서 염탈군에게 암수까지 펼쳐 놨는데…… 틀림없이 살천루주의 솜씨입니다."

"쯧! 정말 업을 접었군."

"살천루주는 검치를 상대할 수 있다고 확신했습니다. 괜히 하는 말인 것 같지는 않습니다. 그렇다면 방법이 있는 거 아니겠습니까?"

"없어."

"그래도……."

"허! 이놈이 이제는 내 말에 토까지 달아?"

노인이 장난스럽게 말했다.

보고를 하던 자는 급히 허리를 조아렸다.

노인의 장난은 장난이 아니다. 이 시대 최강자, 절대자의 웃음을 어찌 장난이라고 할 수 있으랴. 노인이 감정을 드러내면 저 밑바닥에서는 광풍이 일어난다. 노인이 눈살을 찌푸리면 무림에서는 피바람이 몰아친다.

노인이 잠시 눈빛을 형형하게 빛내더니 입을 헤벌쭉 벌리며 웃었다.

"네놈…… 많이 죽었구나."

"……?"

"검치에게 한 번 당하더니 기가 완전히 눌렸어."

"죄송합니다."

그는 머리를 조아렸다.

노인의 눈을 속일 생각은 말아야 한다. 어떤 말도, 어떤 행동도 가식을 버려야 한다. 노인 앞에서 쓸데없이 자존심 같은 것을 내세우면 곧장 저승행이다.

노인이 물었다.

"검치가 아직도 무섭냐?"

"무섭습니다."

"십검을 상대할 수 없겠어?"

"십검은 지상 최강의 무학입니다. 소신으로서는… 방법이 없습니다."

"쯧! 네놈도 방법이 없는 것을… 아까 뭐라고 했노?"

"……?"

"살천루주는 방법이 있을 거라고?"

"아! 워낙 자신있게 말해서… 십간조가 나름대로 효율적인 방법을 찾아낸 것 같은데…… 저쪽에 루주 혼자만 있다면 모르겠으나 검치까지 함께 있으면 아무래도 부족하지 않을까 싶습니다."

"또, 또, 또!"

"죄송합니다."

그는 급히 머리를 조아렸다.

그렇다. 살천루에는 방법이 없다. 천요루주 혼자라면 상대할 수 있고, 검치와 함께 있다면 상대할 수 없다? 이 말은 분명히 거짓이다.

문제는 십검을 상대할 수 있느냐 없느냐다.

십검을 상대할 수 있다면 상대가 한 명이 되었든 두 명이 되었든 상관할 바 아니다. 루주를 칠 수 있다면 검치까지 칠 수 있다.

살천루주는 죽음의 길로 들어섰다.

사총은 살천루를 지켜볼 게다. 그가 어떤 식으로 검치를 치는지 자세히 관찰할 게다. 그리고 거기서 십검을 칠 수 있는 방법을 찾아낼 게다.

노인이 말했다.

"가서 염탈군인가 하는 늙은이 좀 데려와."

염탈군은 처음 보는 노인 앞에 머리를 조아렸다.

"염탈군이라 합니다."

그는 정중히 포권지례를 취했다.

'이 늙은이가 누구지?'

그의 머릿속은 그 어느 때보다도 빠르게 회전했다.

사총주가 두 손 모아 읍을 한다. 허리를 펴지 못하고 반쯤 수그린 채 말을 한다.

이런 경우는 처음이다.

만인지상(萬人之上)!

그렇다. 사총주는 만인지상이다. 세상 사람들 모두를 짓밟고 선 이 시대 최고의 영웅이다. 검치에게 패하기 전까지만 해도 그를 상대할 수 있는 사람은 없었다.

그런 사람이 머리를 조아린다.

염탈군은 노인을 살폈다.

꾀죄죄한 몰골, 몇 달 동안 피죽도 먹지 못한 깡마른 몰골, 쥐가 파먹은 듯한 수염하며…… 아무리 뜯어봐도 볼품이라고는 찾아볼 수 없다.

그는 머릿속으로 무림 족보를 훑었다.

노인의 몰골에 합당한 기인이사가 있던가? 무림명숙 중에서 노인과 흡사한 용모를 지닌 자는…… 어쩌면 세상에 나타난 적이 없는 은거고인일지도…… 아무리 그래도 이름자는 나 있을 텐데…….

아무리 뒤져봐도, 머리를 굴려봐도 노인의 정체를 짐작할 수 없었다.

노인이 대뜸 말했다.

"네놈이 잔머리깨나 쓴다는 염탐군이냐?"

'네놈?'

염탐군은 미간을 살짝 찌푸렸다.

나이로 보면 노인이나 자신이나 비슷할 것 같다. 아니, 자신이 훨씬 더 많아 보인다.

네놈?

꼭 욕을 했다고 해서 울컥한 것은 아니다.

노인의 말투에는 마치 어린아이를 대하듯 무시하는 심정이 내포되어 있다.

"네, 제가 염탐군입니다."

그는 극도로 허리를 굽히면서 말했다.

노인의 말투는 비록 마음에 들지 않지만 강자를 알아보는 눈은 있다.

노인은 강자다. 초고수다.

다른 점은 차치하자. 사총주가 허리를 굽히고 있지 않은가. 그럼 무슨 말을 더하랴.

"킥킥! 염탐군…… 지금부터 네 그 팍팍 돌아가는 머리를 잘 써야 할 게야. 내 말에 한 치라도 어긋나면…… 킥킥! 우리 늘 그막에 추한 꼴 보이지 말자고. 킥킥킥!"

노인이 파락호들이나 읊조리는 협박을 했다.

그런데…… 이상하다. 노인의 말을 듣고 있자니 온몸이 으스스 떨려온다. 몸살이라도 걸린 것처럼 덜덜 떨린다. 마치 노인의 말이 현실이 되어서 나타난 것 같다.

구족을 멸한다.

자신과 연관 있는 자들은 모두 능지처참 당한다.

이미 죽어서 무덤 속에 들어가 있는 자들은 다시 캐내어져서 뼈마저 분쇄되리라.

이 노인은 그러고도 남을 사람이다.

염탈군은 노인이 지옥의 악귀보다 더 무섭게 보였다.

"하…… 명하십시오."

염탈군은 자신도 모르게 극존칭을 썼다.

"지금부터 사총을 샅샅이 뒤져서 네놈만큼 머리 좋고 저놈만큼 자질이 좋은 놈을 골라와."

노인이 사총주를 가리키며 말했다.

'저놈?'

염탈군의 미간이 다시 꿈틀거렸다.

노인은 분명히 사총주를 가리키며 저놈이라고 말했다.

아니, 이럴 수가!

누가 감히 사총주에게 '이놈 저놈' 할 수 있단 말인가. 그런 말은 검치도 하지 못한다. 중원 무림 그 누구도 사총주에게 저놈이란 말을 하지 못한다.

노인은 사총주의 면전에 대고 말했다.

더욱 기가 막힌 점은 사총주가 그런 말을 듣고도 당연하다는 듯이 머리를 조아린다는 점이다.

'이 노인…… 누구냐?'

염탈군은 머릿속이 복잡해졌다. 하지만 즉시 대답하는 것도 잊지 않았다.

"알겠습니다. 한데…… 부지런히 찾아는 보겠지만, 그런 자가 있을지 모르겠습니다."

'이건 불가능해.'

염탈군은 속으로 머리를 휘휘 내저었다.

자신만큼 머리가 뛰어나려면 중원제일이라는 소리를 들어야 한다. 사총주만큼 근골이 뛰어나려면 역시 중원제일이라는 소리를 들어야 한다.

머리로, 몸으로 명실공히 전부 중원제일이다.

그런 자가 사총에 있나?

없다. 있다면 기적이다. 정말로 그런 자가 있다면 벌써 제거되었다.

너무 뛰어난 자는 주인을 짓밟을 우려가 있다.

적당히 강하고, 적당히 뛰어난 자는 부리기 좋지만, 너무 뛰어난 자는 엉뚱한 생각만 일삼는다.

노인이 말했다.

"킥킥! 그러니까 네놈을 부른 거야. 아무나 그런 놈을 찾을 수 있다면 네놈을 어디 써먹게. 네놈 정도는 되어야 그런 놈을 찾지. 잘 들어. 그런 놈을 찾아오면 네놈이 살고, 그렇지 않으면 죽어."

염탈군은 다시 한 번 몸을 부르르 떨었다.

인생을 칠십 넘게 살아오면서 누구에게 위압감을 느껴보기는 처음이다.

사총주는 무섭다. 강하다. 살벌하다. 하지만 위압감을 느끼지는 않았다. 왜? 사총주에게는 머리가 없다. 자신만 한 머리를 지니지 못했다. 그렇기 때문에 중원을 통치하려면 자신이 꼭 필요하다.

적당히 머리를 조아려 주고, 적당히 칭찬해 주면서 자신의 의도대로 일을 시킨다.

그렇다. 세상은 사총주가 주인인 줄 안다. 하지만 정작 뒤에서 무림을 좌지우지하는 사람은 자신이다. 머리 좋은 자가 세상을 지배하는 것이다. 결코 보잘것없는 무력으로 지배하는 게 아니다.

염탈군은 덜덜 떨리는 음성으로 말했다.

"알겠습니다. 찾아보겠습니다."

"나이는 젊을수록 좋아. 스물 안짝이면 더 좋고. 아! 야망이 큰 놈이어야 해. 적어도 저놈 정도는 되어야 키워볼 마음이 생기지. 킬킬킬!"

노인이 사총주를 쳐다보면서 또 저놈이라는 소리를 했다.

이 순간, 염탈군은 거대한 충격이 척추를 타고 지나갔다.

젊은 놈, 야망이 큰 놈, 키워볼 만한 마음… 이것은 사부의 마음이다. 아니, 헌신이 없는 마음을 사부의 마음이라고 할 수는 없다. 이것은…… 주인의 마음이다. 주인이 종을 부리는 마음이다.

노인은 사총주의 사부다.

또한 노인은 사총주의 후인을 염두에 두고 있다. 사총주에게서 미련을 거두고 후인을 양성하려고 한다. 이것은…… 사총주가 전격적으로 바뀔 수 있는 중대한 사항이다.

'그렇다면! 이건 기회다!'

"알겠습니다. 전력을 다해서…… 찾아오겠습니다."

염탈군이 깊이 허리를 조아렸다.

"사총에는 그만한 자가 없습니다."

"킬킬! 네 눈에는 보이지 않겠지만… 염탈군의 눈에는 보일 게다."

"사총제일뇌가 숨겨놓은 자라도 있다는 말씀이신지요?"

"킬킬킬!"

노인은 웃기만 했다.

사총주는 자신만 알 수 있을 정도로 지극히 미미하게 고개를 끄덕였다.

그렇구나. 이제야 알 것 같다.

사총에는 노인이 말한 자가 없다. 하지만 무림에는 있다.

일단 염탈군만큼 머리가 좋은 자를 찾아야 한다.

사총제일뇌에 비할 수 있는 자.

정말 꿈만 같은 일이다. 그런 자가 있을 수 있나? 도대체 얼마나 머리가 좋아야 하나.

다른 사람들은 찾을 수 없겠지만 염탈군은 찾는다.

머리는 유전이다. 좋은 머리는 선천적으로 씨를 잘 물려받아야 한다. 거기에 노력까지 더해져야 한다.

그런 자는 염씨 가문에서 찾을 수 있다.

자신의 가문에서 자신만큼 뛰어난 자를 찾기란 별로 어렵지 않다. 아예 없다면 찾기가 곤궁하겠지만, 짐작되는 자가 있다면 근시일 내에 데려올 게다.

두 번째로 사총주만큼 근골이 뛰어나야 하는데…….

그런 자가 있다. 염탈군의 가문에 있다.

노인은 그런 자를 봤고, 딱 지목하고 있다. 그자를 데려오라. 사총에 가입시켜서 사총의 일원이 되게 한 다음에 데려오라. 누군지는 네가 알지?

노인이 말하는 것은 그것이다.

나이는 스물 안짝, 근골이 뛰어나고 머리가 좋으니 당연히 야망은 클 것이고…….

"킬킬! 저놈이 좋은 씨를 물고 올 거야."

"네."

"키키! 저놈은 그놈을 네놈 후인으로 생각하는 모양인데…… 어떠냐? 네 자리를 양보할 생각 있어?"

"그럴 바에는 크기 전에 자르겠습니다."

"키키! 아직도 야망은 죽지 않았군."

"……."

"염탈군이 젊은 놈을 데려오면 살천루의 비기를 전수시켜. 교두 네 놈에게 가진 바를 모조리 가르치라고 해. 그리고 살천루의 재화를 모두 줘서 독립시켜."

"독립…… 입니까?"

"살천루는 독자적으로 움직여야 해. 누구 손에 들어가면 아주 못돼져."

"혹시… 살천루가……?"

사총주는 말끝을 흐렸다.

평생 연락도 없던 노인이 불쑥 나타났는데, 그 시점이 매우 미묘하다. 살천루가 몰락하고 그들의 전 재산을 가져온 이후, 급작스럽게 방문했다.

그리고 취한 조처가 살천루 복원이다.

그것도 자신만 한 근골에 염탈군의 머리를 가진 자, 그런 자를 루주로 양성하란다.

그런 자가 살천루를 이끌면…… 제이의 사총이 탄생한다. 아니, 살업을 주업으로 하는 문파이니 무림을 공포로 몰아넣을 게 뻔하다.

사총보다 더했으면 더했지 못하지는 않다.

사부는 제이의 사총을 꿈꾸는가. 아니다. 그런 생각을 하다가 또 다른 생각이 들었다.

사총은 역사가 짧다. 반면에 살천루는 매우 오래되었다.

사총은 자신이 만든 사마외도의 집합체인데…… 살천루는 자신이 이들을 규합하기 전부터 무림을 피로 적시면서 왕성하게 활동해 왔다.

사마외도를 규합할 때, 당연히 살천루도 영합 대상에 포함했다.

사총을 따르면 산다. 거부하면 죽는다. 사마외도라면 누구를 막론하고 사총주의 명령을 받아야 한다. 이를 어기면 사총의 법에 따라서 멸문시킨다.

당연했다. 사총이란 말 자체가 사마외도의 총 연합체를 의미한다.

그런데 살천루는 투항하지 않았다.

사총이 전력을 다해서 그들의 근거지를 찾았지만 찾지 못했다. 이번 사건으로 그들의 윤곽을 잡기 전에는 어디에 숨어 있었는지 알지도 못했다.

그들은 여전히 살인청부를 했다.

사총은 살천루를 건드리지 못했다. 사총 무인들은 강했지만 살천루는 신출귀몰했다. 사총의 정보망은 천하에 거미줄을 쳐놓은 듯 밀집했지만, 살천루는 용케도 빠져나갔다.

정말 대단한 자들이다.

그들이 사총에게 연계를 하자고 서신을 보내온 것도 이해가 된다.

서신을 보내온 일……. 그 일이 오히려 그들의 종적을 찾아내게 만드는 단서가 되었지만…… 그래서 결국 모든 것을 헌납하고 백기 투항할 수밖에 없었지만……. 그래도 대단하다고 박수를 쳐주고 싶은 문파다.

그런 살천루의 뒤에 사부가 있지 않나 생각된다.

자신에게 사총이라는 힘을 주기 전에 살천루를 통해서 무림을 조종해 오지 않았나 싶다.

사총처럼 살천루도 사부의 것이라면……

제십육대 살천루주가 죽음을 택하게 압박한 것은 사부의 뜻이다. 사부가 그를 버리지 않았다면 그는 조금 더 오래 버텼을 게다.

살천루주나 자신이나 같은 운명이다.

사부가 버리면 검치와 정면으로 맞서야 한다. 그리고 지금 살천루주가 하는 것처럼 죽음을 향해서 걸어가야 한다. 반면에 사부가 손길을 내밀면 살 수 있다.

검치와 정면으로 맞서서 산산조각났던 사총이 멀쩡하게 재건된 것처럼, 여전히 강한 생명력을 보존할 수 있다.

'그랬어. 살천루… 사부 것이었어.'

사부는 살천루의 탈태환골(奪胎換骨)을 원한다.

썩은 부분을 도려내는 정도에서 그치는 것이 아니다. 밭을 싹 갈아엎어 버리고 새 땅에 새 씨앗을 뿌리려고 한다.

사총주가 말했다.

"살천루…… 최대한 지원하겠습니다."

"킬킬킬! 분타 하나 낸다 생각하고 확 밀어줘. 지금의 살천루보다 딱 두 배만 강하게 만들어놔. 그 정도는 되어야 쓸모가 있겠어. 킬킬킬!"

"알겠습니다. 단시일 내에, 빠르면 일 년 이내에 가장 강한 살수문파가 등장할 겁니다. 사총이 무능력해졌지만, 아직 그 정도는 할 수 있습니다."

"살천루로 해. 다른 문파가 왜 필요해? 살천루…… 이름도 좋잖아. 계속 지속시켜."

노인은 살천루를 지속시키라는 확답까지 받으려고 한다.

그는 거부할 능력이 없다.

"알겠습니다. 살천루가 다시 태어날 겁니다."

"쯧! 잘들 좀 하지. 어쩌다가들…… 그리고…… 너도 나갈 준비해. 여기는 믿을 만한 놈에게 맡기고…… 흠! 아까 그 염탈군이라는 놈 있지? 그놈에게 말해봐. 지금 전력으로 구파일방을 치면 어떤 결과가 나올지 예상도를 짜봐."

"아직은 어림없습니다."

그런 일은 노인이 시키지 않아도 하고 있다. 하루에도 몇십 번씩 생각을 고쳐먹으면서 방향을 짜본다. 무림을 뒤틀 수 있는 방도를 강구한다.

그러나 언제나 결론은 아직은 무리라는 쪽으로 굳어진다.

무림에 검치가 있다. 그가 있는 한 무림에 나선다는 것은 자살 행위나 진배없다.

노인이 할 말을 다 한 듯 몸을 일으키며 말했다.

"검치는 너무 걱정 말고. 놈은…… 휴우! 악연이로고…… 검치는 걱정하지 말고 판을 짜봐."

사총주의 눈이 번쩍 뜨였다.

오랜 이야기를 나눴는데…… 이런 말을 하려고 그러셨구나!

검치가 죽는다!

사부가 직접 제거하든, 다른 방도를 강구하든 검치를 제거하려고 작심하셨다.

검치만 제거하면 무림은 종이호랑이나 다름없다.

사총이 원하는 대로 찢을 수 있고, 태워 버릴 수 있다. 마음껏 짓밟을 수 있다.

그가 급히 말했다.

"판은 이미 짜여 있습니다. 검치만 없다면…… 지금 당장에라도 무림을 피바다로 만들 수 있습니다. 말을 타고 중원을 여행하는 시간, 그 시간이면 중원을 평정할 수 있습니다!"

"쯧! 이놈아, 무림에 검치만 무인이라더냐?"

"죄송합니다. 제 눈에는 검치밖에 안 보입니다. 검치만 없으면 자신있습니다."

"쯧! 쯧쯧쯧……."

노인은 한심하다는 듯 혀를 찼다.

사총주는 아랑곳하지 않았다. 이런 푸대접은 너무 많이 받아서 이미 만성이 되어버렸다.

그것보다는 희망이 샘솟는다.

'무림…… 무림을 다시 활보할 수 있어! 사총의 세상이 되는 거야. 사총의 세상! 후후후후!'

노인만 없다면 앙천광소라도 터뜨리고 싶은 심정이었다.

2

하루도 조용한 날이 없다.

당금 하북이 그렇다. 조금 조용해진다 싶으면 금방 다른 일이 꼬리를 물고 일어난다. 그것도 무시할 수 없을 대형 폭풍이 밀어닥친다.

"살천루 루주가 직접 나섰대."

"삼백 명이 모두 동원되었다지?"

"이번에는 화약도 동원한다는 소문이야."

"뭣? 제길! 그럼 구경도 못하겠네. 자칫하다가는 고래 싸움에 새우 등 터지겠어."

"살수들의 싸움은 구경하는 게 아니지."

사람들은 마치 옆에서 누가 듣기라도 하는 듯 귓속말로 수군거렸다.

그만큼 살천루의 공포는 컸다.

그럴 수밖에 없는 것이…… 지금까지 살천루가 나서서 해결되지 않은 청부는 없었다. 어떤 청부든 그들이 맡으면 즉각 해결되었다.

그들은 값이 비싸다.

웬만한 일은 맡지도 않는다. 대부호의 청부나 무림의 중대사, 혹은 이권이 매우 큰 건만 청부를 받는다. 그리고 반드시 성공시켰다.

그들은 무림 공적이다.

당연히 그들을 없애고자 이를 악문 문파가 한둘이 아니다.

하나 모두 실패했다. 살천루를 치기는커녕 그들 손에 수장이 암살되는 비운을 맞이했다.

지금까지 그런 역사가 반복되었다.

그런데 십간조가 무너졌다.

그전에 귀살왕이 무너졌지만, 그는 살천루의 지류(支流)이니 제쳐놓는다고 해도…… 십간조, 백 명의 살수가 모조리 도륙당했다는 것은 매우 큰 사건이다.

십간조를 이끈 사람이 분살광왕 탑하리다.

그의 살인 방법은 한마디로 무식하다. 암살이고 뭐고 없다. 폭풍처럼 다짜고짜 밀고 들어와서 싹 휩쓸어 버린다. 완전히 폐허를 만들어 버린다.

그런 분살광왕 탑하리, 그리고 그가 이끄는 십간조를 루주 한 명이 저승 고혼으로 만들었다.

그 복수를 하고자 살천루 루주가 직접 나섰다.

다른 때 같으면 당연히 살천루의 손을 들어줬으리라. 루주가 직접 나섰다는데 무슨 말이 더 필요한가. 살천루 전 살수도 총동원되었다는 데 누가 살 수 있는가.

하지만 이번에는 루주 손을 들어준다.

그에게 검치가 있는 이상 그를 건드릴 수 있는 사람은 아무도 없다. 설사 염라대왕이 직접 귀졸을 이끌고 와도 잡아가지 못한다.

검치는 단신으로 사총을 멸문시킨 사람인데, 설마 살천루가 그를 어쩌겠다고 생각한 것은 아닐 테고… 도대체 무슨 생각에서 그들을 친다고 하는 것일까?

사람들은 살천루 루주의 생각이 읽히지 않았다. 아무리 생각해도 머리가 모자란 사람이 이판사판 아무 생각 없이 덤비는 것으로밖에 보이지 않았다.

당랑거철(螳螂拒轍)!

사람들은 이번 싸움을 당랑거철이라고 불렀다.

검치는 살천루가 공격해 온다는 소리를 듣고도 동요하지 않았다. 그가 동요할 필요가 무엇인가. 약자가 온다는데 강자가 겁낼 이유가 없다.

아침에 일어나면 목검을 든다.

아침에 한차례, 점심 먹고 한차례…… 하루 두 차례 목검으로 사람을 가격한다.

하루라도 사람을 치지 않으면 잠이 오지 않는 사람처럼, 좀이 쑤시는 사람처럼 사람을 쳐댄다.

그게 하루 일과다.

살천루가 오면 격렬한 싸움이 예상된다. 적어도 삼백여 명이 목숨을 잃을 싸움이다. 아니면 다섯 명이 죽는 것으로 그치거나.

검치가 머무는 야지(野地)는 다수를 맞이해서 싸우기에는 부적합한 곳이다.

장소가 너무 넓다.

다수에게는 매우 유리하지만 몇 명에 불과한 루주 일행에게는 매우 불리한 곳이다.

그래도 움직이지 않는다.

스윗! 슛! 스스슛!

한 명, 두 명…… 죽음의 기운을 물씬 풍기는 무인들이 그들을 둘러싸기 시작했다.

살천루 살수들…… 그들 역시 숨지 않았다.

검치를 죽이겠다고 공언한 순간부터 마치 전투라도 치르는 사람들처럼 당당하게 모습을 드러내고 움직였다.

언제, 어디서, 어떤 식으로 싸움을 벌일 것인가 하는 점은 이미 정해져 있었다.

물론 암습을 가하지 않으면 승산이 없다. 그리고 살천루 루주는 자결을 하기 위해 이 자리에 온 게 아니다. 살천루가 가진 모든 비기를 총동원해서 검치를 죽이려고 온 것이다.

사각! 사각! 사각!

검치와 루주가 목검을 깎기 시작했다.

그들은 언제나 목검만 고집한다. 지금과 같은 상황에서는 청강 장검 수십 자루를 사놓아도 상관없는데…… 그게 더 빠르고 효율적인데…… 그런데도 목검을 깎아댄다.

그것도 딱 열 자루만 준비한다. 상대는 삼백 명이다. 열 자루의 목검 가지고는 어림도 없다. 검치와 루주가 싸우는 방식으로 싸운다면 겨우 다섯 명을 죽일 수 있을 뿐이다.

그다음에는?

살수들의 병기를 빼앗아서 써야 한다.

이들은 언제나 이렇게 싸워왔다. 상대의 병기를 빼앗아서 상대에게 쓴다.

그러면 애초부터 준비할 목검도 두 자루면 되지 않은가?

이론적으로는 그렇다. 첫 상대를 상대할 수 있는 목검 두 자루면 충분하다.

이들은 왜 열 자루를 깎는 것일까? 열 자루를 깎는데 어떤 의미라도 있는가?

"목검을 깎는데 무슨 의미라도 있어요?"

주설언이 궁금을 참지 못하고 물었다.

사실 이 부분은 모든 사람이 품고 있는 궁금증이다. 팽가연도 취취도 같이 궁금해한다. 그런 점을 가장 말하기 편한 주설언이 물었을 뿐이다.

"없어."

루주가 별일 아니라는 듯 시큰둥하게 대답했다.

"그럼 왜 열 자루를 준비해요? 그냥 두 자루만 준비하면 안 돼요? 한 자루로 병기를 막아서 부시고, 다른 한 자루는 죽이고…… 아! 그럼 다른 자를 상대할 병기가 없나?"

주설언이 장난스럽게 말했다.

루주는 심각한 표정으로 목검을 깎는다. 절대로 가벼운 표정이 아니다. 너무 심각해서 살짝 건드리기만 해도 화약이 폭발하듯 꽝 터져 버릴 것 같다.

그런 분위기를 일소하기 위해서 일부러 가볍게 말을 걸어본다.

"설언."

"네."

주설언이 귀를 쫑긋 세웠다. 아니, 다른 여인들도 하던 일을 멈추고 침묵했다. 그들은 루주가 하는 말을 듣고자 두 귀를 곤두세웠다.

"열 자루면 적당한 무게야."

"적… 당한…… 무게요?"

이해할 수 없는 말.

"열한 자루부터는 무거워지기 시작해. 이건 나에게 해당하는 말이니, 주 매가 십검을 익힌다면 달라지겠지. 주 매의 몸무게로 봐서는 한 사오 검 정도가 적당할까?"

"……?"

주설언은 이해할 수 없다는 표정을 지었다.

사오 검으로 십검을 펼치지 못한다. 열 자루의 검을 퉁겨내려면 십 검이 필요하다. 그런데 사오 검? 그리고 적당한 무게라니? 아!

주설언은 퍼뜩 깨달아지는 바가 있었다.

그렇다. 오늘 싸움에서는 십검이 필요없다. 자신이 소지하기 적당한 정도의 목검만 준비하면 된다. 그게 루주에게는 열 자루고, 자신이 준비한다면 사오 검 정도 될 게다.

몸을 운신하기에 걸림이 없는 무게.

이번 싸움에서는 십검이라는 절초가 필요없다.

아니, 꼭 그렇게 말할 수는 없다. 십검이라는 절초를 펼치기 위해서 반드시 목검 열 자루가 필요한 건 아니다. 열 자루가 있으면 좋지만 없어도 상관없다.

열 자루를 일시에 터뜨릴 수 있는 빠름!

그것이 십검의 진정한 묘용이다.

만약 그녀가 십검을 수련했다면, 그래서 그녀가 소지할 수 있는 무게만큼 사오 검 정도만 준비했다면…… 그것으로 충분하다. 사오 검을 펼침에 있어서 십검을 쓰는 것만큼 빠르게 펼쳐 낸다.

십검이라고 해서 반드시 열 자루를 쓰라는 법은 없다.

루주는 현재 구검을 쓸 수 있다.

검치와 맞닥뜨렸을 때, 구검까지는 동수, 십검에서 패배한다. 마지막 십검이 바로 승부를 결정짓는 패초가 되지만…… 구검까지는 동수다.

그럼 십검까지 동수일 때는 어떤가?

십일검은 없나? 십이검은? 이들이라면 끝도 없이 백 검, 이백 검, 삼백 검으로 넘어갈 수도 있지 않나?

그럴 수 없다.

한 호흡으로 펼칠 수 있는 무공 초수가 딱 십검이다. 그 이상을 넘어서면 천하에 검치라고 해도 숨을 골라야 한다. 그리고 숨을 고르는 그 찰나, 절정고수라면 치고 들어갈 수 있는 틈이 생긴다.

십검은 무적검이 아니다.

처음 열 개의 검만 무사히 넘길 수 있다면 검치를 벨 수 있다. 물론 찰나에 그를 베어낼 수 있는 절정공부를 갖추고 있어야 가능한 일이지만…… 어쨌든 세상 사람들이 알고 있는 것처럼 아무 방법도 없는 것은 아니다.

이 말은 다시 말해서 한 사람을 베고 난 후에는 틈이 생긴다는 말과도 상통한다.

한 사람을 베고 다음 사람으로 넘어갈 때, 바로 그 순간에, 호흡을 들이쉬고 내뿜는 찰나, 숨 한 모금의 차이 속에 삶과 죽음이 존재한다.

예전 같으면 이런 이치를 알지 못했다.

검치와 루주의 싸움을 보면서, 검치와 팽가연의 결전을 보면서 자연스럽게 알게 되었다.

하면 세상 사람들은 이런 약점을 모르고 있을까?

알고 있다. 알고 있지만 쳐들어오지 못한다. 그 찰나의 틈을 잡지 못하기 때문이다. 그들이 틈이라고 생각했을 때, 그 틈은 벌써 날아가 버린다. 공격해야겠다고 검을 들었을 때, 공격 기회는 막혀 버린다.

열 명이 에워싸든 스무 명이 에워싸든 마찬가지 현상이 일어난다.

허점은 알고 있지만, 찰나의 틈을 잡지 못한다.

검치와 루주가 목검 열 자루를 깎는 목적…… 그것은 최소한의 예의다.

목검 한 자루에, 많으면 두 자루에 생명이 끊어진다.

한 생명이 사라진다.

목검을 깎으면서 그들에 대한 명복을 빈다. 정성껏…… 생명을 빼앗을 수 있을 만큼 온 심혈을 기울여서 살살 병기를 준비한다. 그것이 이들의 마음이다.

소지할 수 있는 최선의 무게가 열 자루!

스무 자루를 준비할 수 있다면 말할 필요도 없이 그만큼 깎았을 게다. 백 자루를 준비해도 무방하다면 그만큼 많은 목검을 준비했을 것이다.

루주는 간단하게 몇 마디만 했지만 주설언은 그 속에 깃든 모든 의미를 알아챘다.

그녀는 루주 곁에 앉아서 주섬주섬 품속에 있는 물건들을 끄집어냈다.

누런 거름종이에 싸인 단환들, 분홍빛 가루들, 검은색으로 응고된 단약…….

루주가 힐끔 쳐다보면서 물었다.

"뭐해?"

"전 목검을 깎을 수 없으니까 주문이나 외우려고요. 독 하나에 열 마디의 주문이면 될까요?"

"불호가 낫지 않아요?"

취취가 말했다.

"그냥 '극락왕생하소서' 이 말만 하는 건 어때?"

팽가연도 말했다.

그녀들도 검치와 루주가 목검을 깎는 의미를 이제는 알아낸 것이다.

스슷! 스스스슷! 스슷!

죽음의 기운이 스멀스멀 피어난다.

살천루 살수들은 그들을 구경하던 많은 사람처럼 멀리서 빙 둘러 에워쌌다.

구경꾼들은 살기를 피워내지 않았다. 하지만 이들은 소름이 쫙 끼치는 진한 살기로 똘똘 뭉쳐 있다. 지금 당장 공격을 개시해도 하등 이상할 게 없다.

그들의 숫자는 계속 불어났다.

처음에는 십여 명…… 한 시진쯤 지나자 오십여 명…… 또 한 시진이 지나면서 이백여 명으로 확 불어났다.

사람들이 불어나면서 대오도 정렬되었다.

열 명이 한 조를 이루면서 차곡차곡 대오를 정렬한다.

일부는 뒤로 돌아가기도 한다. 탈출로를 막는 모양인데…… 그럴 만한 정신이 있을까? 검치가 탈출할 것이라는 발상은 누구 머리에서 나왔을까? 차라리 그런 전력까지 공격에 집중하는 게 낫지 않을까?

날이 저물고 밤이 찾아왔다.

살천루 살수들은 대오만 정렬한 채 공격을 시작하지 않았다.

그들은 밥을 해먹는다. 전체적으로 밥을 해주는 사람이 따로 있는 게 아니다. 열 명이 한 조를 이뤄서 제각각 밥을 지어 먹는다.

여기저기서 불 피우는 모습이 아름다운 정경처럼 보인다.

"치잇! 싸가지없는 놈들!"

검치가 벌떡 일어섰다.

그는 기다릴 생각이 없다. 저들이 준비를 끝낼 때까지 기다려 줄 의무 같은 것도 없다. 그런다고 누가 칭찬해 주는 것도 아니고, 검에 사정을 담는 것도 아니다.

싸움을 꼭 살천루가 먼저 시작하라는 법은 없다. 이때,

"늙은이, 앉지."

루주가 차분하게 말했다.

"뭐, 뭣! 아…… 앉지? 허! 키키키! 네놈이 더위를 먹었구나? 아예 미쳤어?"

"앉아. 살천루주가 아직 오지 않았어. 부모 없는 자식을 벨 생각인가?"

"키키키! 누가 오지 말래?"

검치의 눈에 광기가 번들거렸다.

그는 지금 당장에라도 목검을 써야만 직성이 풀릴 것 같다는 표정이다.

루주가 일어섰다.

스읏!

루주는 검치를 향해 목검을 들었다.

검치가 팽가연을 지목하기 시작한 지 한 달 반…… 구검까지 동수를 이룬 후, 마지막 십검째에 나가떨어진 지 사십오일째 되는 날이다.

"크크크! 네놈이? 너…… 정말 미쳤냐?"

"늙은이…… 그동안 고마웠어."

순간, 검치의 눈에서 기광이 번뜩였다.

루주의 표정이 물 흐르는 듯 담담하다. 목검을 들고 있는데 마치 바람이 부는 것처럼 유연하다.

"키키키키! 키카카칵! 이 새끼…… 키키킥!"

검치는 미친 듯이 깔깔거렸다.

맹삼력이 벌떡 일어섰다.

그의 두 눈은 화등잔 만하게 커졌다. 입이 옆으로 쭉 찢어지며 활짝 웃음을 지어냈다.

"저, 저, 저놈……."

그의 입에서 더듬거리는 음성이 흘러나왔다.

그제야 주설언과 팽가연도 심상치 않은 분위기를 감지했다.

루주의 모습이 여느 때와 다르다. 살기가 곤두선 맹수의 모습이 아니다. 절대자, 이 땅 위에 우뚝 선 높고 큰 산의 위용…… 그 잔잔함이 풍겨 나온다.

"맙소사! 시, 십검을……."

팽가연이 손으로 입을 가리며 중얼거렸다.

"좋아. 키키키! 내 기꺼이 네놈 제물이 되어주지. 키키키!"

검치가 킥킥 웃어대며 목검 한 자루를 더 꺼내 들었다.

양손에 한 자루씩 쌍검!

그가 사총을 상대할 때 썼다는 살인 절초 사사십검(死死十劍)을 쓸 모양이다.

스읏!

루주도 목검 한 자루를 더 꺼내 들었다.

양쪽이 모두 생사를 건 사사십검이다.

지금까지처럼 마지막 순간에 힘을 빼는 십검이 아니라 끝까지 검을 밀어 넣어야 하는 십검이다. 어느 한 쪽이 실수를 하면 그 순간에 끝장난다.

패해도 죽음, 실수해도 죽음.

"저건…… 안 되는데……."

맹삼력이 중얼거렸다.

그는 정말로 긴장한 것 같다.

맹삼력의 이마에서 굵은 땀이 비 오듯 흘러내렸다.

반면에 정작 싸움에 임한 검치와 루주는 아주 평안한 모습이다. 목검 두 자루를 들고 마주 섰는데, 다른 때와 다르게 검기 한 방울 흘러나오지 않는다.

스으으읏!

이 순간, 그들은 세상에서 사라졌다.

그들이라는 존재 자체가 아예 없어졌다는 느낌이 든다. 순간,

파팟! 파파팟! 타타타타탁!

두 사람은 순식간에 엉켰고, 벼락같은 돌풍이 일어났다.

부서진 목검 파편이 암기처럼 휘날렸다. 사방을 암기 밭으로 만들었다.

"웃!"

"헛!"

구경하던 네 사람, 아니, 두 사람이 싸움을 벌이자 자신들도 모르게 구경을 하게 된 살천루 살수들… 이들 모두 분분히 휘날리는 암기 세례에 황급히 몸을 빼냈다.

휘이이잉!

한차례 돌풍이 휘날린 자리에 찬바람이 분다.

세상이 침묵했다.

아! 이게 정녕 사람의 싸움인가. 사람들의 부딪침인가. 번개 두 개가 허공에서 맞부딪친 것은 아닌가.

사람들은 딱 벌어진 입을 다물지 못했다.

지금까지 검치는 하루에도 몇 번씩 십검을 선보였다. 팽가연을 상대로 무수하게 펼쳐 왔다. 그전에는 루주를 격타했다. 하루에 두 번씩 꼬박꼬박, 매일매일.

그러나 이런 위력의 십검은 아니었다.

십검이 터지면 죽음밖에 없다. 그 안에 머문 그 어떤 생명체도 삶을 보존하지 못한다. 요행을 기대할 수도 없다. 오직 죽음뿐이다.

그동안 펼친 십검은 장난이다. 진정한 십검을 보려면 사사 십검의 부딪침을 봐야 한다.

검치와 루주는 십검의 새로운 경지를 보여주었다.

"키키키! 키키키!"

검치가 웃었다.

루주는 두 손을 가슴 앞에 모이더니 그가 취할 수 있는 가장 정중한 모습으로 포권지례를 취했다.

"키키키! 새끼… 됐다. 낯간지럽다."

검치가 손을 들어 사래질을 했다. 그러더니 팽가연을 향해 히죽 웃어 보였다.

"계집!"

"저, 저요?"

"따라와."

"저, 저요?"

"싫어?"

팽가연은 일순 망설였다.

검치의 말뜻을 안다. 그를 따라가면 그의 기명 제자가 된다. 하늘 아래 가장 강한 사부의 제자가 된다. 그리고 자신도 언젠가는 루주처럼 멋진 사사십검을 선보일 게다. 하지만…….

"언니, 가지 마."

주설언이 그녀의 마음을 안 듯 옷깃을 잡았다.

검치의 말이 강요가 아니라면, 선택의 여지가 있다면… 가지 마라.

주설언은 팽가연에게 아주 깊은 말을 전하고 있다.

"내가 안 가면……."

그녀가 주설언을 보면서 말했다.

"언니, 가지 마."

주설언은 또박또박, 분명히 말했다.

팽가연의 눈에 맑은 광채가 돌았다.

"키키킥! 키킥! 그래, 생각 잘했다. 생각 잘했어. 세상에 무공이 능사가 아니거늘. 키킥!"

검치가 팽가연의 뜻을 짐작하고 키득키득 웃었다.

그가 걷는다.

그를 따라가는 사람은 없다. 길을 막는 사람도 없다. 수많은 살천루 무인들이 길을 쫙 열어준다.

검치는 그들을 쳐다보지 않았다. 뒷짐을 지고, 땅만 쳐다보면서…… 간혹 키득키득 웃어대면서 걸어갔다.

3

사각! 사각! 삭!

루주가 목검을 깎는다.

그는 거의 매일 스무 자루의 목검을 깎았다. 한 번 쓰면 가루가 되어버리는 목검이기에 큰 정성을 쏟을 필요는 없지만 그래도 검의 형태는 분명하게 갖췄다.

목검 열 자루는 순식간에 마련된다.

그는 목검을 주설언이 만들어준 검대에 꽂았다.

밤이 지나가고 날이 밝았다.

그래도 살천루 살수들은 공격하지 않았다. 아니, 공격하지 못했다.

그와 검치가 보여준 신의 무공!

하늘에서 떨어진 번개가 세상을 강타하는 빠름, 파괴력!

그 앞에서는 어떠한 무공도 적수가 되지 않는다. 어떠한 암기도 통하지 않는다.

살천루 살수들은 불행하게도 신의 무공을 두 눈으로 보고 말았다. 자신들이 어떤 사람을 공격하려고 하는지 너무도 확실하게 인지했다.

인해전술은 희생을 바탕으로 한다.

자신의 죽음의 뒷사람에게 도움이 된다는 확신이 있을 때, 과감하게 죽음을 선택할 수 있다. 자신이 죽음으로써 상대를 제압하는 길이 열린다면 두 번 생각하는 일 없이 즐거운 마음으로 죽어줄 수 있다.

십간조의 죽음은 그러한 내용을 내포하고 있다.

하나… 그냥 개죽음이라면? 거대한 수레바퀴를 향해서 달려드는 사마귀에 지나지 않는다면? 이 싸움 뒤에 남을 것이 자신들의 시신밖에 없다면?

그들은 그런 광경을 상상했다.

자신들은 죽는다. 시신이 되어 나뒹군다. 그 속에 루주나 그의 일당이 함께 누워 있지는 않다. 그들은 자신들의 시신을 굽어볼 것이며, 비웃음 한 번 던지고는 지나가리라. 그리고 자신들은 언제 어디서 죽었는지도 모를 귀신들이 되어서 유부를 헤매리라.

분살광왕 탑하리는 진정한 십검을 보지 못했다.

그가 십검을 파해할 수 있다고 말해준 방법으로는 털끝 하나 건드리지 못한다.

다른 방법을 모색하지 않는 한…… 공격할 수 없다.

살천루 살수들은 포위망을 풀지는 않았지만 공격할 생각도 없는 듯 침묵했다.

"이제 어쩌지?"

맹삼력이 루주를 힐금 쳐다보면서 말했다.

검치가 떠나갔다.

이는 매우 큰 변수다.

애초에 검치를 불러들인 목적이 있다. 어미의 그림자 속에서 사총의 모습을 봤기 때문이다.

사총을 상대할 수 있는 사람은 검치밖에 없다. 그래서 그에게 어떤 짓을 당할지 빤히 알면서도 그를 끌어들일 수밖에 없었던 것이다.

그런데 그가 떠나갔다. 그리고 이제는 또 상황이 변했다.

루주는 검치와 동수를 이뤘다.

서로 필사의 검을 날렸지만, 어느 누구도 승기를 잡지 못했다. 십검을 모두 썼다. 그리고 결국 무승부로 결정이 났다.

검치가 천하제일이라면 루주도 천하제일이다.

검치를 불러들일 때는 그에게 사총을 맡길 생각이었지만, 이제는 루주가 직접 상대해도 무방하다. 그럴 수 있는 무공을 지녔다.

십 년을 두들겨 맞으면서도 배우지 못한 것을 한 달 만에 깨우쳤다.

삼검, 사검, 오검…… 그 혼자서 착실하게 진도를 밟아나가고 있었기 때문에 가능한 일이다. 근래에 결정적인 심득을 얻은 영향도 크다. 그런 기연들이 없었다면 지금도 두들겨 맞으면서 지겨워하고 있을 것이다.

루주는 살천루 살수들을 보면서 말했다.

"준비해. 싸움이 있을 거야."

"저놈들? 저놈들은 신경 쓰지 않아도 될 것 같은데?"

"아니, 신경 써야 돼. 기름 냄새, 화약 냄새. 여긴 불바다가 될 거야."

"화약을 쓴다는 말은 들었는데……."

"정말 쏠 거야. 기름 냄새가 진동을 하고 있다."

"기름 냄새는 나도 맡았어. 그래서 불을 쓴다는 것은 짐작하고 있었는데…… 그런 상태에서 화약까지 쓴다는 건 모두 죽자는 소리잖아?"

"저들이 바라는 게 그거야."

"훗! 한심한……."

맹삼력이 코웃음을 쳤다.

불바다를 일으키든 화약을 가마니로 내던지든…… 그만한 위험쯤은 피할 수 있다.

그런데 루주가 미간을 찌푸린다.

"저들 공격 중에서 가장 무서운 건 화약이 아니야. 화약은 눈가림용이고…… 정작 무서운 것은 저들…… 저들의 공격이 될 거야."

루주가 한 무리의 사람들을 손으로 가리켰다.

그들은 포위망에 가담하지 않았다. 포위망 밖에서 야외에 소풍이라도 나온 듯 돗자리를 깔아놓고 술을 마시고 있었다. 살기등등한 살천루 살수들을 옆에 두고 희희낙락거리면서 술을 마신다.

맹삼력도 그들이 눈에 거슬리던 참이다.

"저놈들 뭐야? 뭔데 저 지랄들이야? 남들은 죽니 사니 하는 마당에…… 저런 짓을 해도 살천루 놈들이 가만있는 걸 보면 아주 대단한 놈들인 것 같은데…… 그렇다고 저놈들 중에 살천루주가 있는 것 같지는 않고. 루주가 있나?"

"아니, 없어. 아직까지 나타나지 않고 있어. 그게 불길해."

루주가 눈을 빛내면서 말했다.

"흐흐! 네놈이 불길하면 우린 뭐냐? 십검을 터득한 놈이 별소리를 다 하고 있네. 흐흐!"

맹삼력은 아무 걱정도 없다는 듯 편하게 말했다.

＊　　　＊　　　＊

터벅! 터벅! 터벅!

검치는 홀가분한 마음으로 걸었다.

오늘은 가장 기분 좋은 날이다. 어깨에 가득 짊어지고 있던 무거운 짐을 홀가분하게 털어버린 날이다.

'어디 가서 술이나 한잔해야겠어. 빌어먹을 놈! 이런 날은

술 한 잔 받아주는 게 예의지. 어디서 주둥아리로 때우려고! 아주 못된 것만 배웠다니까.'

"키킥! 키킥킥!"

웃음이 쉴 새 없이 새어 나온다.

놈을 선택한 건 잘한 일이다. 맹삼력도 괜찮은 듯 보였는데, 길을 잘못 들었고…… 호가는 중간에 싹수가 노래 보여서 때려치웠다.

처음에는 그 셋 중 놈이 가장 못해 보였다.

한 놈은 청성파의 절기를 이어받았고, 또 한 놈은 천산파의 후기지수다. 이놈들의 재지와 근골은 단연 군계일학(群鷄一鶴)이다.

놈은 아무것도 없다.

얼굴 하나 반지르르하다는 것 빼고는 어느 구석도 신통치 않았다.

하지만 놈에게는 집념과 오기가 있었다.

아니다. 그런 점은 다른 놈들이 더 강했다. 놈은 목숨에 집착하지 않았다. 살고 죽는 문제를 크게 생각하지 않았고, 그래서 언제든 죽음 속으로 뛰어드는 역할을 가장 잘해냈다.

그런 모습은 수련 속에서도 나타난다.

놈은 죽는다. 하루에 두세 번씩 죽음 속으로 뛰어든다. 한 번만 해도 몸이 움찔거리고, 신경이 곤두선다. 그런 일을 태연히 한다.

설마 죽이랴 하는 안일함은 버려야 한다.

제자가 되겠다고 찾아온 놈은 많다. 왜 그렇지 않겠나. 천하
제일인인데. 그놈들 중 대부분이 죽었다. 백 명이 찾아오면 아
흔아홉 명이 죽는다.

검치의 목검은 죽음 직전까지 파고든다.

그와 수련을 하려면 늘 죽음을 경험해야 한다. 목검이 두들
기고 지나간 다음에 그래도 목숨이 붙어 있으면 산 것이다. 그
때는 안도해도 좋다.

맹삼력이 십검을 배우지 못한 것이 바로 그런 이유에서다.

그는 죽음을 겁냈다. 호가도 마찬가지다. 무인이 죽음을 겁
낸다는 것이 웃기는 말처럼 들리지만…… 그건 어느 누구라도
마찬가지다.

놈들과 싸우겠다고 포위망을 형성한 살천루 살수인들 죽음
이 무섭지 않겠나.

엄밀히 말하면 이 세상에 숨을 쉬는 그 누구도 죽음을 경험
해 본 자가 없다.

죽음 근처에 이르렀다고 착각한 자들은 많다.

살천루 살수들처럼 죽음을 곁에 두고 사는 자들은 특히 그
런 착각을 많이 한다.

죽음이 두렵지 않다.

죽음 따위는 언제든지 오라고 해라.

이 얼마나 건방진 말인가. 이 얼마나 오만무도하고 무지한
말인가.

죽음을 아는 자들은 그런 말을 하지 못한다.

죽음 앞에서는 몸이 굳어버린다.

생명의 숨결이 사라진다. 몸도 마음도 없는 곳에서, 나 자신이라는 존재조차도 망각해 버린 곳에서, 오감을 잃어버린 곳에서 손끝 하나 움직이지 못하고 다가오는 현상들을 경험해야 한다.

목숨을 끊는가? 그럼 죽음이다.

어떤 일이 자신에게 일어나긴 하는데, 저항할 수 없다. 두 손과 두 발이 묶인 채 오로지 수용만 해야 한다. 마음으로 저항할 수는 있는데, 그러면 더 괴롭다. 그냥 속 시원하게 받아들이는 게 편하다.

그게 죽음이다.

죽음을 경험한 자들은 죽음을 두려워한다.

죽음이 뭔지 모르는 자들은 오히려 그 속으로 덤벙 뛰어든다. 하지만 한 번이라도 그런 경험을 한 자들은 쉽게 뛰어들지 못한다.

맹삼력과 호가는 죽음을 경험했다.

한두 번 경험한 게 아니다. 많이 경험했다. 수십 번, 수백 번에 걸쳐서 경험했고, 질려 버렸다.

그들은 죽음을 가장 정확하게 안다.

루주도 마찬가지다. 놈은 항상 죽음 곁에서 산다. 죽음을 늘 옆에 끼고 산다. 하지만 놈은 죽음을 두려워하지 않는다. 언제든 선을 넘어갈 마음의 준비가 되어 있다.

죽음이 온다. 그래, 가져가라.

붉은빛이 온몸을 향해 쏘아져 온다. 저항하지 않겠다. 가져가라. 네가 죽음이라면 가져가라. 하지만 보겠다. 네가 나를 어떻게 하는지 지켜보겠다.

그는 죽음을 두려워하지 않는다. 끝까지 지켜본다.

그 점이 맹삼력이나 호가와 달랐다.

지금 죽어도 여한이 없다.

언제든 죽여라. 괜찮다.

이것이 루주의 마음이다. 목검을 들 때의 마음이다. 진검을 대할 때의 심정이다.

죽음이 얼마나 두려운지 아는가?

안다고 하는 놈은 대갈통을 부숴 버린다. 말하지 마라. 차라리 아무 소리도 하지 마라.

"킥킥! 키키킥!"

그는 웃었다.

죽음을 마주하기 겁나서 웃을 수밖에 없다. 죽음까지 본 놈이 무엇을 두려워하랴. 그래서 마음껏 행동했다. 하고 싶은 대로 놀았다.

그러니 사람들이 미쳤다고 한다.

세상 사람들의 굴레에 속박되지 않고 자유분방하게 살아가면 미쳤다는 말을 듣는다.

그래도 괜찮다. 미친놈을 또 한 놈 만들어냈으니까.

저놈도 지금은 멀쩡하지만, 시간이 지날수록 죽음의 실체가 더욱 진하게 다가올 것이고, 볼 것이고, 만질 것이고, 친해질 것이다. 그러다 보면 미치게 된다.

자신은 멀쩡한데 사람들이 미쳤다고 한다.

"키킥! 킥! 키킥!"

그는 웃다 말다 하면서 걸었다. 그러다가…… 발길을 우뚝 멈췄다.

관도…… 커다란 나무 밑…… 앉아 있는 노파.

'죽음!'

검치는 늘 곁에 두고 사는 죽음을 감지했다.

그가 본 것은 노파다. 하지만 노파의 전신이 죽음으로 뒤덮여 있다. 죽음의 기운을 풍겨낸다. 염라대왕의 사자가 있다면 바로 노파일 게다.

"키키킥!"

그는 또 웃었다.

노파가 가까이 다가오라고 손짓을 했다.

검치는 주저하지 않고 다가갔다.

다른 놈들 같으면 돌멩이를 주워서 던졌을 게다. 그러면 머리가 깨질 것이고, 죽네사네 하면서 고래고래 고함을 질러댈 것이다.

노파에게는 그럴 수 없다.

노파는 죽음이다. 그가 지금까지 본 죽음 죽에서 가장 진한 죽음이다.

"키킥! 누구?"

"낄낄낄! 어린놈… 많이 컸네. 아냐, 아냐. 많이 늙었네. 이제는 쭈그렁 할배가 되어버렸어."

검치는 눈살을 좁혔다.

노파는 그런 검치를 아랑곳하지 않고 옆에 있는 나뭇단을 가리켰다.

"깎아."

"......?"

"어디…… 네놈의 무공이 얼마나 늘었나 보자. 아직도 깨작거리는 수준이면 죽을 줄 알아."

"키키킥!"

검치는 웃었다.

이제야 노파가 누군지 생각난다.

역시…… 생각이 맞았다. 노파는 죽음과 가장 밀접한 사람이다. 아니, 죽음 바로 그 자체다.

그는 노파 곁에 앉아서 소도를 꺼냈다.

쉬익! 툭!

나뭇단 묶은 새끼줄을 단숨에 잘라내고, 큼지막한 나무 하나를 골라서 다듬기 시작했다.

노파는 두 발을 오므려 가슴에 댔다. 그리고 멍한 표정으로 하늘을 쳐다봤다.

사각! 사각! 사각!

목검 깎는 소리가 조용히 퍼져갔다.

십검!

사람들은 십검에 특별한 법명을 부여하지 않았다. 그냥 십검이라고 불렀다. 그것만으로도 십검의 위용을 설명하기에는 충분했다.

사사십검.

죽음의 십검이다.

십검 자체가 죽음을 내포한 말이다. 하지만 목검 한 자루를 들고 섰을 때와 쌍검을 들고 섰을 때의 살기는 확연히 다르다. 목검 한 자루가 결전에 가깝다면, 목검 두 자루는 철천지원수를 대하는 듯하다.

그래서 무림은 두 자루 목검으로 펼치는 십검을 사사십검이라고 따로 불렀다.

"아이야, 잘살았느냐?"

노파가 말했다.

"키키킥!"

검치는 웃었다. 목검 두 자루를 들고…… 한 자루는 노파의 가슴을 향해서, 한 자루는 천중(天中)을 가리킨 채 낄낄대며 웃었다.

"쯧! 힘들게 살았구나. 그놈의 검은 늘 죽음을 보는 탓에…… 어떻게 견뎠누. 힘들어서."

"키키킥! 키킥!"

"네게는 한 번의 기회밖에 없음을 명심하고…… 자, 해보거라. 어디 네 검 한번 보자꾸나."

노파는 검치를 어린아이처럼 대했다.

"키킥!"

검치의 입술이 비틀렸다.

웃기는 웃지만…… 비틀린 웃음이다.

죽음을 곁에 둔 게 아니다. 이미 한 발을 들여놓았다. 아니, 깊숙이 빠져들고 있다.

'이미 늦었어!'

무엇이 늦었을까? 알지 못한다. 무엇인지 형체, 실체는 잡히지 않는다. 하지만 막연히 늦었다는 느낌이 든다. 그리고 그 느낌은 맞을 것이다.

사라천요공(紗羅天妖功)!

사라천요공은 무림에 이미 풀려 있는 사공, 요공, 마공이다.

많은 사람이 수련했고, 수련하고 있으며, 제법 능숙하게 사용하는 마녀도 있다.

하지만 사라천요공의 진수는 따로 있다.

사라천요공을 제대로 아는 사람이라면 감히 한낱 요공이라고 멸시하지 못한다.

사라천요공의 정식 명칭은 사라멸공(紗羅滅功)이다.

이 세상에 존재하는 모든 형상을 파괴한다. 모든 심상(心象)을 무너트린다.

인간은 세 가지 속에서 존재한다.

하나는 시간이다. 시간 속에서 생로병사가 진행된다. 또 하나는 공간이다. 공간 속에서 삶을 영위한다. 마지막 하나는 생각, 사념(思念)이다. 끊임없이 일어나는 사념 속에서 웃고 운다. 행복과 불행을 스스로 만든다.

십검은 시간을 깬다. 공간도 무너트린다.

사라멸공은 사념을 깬다. 사념(思念) 대신에 사념(邪念) 혹은 사념(死念)을 심어준다.

이런 절공이 어찌 한낱 정신을 미혹하는 사라천요공과 비교할 수 있겠는가.

정확히 감지할 수는 없지만 이미 늦었다.

사라멸공의 기운이 머릿속을 휘젓기 시작했다. 온전한 무념(無念)으로 펼쳐야 하는 것이 십검이거늘…… 죽음이 진하게 느껴진다. 두렵게 와 닿는다.

이미 무념이 깨졌다는 증거다.

'졌다!'

검치는 시작도 하기 전에 패배를 느꼈다.

그럴 수밖에…… 세상은 이들을 알지 못하지만…… 이들과 견줄 사람은 사부밖에 없는 것을…… 사부도 버거워하는 이들을 어찌 자신이 막을 수 있겠는가.

노파가 중원에 들어섰다.

노인도 들어섰을 게다. 이미 사총을 움직이고 있을 게다.

한동안 발목을 붙들어놨는데…… 역시 힘든 일이었나.

사부가 이들을 막지 못했다면, 이들이 중원을 횡행하게 내버려 둘 수밖에 없었다면…….

'키킥! 죽는 놈이 남 걱정은 해서 뭐해. 키킥! 지겨웠는데…… 잘됐어. 이제는 좀 편해지겠군.'

정말 홀가분한 날이다.

무거운 멍에도 다른 놈에게 던져주었고, 멍에보다 더욱 무겁게 느껴지던 육신도 털어내는 날이다.

쉬잇!

검치는 신형을 쏘아냈다. 그와 동시에 양손에 들린 목검이 벼락같은 불길을 토해냈다.

타타타타탁!

목검이 시간과 공간을 쪼개면서 덮쳐 갔다. 한데,

"쯧! 너무 느려. 한심한…… 이런 검에 패배해서 지리멸렬 당해? 할배는 너무 물러서 탈이야. 아랫것들은 사정 봐줄 필요 없이 아예 닦달을 해야 하는데."

노파가 신형을 뒤틀면서 말했다.

십검은 노파를 치지 못했다.

죽음의 검, 사사십검이 펼쳐지지 못했다. 목검 두 자루가 어느 것도 닿지 않고 허공만 지켜갔다.

이것은 거짓이다. 진실일 수 없다. 환영을 보고 있는 것이 아니라면 시간을 쪼개 버리는 십검이 아무것도 치지 못할 리 없다. 이럴 수는…… 정녕 이럴 수는 없다.

노파의 말로 미뤄볼 때, 노인은 사총을 찾아간 것 같다.

사총이 다시 일어선다!

루주가…… 그놈이 사총을 막아낼 수 있을까?

사부는! 사부는 어디서 무엇을 하는가!

"키키킥!"

그가 웃을 때,

퍼억!

노파가 짚고 다니던 손때 묻은 지팡이가 가슴을 뚫고 들어왔다.

그때는 그는 허공을 휘젓고 있었다. 십검으로 정확하게 노파의 몸통을 노렸지만, 여전히 빈 허공만 후려쳤다.

아무것도 걸리지 않는다.

부딪치는 것은 모조리 박살 내버리는 십검의 파괴력이 원천적으로 봉쇄된다.

"키키키키키킥!"

검치는 웃었다. 지팡이를 가슴에 박고, 목검 두 자루를 지팡이 삼아서 땅에 짚은 채…… 웃었다.

第三十九章　고사(古事) 재현(再現)

1

살천루 루주, 그가 무릎을 꿇었다.

사람이 수없이 많이 다니는 관도 한복판에 무릎을 꿇고 머리를 조아렸다.

대상은 없다. 아무도 없는 빈 허공에 무릎을 꿇고 앉아서 처분이 떨어지기를 기다린다. 아주 큰 죄를 지은 죄인이 석고대죄를 하는 모습이다.

많이 사람들이 오고 가면서 그를 지켜봤다.

그 때문에 마차들이 오고 가지 못해서 줄지어 섰다.

"어떤 자식이……."

성질을 부리면서 마차 문을 여는 사람은 많았지만, 무릎 꿇은 그에게 시비를 거는 사람은 없었다.

무릎 꿇은 그의 앞에 깃발 한 개가 세워져 있다.

살천루(殺天樓).

깃발은 여타의 설명이 일절 필요없게 만든다.

수많은 사람의 불평불만을 일시에 잠재운다. 아예 입을 꾹 다물게 만든다. 그뿐만이 아니다. 급한 볼일이 있는 사람들조차 오가지 못하게 길을 통제한다.

실제로 길을 막아서지는 않았다.

그는 무릎을 꿇고 있다.

그것뿐이다. 사람들이 오가고자 한다면 얼마든지 지나다닐 수 있다. 옆으로 빠져나가도 되고, 빙 둘러서 돌아가도 된다. 관도는 한 사람이 앉아 있다고 해도 얼마든지 지나다닐 수 있을 만큼 넓다.

그런데 그러지 못했다.

그의 옆을 지나가면 금방이라도 검이 불을 뿜을 것 같다. 피를 달라고 날름거릴 것 같다.

"음! 살천루주!"

누군가 그를 알아보고 중얼거렸다.

그 순간, 관도는 살얼음판으로 변했다.

그를 앞에 두고 수군거리는 사람도 없었다. 말머리를 돌린답시고 소란을 피우는 사람도 없었다.

어떤 시빗거리도 일으키지 않는다.

살천루 루주가 성질을 부리면 삼족이 멸절된다.

다른 사람은 생각할 필요가 없다. 당장 눈앞에 있는 자신은 틀림없이 죽는다.

그가 사람을 죽이고자 한다면 누가 말려줄 수 있을까?

당금 무림에서 살천루주에게 살수를 멈추라고 말할 수 있는 사람이 몇이나 될까?

이곳은 하북 땅이다.

하북팽가가 지척에 있다.

하지만 그들은 제 코가 석 자다. 팽가주가 자신이 쳐놓은 금역에 머물고 있는 이상, 이미 봉문을 한 것과 진배없다.

모두 숨 죽인 채 슬금슬금 뒷걸음을 할 뿐이다.

그때, 멀리서 한 노파가 금방이라도 쓰러질 듯 비틀거리면서 걸어왔다.

"하, 할멈! 가지 마! 저기, 악마가 있어!"

누군가가 노파의 팔을 잡으며 말했다.

노파는 그의 팔을 다독거렸다. 나는 괜찮다. 볼일이 바빠서 가야겠다고 말하는 듯했다.

"허! 저자가 누구냐 하면 살천루주라고…… 에고! 백날 말해야 뭐 말귀를 알아들어야 말이지. 에라, 나도 모르겠소. 하지만 가면 죽을 가능성이 높은데 그래도 가겠소?"

노파가 사내의 팔을 다독거렸다.

괜찮다. 설마 이 늙은이를 베겠냐. 고맙기는 한데 나는 괜찮을 테니, 너무 염려 마라.

노파의 얼굴에 웃음기가 어렸다.

사내는 어쩔 수 없이 노파를 놓아주었다.

정말 그렇다. 설마 살천루주가 아무리 포악하다고 한들 백 세가 훨씬 넘어 보이는 노파까지 살해하겠나. 그래도 모르지. 놈은 살업을 전문으로 하는 살수의 우두머리지 않나.

모두 근심 반, 기대 반으로 노파를 쳐다봤다.

툭! 저벅! 툭! 저벅!

지팡이 한 번 내딛고, 발걸음 옮기고…….

노파는 매우 느리게 걸었다.

사람들이 기절초풍할 일이 일어났다.

살천루주가 조용히 일어나 옷매무시를 가다듬더니 노파를 향해 큰절을 했다.

천하에 다시없는 대흉신이 한낱 볼품없는 노파, 금방이라도 쓰러질 듯 휘청거리는 노파에게 큰절을 한다.

세상에 이런 일이 있을 수 있나?

노파는 무인이 아니다. 절대로 아니다. 아무리 봐도 무인의 모습이 보이지 않는다. 어느 시골에서나 흔히 볼 수 있는 정말 볼품없는 노인일 뿐이다.

더욱 기가 막힌 일은 그다음에 벌어졌다.

노파는 살천루주의 절을 당연하다는 듯이 받았다. 그리고 혀까지 끌끌 찼다.

"쯧!"

"죄송합니다."

"왜?"

"자존심이 상했습니다."

"네가 할 일은 강한 문파로 키우는 게 아냐. 무적의 문파가 되는 것도 아냐. 그저 인간 몇 놈 죽이면 되는 거야. 그런 일도 못해서 일을 이리 만들어?"

"저희에게도 자존심이라는 게……."

노파가 불쑥 손을 내밀었다.

"내놔."

"……?"

살천루주는 의아한 표정으로 노파를 쳐다봤다.

"네 자존심. 어디 내놔봐."

"죄송합니다."

살천루주가 머리를 조아렸다.

"내놓지도 못하는 자존심 때문에 문파를 말아먹어? 처자식까지 냉혹하게 죽이는 놈이 그까짓 자존심 때문에?"

"죄송합니다."

살천루주는 머리를 깊게 조아렸다.

그는 머리만 조아린 게 아니다. 격동이 치미는지 굵은 눈물까지 뚝뚝 떨궈냈다.

노파는 주위를 쓸어보더니 오는 도중에 자신을 만류하던 사내를 찾아냈다.

"자네 이리 좀 와봐."

사내는 사색이 되어 부들부들 떨었다.

살천루주를 애 다루듯이 하는 노파다.

금방이라도 죽을 듯이 위태로워 보이던 할멈이었는데……
이제 보니 아주 무서운 노파였다.

"이리 좀 오라니까."

노파가 손짓까지 했다.

그는 떨어지지 않는 발걸음을 간신히 옮겼다.

마음 같아서는 도주하고 싶다. 하지만 노파가, 아니, 살천루
주가 용납하지 않으리라.

그는 노파 앞에 가서 넙죽 엎드렸다.

"죄송합니다. 소신이 눈깔이 삐어서 어르신을 몰라뵈었습
니다. 죄송합니다. 죄송합니다."

그는 머리를 땅에 쿵쿵 찧었다.

"쯧! 그러지 말고 일어나. 죽이기 전에."

사내에게 말할 때는 여느 할멈이나 다름없었는데…… 드디
어 괴상한 말이 터져 나오기 시작했다.

사내는 벌떡 일어났다.

오금이 저리다. 온몸이 사시나무처럼 발발 떨린다. 오줌까
지 지려서 바지가 축축하게 젖어든다. 하지만 눈을 부릅뜨고
노파가 하는 말을 귀담아 들으려고 노력했다.

'자칫 하면 죽어!'

그뿐만이 아니다. 그를 지켜보는 많은 사람이 같은 생각을
했다.

그때 노파가 말했다.

"이놈, 따귀 좀 때려."

노파가 말도 안 되는 소리를 했다.

살천루주…… 그의 따귀를 때리란다. 다른 사람도 아니고 살수문파의 괴수, 살천루 루주의 따귀를.

"따귀 좀 때려. 세게. 안 그러면 네가 죽어."

마지막 '죽어'라는 말이 사내를 겁없는 강아지로 만들었다.

그는 거침없이 살천루주의 따귀를 후려쳤다.

쫘악!

경쾌한 소리가 울렸다.

따귀를 때린 건 사내인데, 사내가 손을 움켜잡고 쩔쩔맸다. 정작 따귀를 맞은 살천루주는 꼼짝도 하지 않았다.

"어떠냐?"

"……."

"한 주먹거리도 안 되는 놈에게 따귀를 맞으니 자존심이 꽤 상할 텐데, 견딜 만하냐?"

"죄송합니다."

"이놈이 감히 네 따귀를 후려쳤다. 한 주먹거리도 안 되는 놈이 살천루 루주를! 선택해라. 자존심을 상하게 한 이놈을 죽이든가, 아니면 말든가."

"어, 어르신! 어르신이 때리라고 하시지 않으셨습니까! 제, 제발 살려주십시오."

사내가 바들바들 떨면서 애원했다. 순간,

쒜엑! 철컥!

살천루주의 검에서 묵빛 검광이 번뜩였다.

일순, 다급히 애원을 하던 사내의 얼굴이 크게 일그러졌다. 두 눈은 부릅떠지고, 입은 옆으로 비틀렸다.

톡! 데구루루!

몸에서 떨어진 머리가 사내의 발밑에 나뒹굴었다.

사내는 비명도 지르지 못했다. 자신이 왜 죽어야 하는지 이유도 모른 채 저승길로 들어섰다.

살천루주가 머리를 조아리면서 말했다.

"죄송합니다. 이게 저입니다."

"쯔쯔쯧! 그놈의 성질머리하고는…… 내 뭐라고 했냐. 넌 성질머리가 고약하니 장막 안에 틀어박혀서 나오지 말라고 했을 텐데. 쯧! 그 말만 잘 들었어도……."

노파가 아쉬운 듯 고개를 내저었다.

"가자. 일이 어찌 되는지, 보자."

노파가 휘청거리며 걸었다. 그리고 그 뒤를 살천루주가 조용히 따랐다.

살천루 살수들은 노파를 알지 못한다. 추레하기 이를 데 없는 노파라면 더욱 알지 못한다. 하지만 루주가 시종처럼 뒤따라오는 모습만 봐도 노파가 어떤 사람인지 짐작할 수는 있겠다.

"쯧! 저놈들이야?"

"네."

"주설언인가 하는 계집은?"

"저기 저 여자입니다."

살천루주가 루주 곁에 찰싹 달라붙어 있는 여인을 가리키며 말했다.

"기녀라더니…… 전신에 색기가 자르르 흘러. 클클! 오랜만에 중원 나들이를 했더니 손에 쥐는 것도 생기는군."

노파의 눈에 광채가 번뜩였다.

"어디…… 보자. 네 솜씨, 보자."

노파는 다리가 아픈지 한쪽 구석에 자리를 잡고 앉았다.

"그럼 저는!"

살천루주가 노파를 향해 다시 절을 했다.

"지금이라도 고집을 꺾는다면……."

"제 자존심입니다."

"휴우! 어쩔 수 없지. 잘 가거라."

"다음 생에서는 사부님 명이라면 천 년 바위가 되라고 해도 서슴없이 명을 받드는…… 인내 있고, 끈기 있고, 자존심 같은 것은 상관하지 않고……."

"루주."

"네, 사부님!"

"너…… 훌륭한 제자였어. 아주 잘해왔어. 다만…… 자신이 얼마만 한 그릇인지 알지 못했을 뿐…… 그릇에 맞지 않는 음식을 담았어. 클클! 접시에 국을 담았으니⋯⋯."

"죄송합니다."

노파는 고개를 끄덕였다.

살천루주가 깃발을 들어 올렸다.

감히 공격할 엄두가 나지 않는 사내를 향해서 공격하라는 명이 떨어졌다.

"가자!"

갑조(甲組) 조장이 제일 먼저 일어섰다.

그를 따르는 아홉 명의 살수들은 마치 끈에 이끌리듯 뒤따라서 일어섰다.

그들의 얼굴은 굳은 결의로 가득했다.

"크크크! 어디 멋지게 죽어보자고."

"난 저 계집과 함께 죽고 싶은데. 그것도 마음대로 안 되겠지?"

"저승길 먼저 가 있어. 길목에서 기다리고 있다가 뒤따라오면 낚아채라고. 설마 저승에서도 십검이 통할까. 크크! 저승은 먼저 가 있는 놈이 대빵이야."

"하하하!"

살수들이 나들이라도 하듯이 가벼운 기분으로 걸었다.

그들 열 명은 검은 가죽옷을 입었다. 물개 가죽으로 만든 듯 전신이 매끄러운 가죽옷인데⋯⋯ 멀리 떨어져 있어도 코를 움켜줄 만큼 역한 냄새가 풍긴다.

기름 냄새다.

가죽옷이 기름에 절어 있다.

그들은 병기를 휘두르면서 걷고 있지만 사실 병기는 아무런 의미도 없다.

저벅! 저벅

그들의 발걸음 소리가 초지를 울렸다.

"루주! 나와! 멋지게 겨뤄보자고!"

"하하하! 어디, 내 목도 날려봐. 나도 빠르다고 자부하는데 누가 빠른지 알아보자고. 하하하!"

그들은 루주를 비웃었다.

루주는 승부를 피하지 않았다.

그가 일어섰다. 몸에 주설언이 만들어준 검대를 차고, 목검을 빼곡히 꽂고 그들 갑조 열 명을 향해 걸어왔다.

저벅! 저벅! 저벅!

그들은 서로를 향해서 걸었다.

갑조 살수들의 눈은 살기로 흉흉했다. 하지만 루주의 눈은 차분히 가라앉은 물처럼 담담했다.

가까이…… 가까이…… 조금 더 가깝게…… 그리고 드디어 서로를 똑바로 알아볼 수 있을 만큼 가까운 거리로 들어섰다.

쒜엑!

"하하하! 루주!"

갑조 살수 중 한 명이 신형을 번뜩이며 달려들었다. 그 순간,

쒜에에엑!

저 멀리서 화살 한 대가 날아왔다.

활촉 대신에 두툼한 화약 뭉치를 매달고, 심지에 불을 붙인 채 솔개처럼 달려들었다.

"하하하! 죽엇!"

"나도 죽여봐!"

갑조 살수들이 여름철 메뚜기처럼 분분히 날아올랐다.

쒜엑! 쒜엑! 쒜에에에엑!

화살들도 수없이 날았다.

루주를 중심으로 방원 이십여 장을 화살 더미로 메우려는 듯 아낌없이 쏟아부었다. 그 순간,

쒜엑! 퍼퍼퍽!

루주의 손에서 목검 한 자루가 번뜩였다.

제일 먼저 신형을 날렸던 살수가 우뚝 멈췄다.

그는 허공에서 일격을 받았다. 루주를 향해 달려들다가 용수철처럼 튕겨 나온 루주의 검에 몸이 절반이나 썰렸다. 그리고 또 그 순간, 멀리서 날아온 화약 화살이 그의 몸을 관통했다.

꽝! 꽈앙!

폭발이 일어났다.

살수의 육신은 순식간에 터져 나갔다. 작은 살점 조각들이 되어서 사방으로 비산했다.

다른 살수들의 운명도 다르지 않다.

루주에게 일검을 당하지 않은 것만 다를 뿐, 전신이 폭사되는 운명은 똑같다.

쾅! 꽈아아앙! 꽈앙!

천번지복(天飜地覆)할 폭발이 일어났다.

루주는 뒤로 물러서지 않았다.

폭발 앞에서는 뒤로 물러서는 것과 앞으로 나아가는 것이 똑같다. 속도 면에서는 오히려 앞으로 나아가는 것이 훨씬 빠르다. 또한 날아오는 화살을 볼 수 있다는 점에서도 이득이다.

그는 물러서는 대신에 나아가는 쪽을 택했다.

물러서는 것은 일시적인 방편도 되지 못한다. 화살들은 끝없이 날아들 것이고, 결국은 받아쳐야 한다. 화약을 검으로 받아치는 일이 생긴다.

살천루가 화약을 쓴다는 소문이 들릴 때…… 그때부터 그는 앞으로 뚫고 나가리라 생각했다.

살천루 살수들이 포위망을 구축했을 때, 그는 무심히 지켜봤다. 하지만 머리까지 무심한 것은 아니다. 그는 자세히 살폈다. 나아갈 경로를 살폈다.

저들은 화약을 제일 먼저 쓴다.

화약 다음에 일어나는 게 불이다. 포위망을 뚫고 나오지 못하도록 둥그런 원을 그리면서 불을 놓을 게다. 어쩌면 불이 먼저고 화약이 나중일지도 모른다.

어떤 게 먼저이든 난이도는 비슷하다.

가장 빠른 신법으로 갈라낸다.

십검이 있으니 병법은 필요없다. 일직선으로 뚫고 나가면서 쭈욱 갈라낸다.

십검의 파괴력은 무적이다.

어떤 병기도, 어떤 병법도, 어떤 화약도 십검 앞에서는 꼬리를 말아야 한다.

쒜에에에엑!

그는 살수들을 뚫고 나갔다. 화살들을 뚫고 나갔다.

십검을 쓰기 위해서는 검초가 빨라야 한다. 하지만 아는가? 검초만큼이나 신법도 빨라야 한다. 몸이 빠르지 않고서는 검초도 빠를 수 없다.

번개가 치는 듯한 움직임!

이것이 십검을 쓰는 자의 몸놀림이다. 단순히 검초만 그런 식으로 흘려내는 게 아니다. 몸도 그렇게 빨라야 한다.

쒜엑! 쒜엑! 파파파팟!

활을 쏘아대는 살수들과 맞닥트렸다.

그들에게 십검을 터뜨린다. 그들의 병기를 빼앗아 다른 자에게 터뜨린다. 병기에 진기를 실어서 몸을 가른다. 그리고 압축된 진기를 몸속에서 터뜨린다.

파파파파팟!

몸속에서 병기가 산산조각난다. 그리고 비산한다. 간이며, 심장이며…… 생명을 유지해 주는 장기들은 벌집처럼 구멍이

숭숭 뚫려 버린다.

십검을 맞으면 즉사한다.

구급약을 준비할 필요는 없다. 어떤 자도 유부에서 되살아 나오지 못한다.

주설언은 손을 들어서 바람의 방향을 살폈다.

급할 필요가 없다. 서둘지 않아도 된다.

예전 같았으면 지금과 같은 상황에서 어쩔 줄 모르고 울상을 지었을 게다. 금방이라도 죽을 것 같아서 어쩌면 좋겠느냐며 벌벌 떨었을 것이다.

지금은 느긋하게 바람을 살핀다.

'동북(東北)……'

하독 방법이 정해졌다.

바람은 저들 쪽이 유리하다. 저들에게서 자신들에게 불어온다. 하지만…… 자신들 뒤를 막아선 자들이 있다. 약 오십여 명으로 추산되는 자들이 퇴로를 막았다.

루주가 전면을 칠 때, 자신은 뒤를 정리한다.

누가 정리해도 해야 할 싸움이라면 가급적 손쉽게 처리하는 게 좋지 않은가.

독은 힘을 쓸 일이 없다. 진기가 손상되는 것도 아니다. 그러면서 효과는 엄청나게 좋다. 더군다나 그 독이 무림에 정평이 난 추명오독이라면 더 말할 나위가 없다.

스윗!

품에서 독을 꺼냈다. 그리고 손톱을 살살 문질러서 하독을 하기 시작했다.

세상은 변하지 않았다.

그녀가 독을 꺼낼 때나, 지금이나 여전히 똑같다. 하지만 그녀는 바람에 실려가는 독을 본다. 해독제가 없는 절대 독이 바람에 실려서 나아간다.

큭! 커억!

살수들이 픽픽 쓰러진다.

그들의 고통은 그리 심하지 않을 것이다. 몸에 이상이 생겼다 싶으면 벌써 마비가 온다. 몸을 움직일 수 없다고 느낄 때쯤이면 숨이 막힌다. 폐와 심장이 기능을 정지한다.

숨 서너 번 마실 시간이면 절명한다.

"엄청나네."

맹삼력이 고개를 살래살래 흔들었다.

"뭐가요?"

팽가연이 물었다.

양쪽 모두 엄청나다.

루주는 살수들 사이를 파고들었다. 그리고 살검을 휘두른다. 양떼 속을 누비는 맹호마냥 거침없이 살검을 터뜨린다. 그리고 그럴 때마다 살수들이 픽픽 쓰러진다.

살수들이 준비한 수법은 무용지물이 되었다.

말은 아주 간단하게 할 수 있다. 하지만 엄청난 폭발을 뚫고 들어가서 저들 사이를 누빈다는 것은 정말 대단한 거다. 엄청난 신법이다. 하늘도 시샘할 빠름이다.

누구도 그렇게 빠를 수 없다.

경천동지할 폭발을 벗어나기도 전에 가루가 되고 말리라. 생각해 보라. 화약이 터지는 순간보다 더 빠른 움직임이 있을 것이라고 어떻게 생각하겠는가.

루주의 빠름은 그런 것이다.

주설언도 빼어나다.

루주는 손발을 움직여 가면서 살수들을 죽인다. 하지만 주설언은 손끝 몇 번 움직인 것만으로 오십여 명을 절명시켰다. 퇴로를 막았던 살수를 한 명 남김없이 쓰러트렸다.

그녀의 하독은 무척 뛰어나다. 일반적인 독인들의 무작위적인 살포와는 비교도 할 수 없다. 독을 살포하기는 하되, 정확하게 개개인을 노린다.

살수 옆에 민간인이 서 있었어도 상관없다. 그때는 살수만 쓰러졌을 게다.

"소저…… 이들 부부 사이에 뛰어들 수 있겠어?"

맹삼력이 놀리듯 말했다.

"이거 왜 이러시나? 절 무시하면 곤란한데."

팽가연이 씩 웃으면서 유엽도를 뽑았다.

어려운 싸움은 지나갔다. 이제 남은 것은 일방적인 도살뿐이다.

"무시하지는 않는데…… 너무 엄청난 사람들이라서. 참 이상하네. 얼마 전까지만 해도 이렇게 거리가 벌어지지는 않았는데…… 휴우! 이제는 따라잡기 글렀지?"

맹삼력도 구마삭을 꺼내 들었다.

2

화약이 터지는 속도보다 한 걸음 앞서서 움직인다. 화살이
쏘아지는 것보다 한 발 앞서 나간다. 부득이 합공을 취해보지
만 그 역시 십검의 빠름 앞에 무력화된다.

손짓 한 번에 한 사람이 쓰러진다.

그가 흘린 병기는 곧 다시 생명을 얻는다. 땅에 닿기도 전에
루주의 손에 들린다. 그리고 다른 동료를 향해 쏘아진다.

루주의 십검은 부딪침이 없다.

일검에 상대의 병기를 박살 내고, 다른 일검으로 숨을 끊어
놓는 게 십검의 살해 방식이다.

루주는 그런 방식을 따르지 않는다.

느린 검을 일부러 맞받을 필요는 없다.

부수지 않아도 좋을 병기를 산산조각내는 데 진기를 낭비할
필요가 없다.

상대의 공격을 허공에 흘려보내고, 일격으로 숨을 끊는다.

삼백 살천루 살수들이 완전히 절명하기까지 걸린 시간은 오
래 걸리지 않는다.

부상자는 없다. 모두 절명이다. 숨이 완전히 끊어져서 죽음
을 확인할 필요도 없다.

십검의 살인 방식은 너무 잔혹하다.

살인 방법만으로 마도와 정도를 구분한다면 마도 중에서도 최상의 자리를 차지할 게다.

맹삼력과 팽가연, 그리고 취취가 같이 움직였다. 주설언은 뒤로 빠졌다. 그녀의 독공은 난전에서는 제약이 많다. 이들이 편하게 싸울 수 있도록 물러서서 엄호해 주는 게 낫다.

그들은 동참에 의미가 있다. 같이 살천루 살수들을 죽이지만…… 이 싸움에서 그들이 한 일은 거의 없다고 해도 과언이 아니다. 아마도 후세 사람들은 그들을 거론하지도 않을 것이다.

그들이 죽인 숫자는 루주에 못지않다. 하지만 이미 대세가 결정된 후이다. 싸움이 아니라 도살일 뿐이다.

살천루주는 수하들이 쓰러지는 모습을 묵묵히 지켜봤다.

그가 할 수 있는 일은 없었다.

그렇다. 지금에 와서 그가 할 수 있는 일은 정말 아무것도 없었다.

검치를 쓰러뜨릴 수 있는 비기는 이미 동원되었다.

화약? 화살? 그런 것으로는 검치를 잡을 수 없다. 십검을 무너뜨릴 수 없다. 그것은 이미 오래전에 사총이 써봤던 수법이다. 발악이라고 표현할 수 있을 정도로 온갖 수단을 강구했어도 검치를 쓰러뜨릴 수 없었다.

십검의 파괴력은 지상의 모든 형체가 무너진다.

"일어서라."

그가 나직이 말했다.

살천루 살수들이 쓰러지는 마당에도 거적때기 위에서 술을 마시던 일단의 무리가 일어섰다.

"정말 괴물 같은 놈이군요."

그들 중의 한 명이 기가 질린다는 표정을 지으며 말했다.

"정작 괴물은 저놈이 아니다. 저놈은 괴물이라고 말할 수 있는 사람에 비하면 조족지혈이지. 후후후!"

살천루주가 싱겁게 웃었다.

"그런 자가 또 있습니까?"

"아까 떠난 검치를 말하는 겁니까? 검치나 저자나 뭐 비슷할 것 같은데요?"

술판을 걷어치우고 일어선 자들이 말했다.

'있지. 그것도 아주 지척에.'

살천루주는 피곤한 듯 꾸벅꾸벅 졸기까지 하는 노파를 보면서 속으로만 말했다.

검치를 무너트릴 수 있는 비기는 있다.

살천루에는 방법이 없다. 하지만 자신에게는 방법이 있다. 그래서 그 방법을 동원했다. 하지만…… 그것으로도 안 되는 것인가. 이렇게 끝나는 것인가.

그가 침울한 음성으로 말했다.

"이제는 너희가 죽어줘야겠다."

"저희야 언제든 죽을 준비가 되어 있습니다만."

"나도 곧 따라갈 것…… 먼저 가라."

"그럼!"

사내들 열 명, 그들이 일제히 포권지례를 취해 보인 후 신형을 쏘아냈다.

쒜에엑! 쒜에에에엑!

그들은 물 찬 제비처럼 쏘아져 갔다.

"클클! 클클클!"

노파가 웃었다.

살천루주가 마지막으로 보낸 열 명의 사내도 루주의 상대는 되지 못했다.

그들이 십검 앞에 무너진다. 은신술을 쓰기도 하고, 암기를 던져내기도 하는데, 그 수법이 고명하기는 해도 절대검을 무너뜨릴 정도는 되지 않는다.

퍽! 큭!

일검에 한 명씩 어김없이 죽어나간다.

"속이 좀 후련하냐?"

노파가 힘없이 중얼거렸다.

살천루주는 대답하지 않았다.

노파와의 작별인사는 이미 마쳤다. 그때도 노파는 가타부타 말을 하지 않았다. 자신이 이런 방법을 쓸 것이란 걸 알면서도 묵묵히 침묵했다.

노파는 살천루를 버렸다.

자신의 외손자…… 지금 죽어가는 저들 중 한 명이 자신의 외손자임을 알고 있으면서도 침묵한다.

이것이 검치를 잡을 수 있는, 루주를 잡을 수 있는 비장의 일초였는데…… 헛수고가 되고 말았다.

노파라면 검치를 잡을 수 있다.

검치와 루주가 동시에 달려들어도 노파의 상대는 되지 않는다. 그래서 일부러 노파를 끌어냈다. 그를 끌어내기 위해서 옥쇄를 펼친다고 공공연히 소문을 냈다. 아니, 정말로 옥쇄 작전을 펼쳤다. 자신이 가진 것 모두, 이룬 것 모두를 걸고 도박했다.

그 도박은 실패로 끝나간다.

노파가 나서줄 줄 알았는데, 침묵한다.

살천루를 버리고, 새로운 살천루를 만들겠다는 속셈일까? 아니면 이제 무림에 회의를 느낀 것일까? 그것도 아니면 죽을 때가 다 되어가니 만사에 싫증이 난 것일까?

어떻게 자신의 외손자가 죽어가는 데도 모른 척할 수 있지?

어쨌든 이것이 노파의 대답이다.

노파가 말했다.

"검치는 죽었다."

살천루주가 흠칫했다.

"네가 바란 것 중에서 하나는 해줬다. 그래도 내 손으로 키운 놈이니 그 정도는 해줘야지."

"……"

살천루주의 어깨가 파르르 떨렸다.

검치를 죽일 수 있다면 루주도 죽일 수 있다. 저들 모두를 죽일 수 있다.

역시 생각이 맞았다.

이들을 어찌할 사람은 세상천지에 없다. 그 무서운 검치도 장난감처럼 구겨졌다.

그런데 저들은 처리하지 않는다.

살천루가 무너지는 모습을 꾸벅꾸벅 졸면서 지켜본다.

그의 심중을 알고 있는 듯, 노파가 말했다.

"네 수는 언제나 얄팍해. 클클! 미안하구나. 너도 청산해야 할 유물이 된 것 같다. 충심을 벗어나서 잔머리를 쓰기 시작하면 서로 간에 관계는 끝난 거야. 지금은 이것이겠지만, 나중은 더 큰 것으로 곤란하게 만들 테지. 끝내자. 클클!"

듣거나 말거나.

스릉!

살천루주는 검을 뽑았다. 그리고 루주를 향해 뚜벅뚜벅 걸어갔다.

'청산해야 할 유물······ 태어나서 처음으로 안 것이 검. 평생을 본 것이 검은 휘장. 후후! 뭘 하고 살았던 거지, 한평생을?'

'검(劍)······ 망(網)!'

살천루주의 검에서 끈끈한 검기가 거미줄처럼 풀려나온다.

이것은 살천루주의 마음이다.

그의 검이 사방을 가리키고 있다. 모든 것을 쏘아보고 있다.

거미줄이 쳐진 곳에 그의 검이 닿는다. 순간의 빠름으로 다가올 수 있다. 정확하게 찌르거나 베어낼 수 있다.

살천루주의 검법은 지금까지 보아온 여타의 검법과는 질적으로 차원이 달랐다.

'심검(心劍)이군.'

검초가 필요없는 검, 마음의 검.

십검도 심검의 일종이다. 아니, 심검이다.

눈으로 보고, 뇌로 판단하고, 진기를 끌어올린 후, 육신으로 움직이는 일반 검법은 상대의 움직임을 보자마자 즉각적으로 반응하는 심검을 따라올 수 없다.

눈과 뇌와 육신과 검이 일직선상에서 움직인다.

살천루주는 일초검법을 구사한다.

그 일초는 마음이다.

마음이 움직이면 검이 움직이는 게 아니다. 그런 말은 심검을 모르는 자들이 그럴싸하게 보이기 위해서 하는 말이다. 심검의 그림자만 보고 심검인 줄 착각해서 하는 말이다.

신검합일(身劍合一).

검신일체(劍身一體).

심검무아(心劍無我).

말은 다르지만 다 같은 뜻이다.

툭! 철컹!

루주는 땅에 떨어진 검 한 자루를 발로 차올렸다.

손에 두 자루의 청강 장검을 들었다.

살천루 살수들과 검을 섞은 이후, 처음으로 진정한 사사십 검을 펼친다. 일검으로 병기를 부수고, 일검으로 목숨을 취하는…… 전통적인 십검을 펼친다.

살천루주는 그럴 만한 상대다.

츠으읏! 촤아아악!

넓게 퍼져 나갔던 검망이 쫘아악 좁혀지더니 한 점으로 집약된다.

점이 부유한다.

사방 어디든 쳐나갈 수 있다. 점과 사물을 연결하면 곧바로 검이 따라온다. 그리고 그 속도는 눈으로 식별할 수 없을 만큼 빠르고 강하다.

살천루주의 검과 죽음은 일직선상에 공존한다.

철컹!

루주는 철검의 검배를 크게 흔들었다.

자그마한 소리가 두 사람 사이의 어색한 침묵 사이로 파고든다. 그리고 그 순간,

쒜엑! 쒜에엑!

두 사람은 누가 먼저라고 할 것 없이 거의 동시에 달려들었다.

살천루주의 검이 산산조각났다. 작은 쇳조각이 되어 먼지처럼 비산한다.

그 순간, 루주의 십검은 살천루주의 몸에 작열하고 있었다.

파파파파팟!

청강 장검이 살천루주의 팔을 잘라냈다. 그리고 내처 가슴 옆을 베면서 들어갔다.

그때, 살천루주도 마지막 회심의 일격을 쳐냈다.

푸왁!

그는 스스로 기혈을 역류시켰다. 루주의 검이 몸을 관통하기 이전에 장기를 터뜨렸다. 그리고 솟구쳐 올라온 핏물을 화살처럼 뿜어냈다.

혈전(血箭)!

핏방울이 화살포로 변해서 날아갔다.

바로 코앞에서, 지척에서 입으로 뿜어낸 피의 화살!

파앗!

루주의 신형이 공간 이동을 하는 것처럼 순식간에 사라졌다.

사실 루주는 허리를 굽혔다. 그 동작이 너무 빨라서 신형이 사라진 것처럼 보였을 뿐이다.

핑그르르!

왼발을 축으로 신형을 돌리고, 오른발로 땅으로 박차며 비연부유(飛燕浮游)…… 허공을 나는 제비가 목적 없이 떠도는 것처럼 유연하게 신형을 뽑아냈다.

촤아아악!

그의 등 뒤로, 등 위로 피 화살이 쾌검처럼 쏘아졌다.

일장 격돌이 끝났다.

살천루주는 두 발로 땅을 굳건히 내디딘 채 절명했다.

스스로 장기를 터뜨렸고, 십검에 몸이 반이나 갈린 상태에서는 몇 마디 말을 하는 것조차 사치다.

루주 곁으로 사람들이 달려왔다.

오늘 날짜로 살천루가 막을 내렸다. 살천루주를 비롯해서 살천루의 모든 살수가 이름없는 초지에서 목숨을 잃었다.

살아남은 사람은 없다.

근거지에 누구를 남겨두었는지 모르지만, 그들로서는 재기한다는 게 여간 어렵지 않을 것이다.

기껏해야 살수 한두 명이 목구멍에 풀칠이나 할 정도로 청부를 받는 것이 고작이다.

살천루의 시대는 끝났다.

그들은 죽으면서 많은 것을 했다.

화약을 사용했고, 화살을 쏘았고, 암기와 독을 썼다. 뒤에서, 옆에서, 위에서, 땅속에서…… 인간이 숨어서 공격할 수 있는 모든 곳에서 공격을 취했다.

그들은 한 가지를 증명했다.

살천루 살법으로는 천요루주를 죽이지 못한다.

이는 다른 살수문파에게도 경종이 될 게다. 그들의 살법이 살천루의 살법과 전혀 다르지 않다면, 루주에 대한 공격은 시도조차 하지 않는 것이 낫다.

살천루주가 마지막에 사용한 혈전은 살수문파 최고의 비전

비기다.

평생 동안 쌓은 내공을 핏방울 하나에 집약시킨다. 그리고 쏘아낸다. 상대가 방비할 수 없는 곳에서, 서로의 숨결을 의식할 정도로 가까운 곳에서…….

이런 공격을 막을 수 있는 사람이 있을까?

말을 하면 입에서 침이 튄다. 맞은편에 있는 사람은 의식하지 못하겠지만 작은 침방울 수십, 수백 개가 전신에 달라붙는다. 코와 입을 통해서 체내로 스며들기도 한다.

이래서 감기가 여러 사람에게 전염된다.

혈전에는 독이 있다.

인간이 만들어낸 독이라고 해서 인독(人毒)이라고 한다.

내공이 강한 사람은 절독을 음식처럼 섭취할 수 있다. 섭취된 독은 진기에 이끌려 단전에 밀어 넣어진다.

독이 이런 상태로 보존된다.

보존 시한은 내공이 얼마나 깊으냐에 따라서 달라지는데, 독을 섭취할 정도의 내공이라면 최소한 여섯 시진 정도는 보관이 가능하다고 본다.

단전에 밀집된 독은 가만히 있지 않는다.

자신들을 억누른 진기에 대항한다. 뚫고 나가려고 한다. 그러는 과정에서 독성이 변한다. 인간이 지닌 불순물까지 흡수하여 독으로 변화시킨다.

이렇게 만들어진 인독은 해독제가 없다.

독을 섭취한 인간의 특성에 맞춰서 개발된 독이기 때문에 독성조차도 제각각이다.

말을 하면서, 대화를 나누면서 단전에 깃든 독기를 풀어낸다.

독기는 침에 묻어서 주위로 전파된다. 감기를 옮기듯이 해독제가 없는 절독을 옮긴다.

이것이 일차 공격이다.

이차 공격은 단전을 터뜨림으로써 발생한다.

단전이 용해되면 막혀 있던 독기는 제 세상을 만난 듯 튀어나온다. 이것을 피에 실어서 밖으로 쏘아낸다. 아주 가까운 거리에서, 화살보다 빠르게 토해낸다.

방비할 수 없고, 당하면 죽을 수밖에 없고, 이것이 살천루주가 펼친 혈전이다.

그런데 루주는 이 혈전까지도 피해냈다.

이제 어떤 수가 있어서 그를 암살할 수 있을까?

"휴우! 지독했어요!"

취취가 코를 막으면서 말했다.

살천루주가 쏘아낸 혈전의 독기가 아직도 공기 중에 부유한다. 직접적으로 영향을 미칠 정도로 강력하지는 않지만, 그래도 머리가 지끈거릴 정도의 독기는 있다.

"옷 걷어봐요."

주설언이 등 뒤에 서면서 말했다.

"괜찮아."

"괜찮기는요. 옷이 탔어요."

사람들은 그 말에 당장 루주를 돌려세웠다.

주설언의 말이 맞다. 살천루주가 뿜어낸 혈전 몇 방울이 등 뒤로 튀었다.

옷이 불똥에 맞은 듯 점점이 구멍 뚫렸다.

살도 탔다. 마치 화상을 입은 사람처럼 구멍 뚫린 부위가 새 까맣게 변색해 갔다.

"이건 해독제가 없어요."

주설언이 상처를 살펴보며 말했다.

"취할 수 있는 방법은 딱 하나, 내공으로 밀어내는 건 데……."

주설언이 말끝을 흐렸다.

루주가 당한 상처는 깊지 않다. 아니, 아주 가볍다고 할 수 있을 정도다. 운공조식으로 독기를 몸 밖으로 밀어내기만 하는 일이니 어렵지도 않다.

그녀가 말끝을 흐린 것은…… 지금 그럴 상황이 아니기 때문이다.

주변에 구경꾼들이 모여든 줄 알았는데…… 일반인들은 불 똥이 튈까 봐 구경도 하지 못하고, 무인들 중 일부만 멀찍이 떨 어져서 구경하는 줄 알았는데…….

얼핏 보기에도 범상치 않은 사람들이 지켜보고 있다.

그들이 어떤 행동을 취한 건 아니다.

그럼에도 그들이 신경 쓰인다. 마치 늑대들에게 둘러싸였을 때의 느낌처럼 매우 기분 나쁜 살기가 와 닿는다.

"지금 운공하지 않으면 어떻게 돼?"

팽가연이 말했다.

그녀도 주변에 있는 무인들이 심상치 않다고 느낀 것이다.

구경하는 것 외에 무엇인가 다른 용건이 있을 것이다. 그 용건이라는 것이 자신들과 무관하지 않을 것이다. 느낌이 온다. 직감적으로 감지된다.

지금 당장 독기를 빼내는 것이 타당하지만, 할 수 있다면 미루는 것도 좋겠다.

"독기가 안으로 파고들 거예요."

"그러면?"

"상당히 고생하겠죠? 어쩌면 두고두고 고생할지도…… 몸속으로 파고든 독기는 빼내기 힘들어요. 고름 종기 하나에 목숨이 좌우된다고…… 지병(持病)이 될 수도 있어요."

"까짓것 해라, 마! 내가 지켜줄게."

맹삼력이 구마삭을 추켜들고 앞을 가로막았다.

취취도 냉큼 맹삼력 옆에 섰다.

지켜보는 무인들의 눈길이 심상치 않지만 무슨 큰일이야 있을까.

다른 건 몰라도 추명오독이 반경 이십여 장을 뒤덮을 수 있으니 함부로 달려들지는 못할 것이다.

혼원벽력도도 있다.

비록 검치에게 박살이 나기는 했지만, 그러면서 한 발 두 발 나아갔다.

절정에서 절정으로, 고봉에서 고봉으로 건너뛰었다.

지금 그녀의 혼원벽력도는 검치와 비무를 하기 전과는 비교할 수 없을 정도로 능숙해졌다.

그 누구도 쉽게 쳐들어올 수 없다.

그런데 루주가 운공조식 대신 목검을 깎기 시작했다.

"모두 준비해. 지금까지는 몸을 푼 거고…… 아마도 지독한 싸움을 하게 될 것 같다."

그가 흐려진 하늘을 잠시 쳐다보면서 말했다.

3

그들은 구경을 하던 무인들이다.

살천루와 루주가 치열하게 싸움을 벌일 때, 두 눈을 부릅뜨고 한 수라도 더 지켜보고자 노력했던 지극히 평범한 무인들이다.

그들에게서는 어떠한 공통점도 보이지 않는다.

나이가 제각기 다르다. 남녀가 섞여 있고, 노소가 함께 어울린다. 복장도 다르다. 장사꾼 복장을 한 사람이 있는가 하면 유생 차림의 서생도 있다.

복장은 각기 다르지만, 무인인 것은 확실하다.

여인이든 노인이든 서생이든 장사꾼이든…… 한결같이 병기를 소지했다.

그들이 어슬렁거리며 걸어온다.

루주는 이미 목검 열 자루를 깎아서 검대에 꽂았다.

"굉장한 놈들이군."

맹삼력이 눈을 부릅뜨면서 말했다.

처음에는 몰랐는데, 걸어오는 모습을 보니 소름이 쫙 끼친다. 하나같이 고절한 공부를 지닌 고수들이다. 하나같이 일파를 이끄는 종주라고 해도 손색이 없다.

숫자는 약 백여 명.

무공은 팽가주나 팽가오로와 버금갈 정도.

한마디로 이들이 팽가촌을 들이칠 경우, 하북팽가는 반시진도 버티지 못하고 초토화된다.

"이 사람들 뭐죠?"

취취가 질린 표정으로 말했다.

그녀도 이제야 이들이 단순한 구경꾼이 아니라는 사실을 알았다.

풍기는 기도가 하나같이 강하다. 단지 강한 게 아니다. 사이하면서 강하다. 살인이나 방화 같은 일들쯤은 서슴지 않고 할 것 같다는 느낌이 든다.

이들은 정도인이 아니다. 그런데,

"음!"

느닷없이 루주가 옅은 신음을 토해냈다.

"이……."

맹삼력도 이를 악물면서 주먹을 불끈 쥐었다.

세 여인은 이들이 왜 그러는가 싶어서 그들이 쳐다보는 곳

에 눈길을 주었다. 그리고,

"악!"

취취가 두 손으로 얼굴을 와락 감싸고 비명을 토해냈다.

"흐, 흠화! 흠화!"

팽가연도 버럭 고함을 지르며 뛰쳐나가려고 했다.

주설언이 옷깃을 잡아채지 않았다면 당장 뛰쳐나갔을 게다.

흠화가 장대 여섯 개에 묶여서 다가온다.

잘린 머리가 장대에 묶였다. 잘린 팔다리가 묶였다. 사지와 머리를 잃은 몸통이 큰 장대에 대롱대롱 매달렸다.

흠화는 사총을 염탐하기 위해 떠났다.

그녀의 무공으로는 잠입이 쉽지 않을 것 같았고, 그래서 멀리 떨어져 지켜보기만 하라고 했다.

그래도 얻을 수 있는 것은 다 얻을 수 있다.

사총은 몸집이 굉장히 크다. 무림 문파 중에서는 십만 방도를 자랑하는 개방 다음으로 클 것이다.

그들이 움직이려고 용트림만 해도 당장 티가 난다.

흠화가 감시할 것은 그런 것들이다. 세세한 정보가 아니라 커다란 움직임이다.

한데 흠화는 욕심을 부렸다.

그녀를 보내면서도 그런 점이 염려되어서 두 번, 세 번 당부를 했건만…… 절대 욕심부리지 말라고, 안으로 파고들지 말라고 누누이 말했건만…….

안으로 침투하면 당장 발각된다.

저들은 마두들이다. 마인들이다. 세상이 비좁다고 날뛰던 거흉대마(巨兇大魔)들이다.

사총, 사총이었는가.

"살천루에 이어서 사총…… 이거 좋은 일인가?"

맹삼력이 중얼거렸다.

"천산파 이름을 날릴 수 있는 기회지."

루주가 웃으면서 말했다.

맹삼력은 고개를 가로저었다.

"아니, 이런 식으로는 안 돼. 이놈들을 다 물리친다고 해도 천산파의 위명이 높아지지는 않아. 내 이름은 날 수 있을지 몰라도…… 천산파 무학은 여전히 업신여김거리야."

"여기서 천산파 무학만 써봐."

"그러고 싶어도 그게 안 된다. 늙은이에게 배운 게 있잖아. 노상 두들겨 맞기만 했지만, 그래도 그게 꽤 공부가 됐다. 지금 내 무공은 알맹이가 바뀌었어. 순수한 천산파 무학이 아냐."

"천산파로 돌아가라."

"뭐? 그게 무슨 소리야?"

"천산파로 돌아가서 장문인이 돼. 그리고 네가 얻은 오의를 후인들에게 전수해. 십검의 묘가 섞였건 아니건 그게 무슨 상관이야? 이건 네 무학이야. 십검의 흐름을 이어받았다고 해서 네 무공이 아닌 건 아니잖아?"

"그래도 될까?"

"하하하! 그럴 생각이었구나?"

"이번 싸움만 끝내고 돌아가련다."

"그래. 놀러 가지."

루주와 맹삼력은 서로 웃으면서 이야기했다.

거마들이 백여 명이나 다가오고 있지만, 그들에게는 전혀 위협이 되지 않았다.

"저놈들, 여섯 명은 건드리지 마."

팽가연이 유엽도를 움켜잡으면서 말했다.

"알았어요."

주설언이 고개를 끄덕였다.

홈화의 신체를 장대에 꽂아서 가지고 오는 자들!

팽가연은 홈화를 위해서라도 그들에게 세상에서 가장 지독한 죽음을 안겨줄 생각이다.

홈화를 죽이는 것까지는 이해한다.

홈화도 무인인 이상 누군가에게 죽는다는 것은 감수해야 한다. 무림은 자신은 죽지 않고 오직 죽이기만 하겠다는 도둑놈 심보를 용납하지 않는다.

하지만…… 죽음 자체도 존중받아야 하는 게 무인이다.

홈화는 특히 여인이다. 사지를 잘라내고, 옷을 벗기고, 나신을 장대에 꽂아서 대롱대롱 매단 행위는 도저히 용서할 수 없다.

그녀가 할 수 있는 가장 잔인한 방법으로 징치할 셈이다.

"언제 살포할 거야?"

"했어요."

"했어?"

"네. 다섯 정도만 되면 쓰러지는 자들이 생길 거예요."

주설언의 말이 들어맞았다.

하나, 둘, 셋, 넷, 다섯!

딱 다섯을 헤아리자 걸어오던 자들 중에서 무릎을 툭 꺾는
자가 나타났다.

툭! 쿵! 투툭! 쿵!

마인 백여 명이 서둘지 않고 천천히 걸어온다. 그리고 통나
무 쓰러지듯 쿵쿵 쓰러진다.

쓰러지지 않는 자들도 많다.

주설언의 얼굴에 곤혹스럽다는 표정이 떠오르는 것으로 보
아서 독을 살포했는데도 멀쩡한 듯했다.

"추명오독을 알고 있어!"

"추명오독은 해독제가 없잖아?"

"흑산과 절명으로 들어가면 해독제가 없는데……."

그녀가 아랫입술을 잘끈 깨물었다.

지금 그녀가 가진 독은 추명오독 중에서 삼독뿐이다.

추몽혈사분, 망지독, 혈선과액.

흑산과 절명은 만들기도 어렵고, 재료도 구하기 힘들어서
준비하지 않았다. 또 지금까지는 추명삼독만으로도 충분했다.
그것조차도 막지 못하고 펑펑 나가떨어졌으니까.

"최선을 다했다면 된 거야."

루주가 그녀의 어깨에 손을 얹으며 말했다.

그래도 상당히 많은 수가 쓰러졌다.

약 이십여 명? 예상에는 훨씬 못 미치지만 그래도 상대들이 극강한 마인임을 감안할 때, 선전한 것이다.

"취취, 여기 있어."

루주가 취취를 보면서 말했다.

취취는 그 말의 뜻을 즉시 알아챘다.

자신은 저들 상대가 안 된다. 저들과 싸우면 몇 초 안에 쓰러질 게다. 그러니 이곳에 남아서 주설언을 보호한다. 그녀가 가지고 있는 독과 취취의 도공이 합쳐지면 막강한 위력을 드러낼 게다.

"알았어요."

취취가 주설언 곁에 섰다.

세 명 대 사총.

옛날의 역사가 되풀이되려고 한다.

옛날에는 검치 한 명이 사총과 겨뤘다.

그 싸움에서 검치가 이길 것이라고 생각한 사람은 없었다. 사총 무인들을 상당히 곤란하게 만들 것이고, 격살할 것이다. 하지만 결국은 그도 무너질 것이다.

검치는 모든 사람의 예상을 깨고 사총을 무너트렸다.

이번에는 다른 예상이 나온다.

단 세 명이 사총과 맞섰을 뿐이지만, 사총이 이길 것이라고 생각하는 사람은 없다.

검치가 가르쳐 준 학습 효과다.

루주가 검치와 대등한 무공을 지녔으니, 루주 혼자만으로 사총을 상대할 수 있다.

거기에 맹삼력과 팽가연이 가세한다.

추명오독도 틈틈이 뒤를 노린다.

옛날과는 다르게 이번에는 사총에 대한 점수가 인색하다. 사총이 무모한 싸움을 벌인다고 생각하는 사람도 있다.

쒜에엑! 쒜엑!

세 사람이 치달려갔다.

여든 명가량의 마인들도 마주쳐 왔다.

가르르릉!

옆구리 쪽에서 시커멓게 변색한 오지(五指)가 매의 발톱처럼 살을 움켜잡아 온다. 코앞까지 다가온 자는 누런 이를 드러내면서 히죽 웃는다. 순간, 그의 이빨 사이에서 강침이 쏘아졌다.

루주는 몸을 비틀면서 목검 두 자루를 쳐냈다.

파팟! 파아아악!

한 자루는 독침 뱉은 사내의 정수리를 파고들었다.

머리가 터진다. 아예 흔적도 없이 사라져 버린다.

또 한 자루의 목검은 흑마십지(黑磨十指)를 수련한 마인의 등짝을 후려쳤다.

목검이 등에 찰싹 달라붙었다. 그리고 찰떡 사이로 파고들 듯이 쑥 짓눌러 들어갔다.

"커억! 컥!"

그가 다급한 비명을 토해냈다.

늦었다, 이 친구야. 그러니 오지 말았어야지. 공격을 하지 말았어야지. 죽음을 읽었어야지.

촤악!

새로운 목검 두 자루가 손에 잡혔다.

머뭇거릴 틈은 없다. 창 한 자루가 불쑥 뒷머리에서 튀어나온다. 고개를 촌각만 늦게 돌렸어도 머리가 꿰일 뻔했다.

뒤로 돌면서 그자의 복부를 쳤다.

검이 쑥 들어간다. 살을 파고들어 간다. 내장을 조각내면서 들어간다. 그러다가 명치 어림에서 뚝 멎는다.

그자가 내민 창은 루주의 손에 들렸다.

창은 쓸모가 많다. 가운데를 똑깍 분지르면 당장 목검 두 자루가 만들어진다. 그런 면에서 쓸모가 있다.

다른 면? 그런 건 없다. 손에 들린 게 몽둥이든 검이든 칼이든…… 똑같이 십검으로 쓰인다.

마인들은 촌각의 틈도 허용치 않는다.

그들은 공격해 오고, 또 공격해 온다. 잠깐이라도 틈을 주면 지금까지 퍼부은 공격이 허사라도 되는 양, 죽을힘을 다해서 뒤를 이어 공격해 온다.

한 수, 두 수…… 호흡이 가빠진다.

진기를 되돌릴 틈이 없다.

그나마 십검을 제대로 쓰는 자는 괜찮다. 자신은 괜찮다. 십검을 쓰면, 한 수 뒤에 호흡이 들어온다. 십검을 쓰는 즉시 진기가 일주천(一週天)한다.

사람들이 상상할 수 없을 정도로 빠르게 진기순환이 이루어진다.

이런 점을 말해줄 수는 없다. 맹삼력에게 말해준 적이 있는데…… 그 덕분에 주화입마를 맞을 뻔했다.

진기순환은 사람에 따라서 다르다.

검치의 진기순환이 다르고, 자신의 진기순환이 다르다. 자신은 굉장히 빠르게 돌지만, 맹삼력의 경우에는 폭발적으로 일어난다.

빠름이 아니라 강력함이다.

똑같은 십검이되 진기순환 방법은 완전히 다르다.

사람마다 십검을 받아들이는 방법이 다르기 때문에 응용하는 방법도 달라진다.

그는 한 사람을 죽이나 열 사람을 죽이나 호흡이 가빠지지 않는다.

자신에게 달려드는 자들…… 사람을 잘못 찍었다.

하지만 맹삼력은 다르다. 그는 매우 힘들어한다. 처음에는 그럭저럭 버텼지만, 이제는 간간이 위험스러운 장면도 연출한다.

쉬익!

검이 뒷머리를 가격한다.

하지만 그의 구마삭은 앞사람의 철추에 묶여서 뒤를 신경 쓸 겨를이 없다.

루주는 목검 한 자루를 내던졌다.

쉬익! 따악!

목검이 날아가서 철검을 막았다.

맹삼력은 그제야 고개를 돌리면서 눈인사를 했다.

'위험해!'

어쩌면 이 싸움에서 맹삼력을 잃을지도 모른다는 불길함이 소록소록 스며든다.

위험하기는 팽가연도 마찬가지다.

그녀의 혼원벽력도는 극성에 이르렀다.

번쩍!

섬광 한 번에 한 사람이 죽어간다. 그리고도 또 다른 사람을 노리며 달려든다.

그녀는 최대한 그녀의 싸움판을 만들려고 노력한다.

하지만 싸움이 이렇게 순차적으로 이루어진다면 얼마나 좋으랴.

그녀에게도 폭풍 같은 공격이 시작된다. 마인들이 계속 밀고 들어온다. 한 번에 두 명, 세 명씩 죽을힘을 다해서 공격한다.

마인들의 공격에는 극성의 진기가 실렸다.

누구든 이것이 마지막이라고 생각하면 전력을 다하게 되어 있다. 죽어서도 한이 되지 않도록 필사의 힘을 다한다. 전신 진기를 한꺼번에 터뜨린다.

반면에 팽가연은 다음 사람을 생각해야 한다. 한 사람을 죽였다고 해서 끝이 아니다. 싸움이 계속 이어진다. 진기 배분을 적절하게 하지 못하면 곧 지쳐서 나가떨어진다.

그런 힘들이 밀집되고 있다.

절정고수들의 힘이 집약되고 있다.

"죽엿!"

"어딜!"

파파팟! 파팟!

순시간에 격돌이 이루어진다.

마인들은 약하지 않다. 그들이 죽을힘을 다해서 펼쳐 낸 공격은 팽가연의 몸에 상흔을 만들었다.

허벅지, 몸, 등짝…… 제법 깊은 자국이 패었다.

"후욱! 후욱! 후욱!"

팽가연이 깊은숨을 토해내기 시작했다.

그녀의 일도는 초절정이다. 무아의 경지에서 펼친 도법은 막강하면서 빠르다. 하지만 내공이 심후하지 못하다. 육신이 지치면 정신도 지친다.

혼원벽력도가 깨진다!

정신이 육신으로 고개를 돌리는 순간, 육신을 쳐다보는 순간, 무아가 깨진다. 반사적인 능력이 사라진다. 상대가 공격해 오는 모습을 보게 된다.

상대가 검을 들 때, 그녀도 동시에 들어야 한다. 상대가 쳐올 때, 그녀가 같이 쳐나간다.

두 사람이 하나로 엮인다.

이것이 혼원벽력도의 기본이다.

상대의 빠름만큼 빠르게 쫓아간다. 상대가 일으키는 변화를 직감으로 알아채고 같이 일으킨다.

일종의 영능(靈能)에 자신을 맡긴다.

그런데 정신이 육신을 보기 시작하면 영능이 깨진다. 무심, 무아가 무너진다.

마인 한 명을 상대로 할 때는 무적일 수 있지만, 수십 명을 상대로 난전을 벌일 때는 상당히 위험하다. 아직 그런 정도까지 내공이 닿지 못한다.

'위험해!'

맹삼력도 위험하고 팽가연도 위험하다.

루주는 어금니를 꽉 깨물었다.

이들 마인들을 몰살시킬 수는 있다. 하지만 맹삼력과 팽가연을 잃을 가능성이 매우 높다.

검대에 목검 네 자루가 남았다.

이 정도면 많이 남았다. 거의 싸움 초반에 십검이 모두 쓰인다. 검대가 텅 빈다.

이번에는 병기 회수에 주력했다.

마인들의 무공이 높기 때문에 어떤 일이 벌어질 줄 몰라서 아끼고 아꼈다. 그 덕분에 네 자루나 남았다.

주위도 쓸어보았다.

검 한 자루가 발밑에 나뒹군다. 앞에서 달려오는 자는 보기만 해도 무거워 보이는 대도를 휘두른다.

'검보다는 대도가……'

탕! 탁!

땅에 떨어진 검을 발끝으로 차올렸다. 그리고 섬광을 열로 쪼갠 듯한 검광이 튀어나왔다.

쉐엑! 쩌어억!

대도를 든 자는 쇄골이 베였다. 쇄골부터 심장까지 일직선으로 쭉 갈라졌다.

검은 심장에서 멈췄다.

더 이상 내려갈 필요가 없다. 그럴 여유도 없거니와…… 그 정도에 이르면 이미 상대는 절명한 후이다.

슥!

대도를 움켜쥐었다. 그리고,

"가아아아아앗!"

있는 힘껏 고함을 내질렀다.

사자가 포효하는 듯, 청룡이 울음을 토해내는 듯…… 얼핏 사자후(獅子吼)나 청룡음(靑龍音)과 흡사한 괴성이 야지를 쩌렁쩌렁 울리며 지나갔다.

그 순간, 루주의 손에서 대도가 폭사되었다.

전면에 있던 마인 두 명을 한꺼번에 베고 지나갔다. 옆구리를 파고들면 명치 어림에서 멈추는 게 십검의 상례다. 하지만 이번에는 거기서 멈추지 않았다. 몸을 쭉 가르고 지나갔다. 그리고 옆에 있던 마인까지 쳐냈다.

일도에 두 명을 죽인다.

그것만 해도 충분히 위압적이다. 하지만 그는 거기서도 그치지 않았다.

두 명을 베는 순간 대도가 산산조각났다.

십검의 진기는 타협을 불가능하게 만든다. 검으로 물이나 나뭇잎을 쳐도 같이 박살 난다. 사람이나 병기만 부수는 것이 아니다. 단단하게 얼린 얼음덩이로 나무를 치면 같이 깨지는 것처럼 서로가 서로를 부순다.

일반적으로 사람을 벨 때, 얼음덩이의 단단함을 유지하는 것은 몸을 반쯤 가를 때까지가 최선이다. 그 이상으로 단단함을 유지하려면 그만큼 대도에 많은 진기를 실어야 한다.

지금처럼 한 사람을 완전히 베어낸다? 그리고 그 칼로 다른 사람을 또 벤다?

그가 평상시에 사용하는 진기보다 다섯 곱절은 더 많은 힘을 써야만 한다.

상당히 비효율적인 진기의 분배다.

그래서 십검은 언제나 상대를 즉사시킬 수 있을 만큼만 진기를 쓴다. 그 이상은 정말 무의미할 뿐만 아니라 진기 손실이 너무 커서 감당할 수 없다.

루주가 방금 그런 일을 했다.

숨이 턱 막힌다.

십검을 쓰는 즉시 진기순환이 이루어지는데…… 이번에는 자신이 억지로 순환을 막았다. 그리고 칼을 또 한 번 쳐냈다.

당장 진기순환을 하지 않으면 심장이 터질 것 같다.

그래도 참는다.

"타아아앗!"

또 한 번 거센 고함을 내질렀다.

세상이 깜짝 놀랄 정도로, 잠든 사람은 모두 깨울 정도로 엄청난 고성을 터뜨렸다.

그리고 등 뒤에 메고 있던 사검이 튀어나왔다.

순식간에 여섯 명이 피떡이 되어 날아갔다.

상반신이 부서지고, 머리가 사라지고…… 그야말로 혈인이 되어서 픽픽 꼬꾸라졌다.

검 네 자루에 여섯 명!

그는 이번에도 목검의 강함을 유지했다.

한 사람을 베는 데서 그치지 않고, 완전히 갈라냈다. 그리고 피 묻은 검으로 다른 자를 쳤다.

눈 한 번 깜빡이는 짧은 순간에 여덟 명이 죽었다.

"후욱!"

루주는 그제야 깊은숨을 토해냈다.

순간, 하늘이 노래진다. 눈앞에서 별이 반짝거린다. 다리가 후들후들 떨린다.

그는 태연함을 가장하면서 죽은 자의 병기를 집어 들었다.

마인들의 공격이 뚝 멈췄다.

그가 보여준 한 수…… 순식간에 여덟 명을 죽여 버리는 죽음의 마수에 모두가 놀라 버렸다.

쏴아아아!

싸움이 그치면서 조용한 정적이 흘렀다.

第四十章 난전(亂戰) 난사(亂死)

1

루주가 철검으로 마인들을 가리키며 말했다.

"언제까지 이따위 무의미한 싸움을 해야 하는가! 정녕 몰살을 원하는가!"

무의미한 싸움이 아니다. 저들의 방법은 아주 큰 효과를 보고 있다. 자신을 죽일 수는 없겠지만 맹삼력과 팽가연은 죽일 수 있다. 지금 그 위험도가 꼭지까지 찼다.

이래서 검치가 혼자서 싸운 것이다.

그에게도 협조를 구할 사람이 많았지만 그래서는 안 되는 거였다. 이런 식으로 당하게 되면 자신마저 심신이 흐트러진다. 이들이 죽든 살든 상관하지 않는다면 모르겠는데, 생사를 신경 쓰는 사이라면 절대 같이 손발을 맞춰서는 안 된다.

짝! 짝! 짝!

구경꾼들 중에서 중년 사내가 박수를 쳤다.

사내는 일대 종사의 위엄을 진하게 풍겨냈다.

손짓 하나, 발짓 하나에도 굳건한 기운이 풍겨 나왔다. 돌로
두들겨도 부서지지 않을 것 같은 단단함, 깊이 숨어 있는 경륜
등이 사내에게 범상치 않은 기개를 얹어주었다.

"아깝군."

사내가 주위를 쓸어보면서 말했다.

마인들이 상당히 많이 죽었다.

독에 죽은 자가 스무 명 정도 되는데, 그들의 안색은 벌써
검은색으로 변색되어 있었다.

누가 봐도 독에 당한 흔적이 역력했다.

그 외에 사십여 명이 더 죽었다. 그중 여덟 명이 마지막 순
간에 죽었다.

예순 명.

결코 적지 않은 사람이 죽었는데, 싸움은 원점으로 돌아왔
다.

팽가연이 호흡을 고르고 있다. 맹삼력이 한숨 돌리고 구마
삭을 고쳐 잡았다.

사람만 죽고 연수합공의 묘는 사라졌다.

"조금만 더 몰아쳤으면 저 둘은 제거할 수 있었는데."

사내가 고개를 흔들면서 말했다.

"죄송합니다!"

마인 중의 한 명이 급히 사내 앞으로 달려가 부복했다.

쉭!

사내는 아주 짧게 움직였다. 손끝을 살짝 쳐냈다.

그런데 부복하던 사내의 움직임이 뚝 멎었다.

주르륵!

사내의 미간에 붉은 물감이 흐른다 싶더니 이내 커다란 구멍이 뻥 뚫리면서 피분수를 뿜어냈다.

"일지무신통(一指無神通)!"

맹삼력이 입을 쩍 벌리면서 말했다.

사총 오공 중에서 적수공권으로 펼칠 수 있는 유일한 무공이 전개되었다.

"바보 같은 놈…… 조급만 더 밀어붙였으면 되는 건데. 쯧! 이제는 저놈들 모두 죽어도 어림없는 일…… 쯧! 아깝게 됐군. 자네…… 머리도 좋군."

중년 사내가 루주를 보면서 싱긋 웃었다.

그는 맹삼력과 팽가연의 상태를 정확히 보고 있었다. 루주의 상태도 정확히 파악했다.

이는 곧바로 루주의 약점이 된다.

루주가 두 사람의 안위에 신경을 쓴다는 건 아주 치명적인 약점으로 작용한다.

"자넨 나와 겨뤄보지. 아! 내 소개를 잊었군. 나, 사총주야."

나, 사총주야.

이 말에 모든 사람이 숨죽였다.

불어오던 바람도 다시 되돌아갔다. 흔들리던 풀잎도 움직임을 멈췄다. 구경하던 무인들은 숨조차 쉬지 못했다.

한때, 중원무림을 공포로 몰아넣던 절대자.

검치가 등장하기 전까지만 해도 그는 분명히 절대자였다.

사총의 위세가 거세기도 했지만 사총주가 지닌 무공은 겨룸 자체를 불허했다.

그와 겨루기를 원하는 자는 관을 짊어지고 와야 했다.

그는 이 시대의 최강자다.

검치에게 패한 적이 있다지만, 완벽하게 패한 건 아니다. 죽음의 십검을 피해냈다. 아직 살아 있다는 사실만으로도 십검이 제대로 박히지 않았다는 걸 증명한다.

검치는 그를 잡지 못했다.

사총 전체를 단신으로 무너트린 검치조차도 사총주만큼은 어쩌지 못했다. 그가 도주를 택했어도 상관없다. 그가 도주하도록 내버려 둘 수밖에 없었다면, 사총주에게도 모종의 한 수가 남겨져 있다는 뜻이지 않나.

스릉!

사총주가 먼저 검을 뽑았다.

"흐흐흐!"

"키키! 크크큭!"

마인들이 낄낄거리면서 맹삼력과 팽가연을 에워쌌다.

그들의 의도는 분명했다. 사총주가 루주를 잡고 있는 동안, 두 사람을 친다. 마인들이 두 사람을 치면, 루주는 집중하지 못한다. 오로지 일심으로 싸워야 하는데 그러지 못한다. 하면 틈이 생기고, 사총주에게 호기를 제공한다.

악순환이 계속된다.

"후우!"

루주는 한숨을 쉬면서 고개를 절레절레 흔들었다.

서로에게 신경을 쓰면 어느 한 사람도 제대로 싸우지 못한다. 맹삼력과 팽가연이 위험하지만, 지금은 신경 쓸 수 없다. 그들의 운명은 그들에게 맡긴다.

"걱정 마세요. 한숨 돌렸으니 됐어요."

팽가연이 눈을 부릅뜨며 말했다.

그녀는 죽일 사람이 있다. 흠화의 몸을 나눠서 들고 있는 여섯 사내를 징치하지 못했다. 그들은 아직도 저 뒤쪽에서 그녀를 보며 웃어댄다.

그들은 네가 뭘 할 수 있는데 하고 놀리는 듯하다.

"아무 걱정 마라. 썩어도 준치라고 했다. 이까짓 놈들에게 놀림감이 된다면 무슨 낯으로 돌아가나. 천산파 장문인? 그거 아무나 하는 거 아니다."

맹삼력도 구마삭을 고쳐 잡았다.

문제는 마인들이 너무 강하다는 것이다.

이들은 전 중원에서 고르고 고른 자들이다. 사총주가 직접 선발했다는 소문도 있다. 십대문파와 정면으로 싸워도 전혀 밀리지 않는 고수들.

이들의 무공은 오대세가 전체와 버금간다.

"미리 인사하자. 싸움이 끝나고 볼 수 없다면…… 기다리지 말고 먼저 가라. 난 오래 살다가 갈 테니까."

"썩을! 그걸 마지막 인사라고 하냐?"

"징징거리면서 울먹이는 것보다는 낫잖아."

"한 번이라도 좋으니까 징징거리기나 해봐라. 무정한 놈 같으니라고. 항상 저만 잘났대."

맹삼력이 눈을 부라렸다.

"저도 한마디 해요?"

팽가연이 두 사람 사이에 끼어들었다.

"혹시 싸움이 끝나고 볼 수 없다면, 제 마음이 흔들렸다는 거 알아주세요. 괜찮은 남자…… 아니, 그것보다 조금 더 심각하게 생각하는 사람? 그렇게 생각하고 있어요."

"나 말이오? 그렇게 생각 안 해도 되는데."

맹삼력이 능글맞게 능쳤다.

팽가연은 얼굴을 붉혔다.

이 순간, 루주를 쳐다보는 그녀의 눈빛은 뜨거웠다. 가장 위험한 순간에, 마지막일지도 모르기에 정말로 용기를 내어서 마음속 말을 해봤다.

루주가 그녀를 쳐다봤다.

두 사람은 사랑할 수 없는 사이다.

주설언이 있기 때문이 아니다. 그녀가 없다고 해도 두 사람만은 사랑할 수 없다. 두 사람이 서로 애타게 사모한다고 해도 마음을 드러낼 수 없다.

그런 일은 정녕 안 된다.

가주와 가모가 부부지연을 맺었다.

서로 낳은 배는 다르지만, 루주와 팽가연은 한 형제다. 배다른 오누이 사이다.

피 한 톨 섞이지 않았지만 사랑 같은 말은 입에도 담을 수 없다.

"혼원벽력도…… 무적이야."

루주가 싱긋 웃으면서 말했다.

그녀의 말에 방향이 완전히 다른 동문서답을 했다.

이게 그의 대답이다.

네 마음이 어떻든, 가주와 가모가 서로 죽이는 관계로 변한다고 해도, 우리 두 사람은 서로 위해주는 관계로 지내자. 우선 지금 당장은 너부터 살펴라. 혼원벽력도, 무적이다. 자신감을 가지고 힘있게 싸워라.

그의 짧은 말에서 여러 가지의 마음이 읽혔다.

"그래요. 혼원벽력도는 무적이에요."

그녀는 유엽도를 고쳐 잡고 다가오는 마인을 노려봤다.

"내게는 이만 명의 고수가 있다."

"많군."

"검치가 무너뜨린 게 이것이다. 너는 할 수 있는가?"

"난 못하지."

루주는 고개를 내둘렀다.

그렇게 많은 사람을 죽일 자신이 없다. 이만 명을 모두 죽일 필요는 없겠지만, 그럴 각오로 검을 들어야 한다.

힘든 일이다.

과거, 검치는 적어도 기천에 이르는 사람을 죽였다.

그들 대부분이 사마외도라고 하지만 그에게 사람을 무자비하게 도륙할 권리는 없다.

루주는 검치처럼 검을 들지 못한다.

또…… 그러고 싶지도 않다.

무림과 연을 쌓고 싶지 않다. 지금까지 싸운 것도 무림을 위해서 싸운 게 아니다. 자신을 위해서, 눈앞에 닥치는 일을 뚫고 나가다 보니 어쩌다가 여기까지 온 것이지 무림을 위해서 검을 들지는 않았다. 그리고 앞으로도 그럴 생각이 없다.

"이만 명 중에 여기 데려온 사람은 백 명뿐이다. 나머지는 어디 있을까?"

"……?"

"참고로 알아두라고 해본 말이다. 내가 죽어도 사총은 건재하다. 새로운 사총주가 나설 것이고, 그는 나보다 훨씬 강할 것이다. 그래 봤자 검치를 능가하지는 못하겠지만…… 그래도 상당한 골칫거리는 되겠지?"

"나와 상관없는 말이야. 솔직히 난 지금 당신들이 왜 우릴 공격하는지 그 이유도 모르겠어."

"지난 은원 때문이라고 하지."

"나도 그렇게 생각하고 있어."

루주는 철검을 들어 올렸다.

휘청! 휘청!

노파는 병자처럼 힘들게 걸었다.

한 걸음 떼어놓고 한 번 쉬고, 또 한 걸음 떼어놓고 한 번 쉬었다.

그래도 그녀를 무시하는 사람은 없다. 아니, 그녀가 움직일 때마다 모두의 눈길이 그녀를 좇아서 움직였다.

어디로 가고 있는가?

루주는 그녀를 막지 못한다. 그는 사총주를 맞이해서 백척간두의 승부를 펼치고 있다.

사총주의 검이 평범함을 벗어난 이상, 루주도 방심하지 못한다. 최선을 다해야 한다.

무인들의 싸움에 무적이란 있을 수 없다.

무적에 가까운 무공을 선보일 수는 있다. 하지만 세상사에는 변수가 많다. 몸이 병들거나, 정신이 혼란스러운 상태에서는 너무 쉽게 무너질 수도 있다.

그들 두 사람은 지금 이 순간만은 주위에서 무슨 일이 벌어지고 있는지 모를 게다.

"비켜, 이놈아! 귀찮아."

노파가 앞을 가로막아 선 마인을 지팡이로 툭 찔렀다. 순간, 퍼억!

노파의 지팡이가 마인의 등을 뚫고 복부 앞으로 삐죽 솟아

나왔다.

"훗!"

"억!"

마인들이 놀라서 급급히 피했다.

노파가 보여준 한 수는 매우 가볍지만…… 절대자의 수법이다.

마인은 약하지 않다. 이 자리에 사총주를 따라서 온 마인들은 그래도 한가락은 한다고 자부하는 자들이다.

그런 자가 아무 저항도 하지 못하고 맥없이 쓰러졌다.

등 뒤에서 찔렀다고?

그건 변명이 되지 못한다. 등 뒤에서 찌르든, 비수를 던지든…… 그 정도는 피할 수 있어야 한다. 그래서 무인이란 도산검림 속에서 산다고 하는 거다. 언제 어디서 어떤 공격이 다가올지 모르기 때문에.

노파의 일수를 막을 수 없었다.

지팡이가 날아오는데 전혀 알아채지 못했다.

이는 매우 중요하다. 고수가 알아채지 못할 정도로 상승 수법이 펼쳐졌다는 뜻이다.

"거치적거리게 앞을 가로막고 있어."

노파는 투덜거리면서 비틀거리는 걸음으로 한 걸음, 한 걸음 앞으로 나갔다.

"다, 당신 뭐야!"

노파 곁에 있던 마인이 고함을 지르면서 칼을 쓰려고 했다.

그 순간, 노파의 지팡이가 쑥 나갔다.

픽!

지팡이는 마인의 가슴을 뚫고 등 뒤로 삐쳐나갔다.

마인이 들고 있던 도를 머리 위로 올리려는 순간에, 노파의 지팡이는 벌써 피를 머금었다.

"신경질 나게 소리 지르고 지랄이야."

노파가 투덜거렸다.

마인들은 급히 몸을 피했다.

노파는 자신의 앞만 가로막지 않으면 지팡이를 쓰지 않았다. 걸음을 떼어놓기 힘들다는 듯 한 걸음, 한 걸음 비틀거리면서 힘겹게 걸었다.

"할멈, 뭐야…… 큭!"

맹삼력이 노파의 앞을 가로막았다.

노파가 주설언을 향해 다가가고 있다. 그녀를 쳐다보면서, 그녀에게서 눈길을 떼지 않은 채 곧장 걸어간다.

살천루주가 노파를 극진히 모시는 모습은 모두가 지켜본 바다.

노파는 살천루와 관계가 있다. 그것도 아주 깊은 관계이며, 감히 무시하지 못할 고수이다.

맹삼력은 노파와 일전을 벌일 각오로 막아섰다. 한데!

어느새 지팡이가 날아와 가슴을 꿰뚫었다. 땅을 짚어서 끝이 뭉툭해진 나무 지팡이가 심장을 관통했다.

"이런…… 빌어먹을!"

맹삼력의 동공이 빠르게 풀려갔다.

세상에…… 세상에…… 이토록 빠른 무공도 있었나? 십검이 최고로 빠른 줄 알았는데…… 그보다 빠른 공부도 있었나? 지 팡이를 드는 모습도 보지 못했는데…….

"큭큭! 끄…… 윽!"

맹삼력은 웃으면서 무너졌다.

자신이 한평생 동안 무엇을 하면서 살아왔는지 새삼스럽게 회의가 치밀었다.

이상하지? 이 순간만은 루주도 생각나지 않았다. 오직 자신 이 너무 허망하게 살아왔다는 생각만 머릿속에 가득했다.

슥!

노파가 맹삼력의 가슴에서 지팡이를 꺼내 들었다. 그와 거 의 동시에 팽가연과 주설언이 한꺼번에 달려와 맹삼력을 부둥 켜안았다. 그녀들보다 한발 늦게 취취가 달려와 노파에게 검 을 겨눴다.

주설언이 맹삼력의 맥부터 잡았다.

팽가연은 맥도 잡지 않았다.

맹삼력의 가슴 상처…… 치명적이다. 일격에 숨을 끊었다. 손을 두 번 쓰지 않을 각오가 담긴 일격이다.

'죽었어!'

팽가연이 노파를 노려봤다.

말은 필요없다.

노파는 살천루 사람이다. 자신들이 살천루 살수들을 죽이듯이, 그녀도 자신들을 죽일 권리가 있다.

그녀의 신분은 무엇인가.

그녀의 별호는 무엇인가.

아무것도 물을 필요가 없다. 서로 죽고 죽이는 일에 집중하면 된다. 그것밖에는 할 것이 없다.

스릉!

팽가연은 유엽도를 뽑았다.

"클클! 팽가주가…… 사내 농사는 엉망으로 지었는데, 계집 농사는 잘 지었군. 아주 좋은 칼이야."

파앙!

팽가연은 휘청거렸다.

노파는 아무 짓도 하지 않았다. 지팡이를 들어 올리지도, 움직이지도 않았다.

그런데…… 무엇인가가 눈앞에서 번쩍 터진다. 극렬한 섬광이 터지면서 세상이 까맣게 보인다. 너무 밝은 빛을 본 다음에 일시 시력을 잃을 때와 같은 현상이다.

"이, 이게!"

그녀는 본능에 따라 위험을 감지하고 휘청휘청 물러섰다. 그때,

"악!"

지극히 짧고 강렬한 단말마가 귓전을 울렸다.

"취취? 취취!"

그녀는 취취의 음성을 알아냈다. 그녀가 비명을 쏟아냈다. 시커먼 어둠 속에서 무슨 일이 벌어진 것일까?

"아…… 씨……."

거의 들릴 듯 말 듯 아득한 음성이 들려왔다.

풀썩!

무엇인가가 둔탁하게 무너진다. 그런 소리가 들린다.

그녀는 볼 수가 없었지만, 상황은 짐작되었다.

자신이 시력을 잃었을 때, 노파는 느긋하게 지팡이를 내밀었다. 맹삼력을 죽인 그 수법을 자신에게도 썼다.

하나 자신 곁에는 취취가 있었다.

그녀가 온몸을 던져서 노파의 지팡이를 막았다. 검으로 막지 못하고, 몸으로 막을 수밖에 없었다.

"취취! 취취!"

그녀는 고함까지 내질렀지만 취취는 아무 대답도 하지 않았다.

노파의 솜씨로 봐서는 절명이다. 두 번 다시 일어설 수 없는 치명타에 당했다.

팽가연은 마음이 다급했다.

취취에게 무슨 일이 일어난 건 알겠는데, 도무지 볼 수가 없다. 어떤 행동도 취할 수 없다.

들릴 듯 말 듯 자신을 부르는 소리가 마음을 먹먹하게 만든다.

'죽지만 마!'

팽가연은 간절하게 소원했다.

"당신! 너무 악랄해!"

주설언이 버럭 일갈을 내질렀다.

그 소리에 팽가연은 다시 한 번 절망했다.

주설언의 말투에 울음이 배어 있다. 들끓는 분노가 실려 있다. 다시 말해서…… 취취가 죽었다.

그녀는 시력을 회복하기 위해 안간힘을 다했다.

"클클클! 좋은 재목이로고."

노파가 주설언에게 말했다.

팽가연은 여전히 시력을 회복하지 못했다.

무슨 일이 벌어졌는지는 아직도 모르겠고…… 온 세상이 깜깜하기만 하다. 바로 곁에서 주설언과 노파가 말을 주고받는데, 그들 모습을 전혀 볼 수 없다.

"클클클! 흠…… 좋은 솜씨야. 혈선과액의 달콤한 맛…… 오랜만에 맛보는구나. 클클클! 아직도 이런 애물단지들이 무림에 나돌고 있으니. 쯧!"

주설언이 추명오독을 썼다.

은밀함으로는 단연 최고, 지독하기로도 단연 최고인 절독들이 줄줄이 풀려나갔다.

그런데 노파는 마치 간식이라도 맛보는 것처럼 행복한 표정을 짓는다. 허공에 혀까지 내밀면서 공기 맛을 음미한다. 추명오독의 지독함을 전신으로 받아들인다.

"음!"

주설언이 침음했다.

그녀의 독이 통하지 않는다는 증거다.

검치에 이어서 두 번째…… 독이 통하지 않는 절대자를 만났다. 피독주 같은 것을 지닌 것 같지는 않고, 오로지 굳건한 내공으로 피부를 차단해서 독기의 유입을 막는다.

이런 자에게는 추명오독을 들이부어도 소용없다.

"네년은 같이 가야겠다. 내 천하제일의 무공을 전수해 줄터…… 넌 튼실한 애새끼 하나만 낳아주면 되는 거야. 아주 좋은 조건이지 않아?"

"뭐야!"

"기녀 주제에 정조 타령은 하지 않을 것 같고…… 저놈에게 마음을 준 건 알지만…… 흐흐흐!"

노파가 웃었다.

2

파르르르!

사총주의 검이 겨울바람에 흔들리는 문풍지처럼 파르르 떨렸다.

파르르, 파르르, 파르르르!

검이 떨리는 데도 일정한 규칙이 있는 것 같다. 떨리는 소리가 아름다운 음률처럼 들린다. 일정한 규칙을 가지고 듣기 좋은 소리로 울려온다.

순간, 눈앞에 화려한 꽃들이 만개한다. 아름다운 백화가 활짝 피어난다.

사총주의 검이 꽃을 그려내기 시작했다.

한 송이, 두 송이, 세 송이…….

검이 실제로 꽃의 문양을 그려낸다. 검의 움직임이 너무 빨라서 꽃봉오리의 모습이 생생하게 살아난다.

이런 종류의 검법으로는 화산파의 매화검법이 있다.

검의 움직임을 좇다 보면 매화문양의 그림이 그려진다. 매화문양이 선명하게 그려진다. 매화검법에 당한 자는 몸에 매화문양이 그려진다는 말도 있다.

사총주의 검법은 매화검법보다 훨씬 진화했다.

꽃 한 송이가 아니라 무려 다섯 송이…… 꽃다발을 그려낸다.

검이 어디 있는가? 어느 검이 실체이며, 어느 검이 허초인가. 어느 꽃송이가 살기를 품고 달려들 것인가.

루주는 석상처럼 고요했다.

두 눈은 검을 좇지 않았다. 사총주의 눈을 쏘아보았다.

쒜에엑!

검이 날아온다.

루주는 뒤로 한 발 물러섰다.

쒜엑! 쒜에엑!

사총주가 그려낸 꽃다발이 눈앞에서 확 펼쳐졌다가 물러섰다. 그리고 다시 꽃다발을 그려냈다.

까앙! 깡깡깡!

옆에서 격렬한 울림이 터져 온다.

맹삼력이 싸우는 소리일까, 팽가연이 싸우는 소리일까.

신경을 쓰지 않는다고 하면서도 은연중에 신경이 쓰인다. 신경이 분산된다.

쉐에엑! 쒜엑!

꽃다발이 다시 덮쳐들었다.

그는 이번에도 물러섰다.

십검을 전개할 준비가 되지 않았다.

언제든 마음만 먹으면 전개할 수 있는 십검이지만…… 어쩐지 사총주에게는 전력을 다해야 할 것 같은 느낌이 들었다.

완벽한 십검이 탄생하지 않는 한, 검을 쓰지 않는다. 그만한 준비가 될 때까지, 마음이 주위를 잊고, 자신까지 잊고, 완벽한 집중상태로 들어설 때까지 기다린다.

마음은 사라지고 검만 남아야 한다.

검까지도 잊어버리고, 싸움 자체도 잊고, 다가오는 강풍을 가른다는 생각만 한다.

쒜엑! 쒜엑! 쉐에에엑!

꽃을 묶어놓았던 끈이 끊어졌다. 꽃다발이 사라지고 꽃송이 수십 개가 허공에 난무했다.

실초와 허초의 구분은 여전히 불가능하다.

모든 꽃이 실초다. 모든 꽃이 허초다.

십검은 무변(無變)을 지향한다. 변화가 없는 검이야말로 가장 빠르다. 그에 반해서 사총주는 만변(萬變)을 일으킨다. 극렬한 변화로 빠름을 그려낸다.

성질이 완전히 다른 검이다.

이 검은 아마도 검치에게 당한 이후, 새롭게 창안한 검법이 아닐까 싶다.

그렇다면 함정이 숨어 있다.

십검이 터질 때, 실초가 터질 가능성이 매우 크다. 십검의 빠름을 일단은 받아내야 하겠지만…… 어떻게든 십검의 빠름만 견뎌내면 곧바로 역습이 이어진다. 어쩌면 빠름을 견뎌내지 않고 동귀어진 수법으로 변환할지도 모른다.

십검을 분명히 봤다. 그에 대응해서 만들어낸 검이다.

그래서 대응하지 않고 꽃송이가 만들어질 때마다 뒤로 물러섰다. 완전히 뒤로 빠지지는 않았다. 꽃송이의 영향력에서 벗어날 정도만 물러섰다. 언제든 다가갈 수 있도록, 즉각 십검을 펼쳐 낼 수 있는 거리를 유지했다.

"언제까지 물러설 참이냐!"

사총주가 버럭 일갈을 터뜨렸다.

그 순간, 루주는 즉시 앞으로 달려들었다. 양손이 번개같이 휘둘러지면서 십검이 고스란히 터졌다.

파파파파팟!

사총주는 부지런히 꽃송이를 만들었다.

그렇다. 이것이다. 사총주가 십검에 대항해서 만든 꽃……

허초로 십검의 빠름을 견뎌낸다. 아니, 허상으로 십검의 파괴력을 무마시킨다.

루주의 십검은 허공을 때렸다.

사총주가 만들어낸 꽃송이를 후려쳤는데, 어느새 빠져나가 버렸다. 검은 없고 빈 공간만 있다.

슈웃!

꽃송이가 또 날아든다.

이것은 실초인가, 허초인가. 또 허공만 치는 건 아닐까?

이 문제…… 사총주가 창안한 검법에는 근본적인 문제가 해결되었다. 그는 십검의 빠름을 다른 방식으로 재현해 냈다. 십검만큼 빠르게 검을 쳐낼 수 있다.

그런 조건이 성립되어야 이런 변초가 가능해진다.

이미 예상하고 있던 바다.

그렇다. 십검은 육신으로 펼치는 검이 아니다.

섬광을 열로 쪼갠 듯한 빠름은 오직 전체적인 집중에서만 나온다. 몸 전체가 일점을 향해서 움직인다. 정신 전체가 함께한다. 혼백까지도 함께한다.

그의 감각은 사총주의 검선(劍線)을 꿰뚫어봤다.

물러서고, 물러서고, 또 물러서면서 검이 그려내는 궤적을 세밀하게 지켜봤다.

그런 후에 짓쳐 들어간 것이다.

이미 대응할 방법이 있기 때문에 뛰어들어 간 것이다.

쉐엑!

철검이 꽃송이를 후려쳤다.

거짓으로 친 것이 아니다. 전력을 다한 일검, 온몸과 온 정신을 하나로 합일시켜서 온전한 십검을 터뜨렸다.

사총주의 검이 꽃송이에서 뱀으로 변했다.

만변이 사라지고 오직 살상만을 노리는 살검으로 변했다.

이것이다! 어떤 변초든 몸을 베기 위해서는 일직선으로 베어오거나 찔러오는 검초가 필요하다.

변초는 따라갈 필요가 없다. 오직 실초에만 대항하면 된다.

루주는 먼저 전개한 철검을 던져 버렸다. 빈 허공을 후려칠 것이 분명한 검초를 놓아버렸다. 그리고 다른 철검을 뽑아 들고 일직선으로 쏘아오는 검초를 쳐냈다.

까앙!

검과 검이 부딪쳤다.

여기서부터는 그의 영역이다.

까앙! 깡! 퍽! 퍼퍼퍽!

사총주는 몇 초 버티지 못했다.

두 번인가, 세 번인가…… 일검에 만물을 박살 내는 십검의 파괴력을 온전히 진기의 힘만으로 버텨냈다.

그러나 그도 인간이다.

끝내는 검이 부서졌다. 그리고 이어지는 검초에 몸이 갈라졌다.

"후우욱!"

깊게 들이쉬는 숨.

내쉬는 숨이 아니라 들이쉬는 숨.

이것이 사총주의 마지막 저항이다. 죽음에 대한 반항이다.

결국은 내쉬는 숨으로 유명을 달리했지만, 그의 의식은 들이쉬는 숨에서 끝났다.

사총주, 그의 시대가 막을 내렸다.

하지만 지금은 사총주의 죽음을 애도하고 있을 틈이 없다.

그는 사총주를 무너트리기 무섭게 몸을 돌렸다. 그리고 뚜벅뚜벅 걸어갔다. 두 눈에 활활 타오르는 불길을 담고.

"물러서 있어."

그 사람…… 루주의 음성이다.

'사총주, 죽였어!'

당연한 결과다. 루주가 사총주에게 질 것이라는 생각은 한 번도 해본 적이 없다.

"시신경에 연관된 혈들을 고루 풀어줘. 시력이 제대로 돌아오려면 한 반 시진 정도 걸릴 거야. 조급히 마음먹지 말고 차분하게 혈을 다스려. 시력을 잃은 건 아니니까."

나중 말은 자신에게 한 것이다.

팽가연은 즉시 대답했다.

"저 노파, 괴상한 무공을 사용해요. 조심하세요."

"클클! 검치를 닮았구나."

"아닐 거요. 많이 다를 거요."

"그렇군. 많이 다르군."

"아닐 거요. 똑 닮았을 거요."

"클클! 그렇군. 닮았군."

노파는 응석받이 손자의 재롱을 받아주듯 루주의 말을 모두 받아주었다.

다른 사람의 눈에는 그렇게 보였다.

하나 그것이 사실이다. 루주는 검치를 쏙 빼다 박았다. 아니다. 완전히 다르다.

루주의 십검은 검치의 십검이다.

둘 사이의 검을 구분할 수는 없다. 누가 낫고 못하다고 말할 수 없다. 두 사람이 목숨을 걸고 싸우면 평생을 싸워도 승부가 나지 않을 것이다. 그러므로 쏙 빼 박았다.

두 사람의 십검은 질이 다르다.

검치의 십검과 루주의 십검이 같다고 말할 수 없다. 검에 담긴 마음이 다르기 때문에 똑같다고 말할 수 없다. 아니, 전혀 다른 검을 보는 것처럼 완전히 다르다.

검치는 죽음을 담았다. 죽음과 늘 함께 살았다.

루주는 무심하다. 삶도 죽음도 담지 않았다.

한 발은 삶에, 다른 한 발은 죽음에 걸쳐져 있다. 완벽하게 삶과 죽음의 경계에 서 있다.

두 검은 같지 않다.

두 사람이 말한 것은 이런 내용들이다.

루주는 취취의 시신을 살폈다.

그녀는 죽었다. 가슴이 뻥 뚫려서 죽었다.

천진난만하고 맑은 소녀였는데…… 아니, 이제 갓 피어나기 시작한 꽃이었는데…… 마음껏 누릴 수 있는 젊음의 향연을 눈앞에 두고 눈을 감았다.

루주는 그녀를 지나 맹삼력에게 갔다.

오늘따라 벗겨지기 시작한 대머리가 유난히 시원해 보인다.

천산파는 일대 기재를 잃었다.

그는 천산파를 떠난 게 아니다. 뛰어난 무공을 지녔으면서도 구파일방에 포함되지 못하는 현실을 비관했을 뿐이다. 천산파의 무공이 십대문파의 무공에 못지않다는 점을 알려주기 위해서 중원행을 결심했을 뿐이다.

그런 그가 재수없게도 중원을 들어서자마자 검치를 만났다.

명성을 떨쳐 보지도 못하고, 천산파의 위용을 알리지도 못하고…… 이렇게 죽었다.

슥!

그는 맹삼력이 떨군 구마삭을 집어 들었다.

"당신이 누구이든…… 이게 당신을 죽일 거요."

그는 구마삭을 들어 보였다.

"클클클! 재미있는 놈…… 어디 그럼 네 솜씨 좀 볼까? 그러잖아도 네놈은 특별히 보고 싶었어. 아주 특별한 놈이라서…… 어떤 놈인지…… 보고…… 싶…… 었…… 어."

노파의 음성이 점점 느려졌다.

나중에는 너무 느리게 흘러나와서 무슨 말인지 알아듣지 못할 정도가 되었다.

터엉!

머리가 울린다.

그는 즉시 눈을 감았다.

육신에 일어나는 이유 없는 변화는 적의 공격을 의미한다. 고통이든 뭐든 어떤 식으로든 변화가 생겼다는 것은 알지 못하는 공격을 받았다는 뜻이다.

그는 울림에 저항하지 않았다. 죽음 앞에서 저항은 무의미하다. 저항에 신경 쓰다 보면 구경할 수 있었던 여러 요소조차 보지 못하게 된다.

아무것도 신경 쓰지 않고, 몸속에서 일어나는 변화를 지켜본다.

터엉!

외기(外氣)가 흘러들어 내기(內氣)를 친다.

강력하게 찌르거나 파괴하는 게 아니다. 손바닥으로 슬쩍 미는 시늉만 한다. 그런데도 내기가 흔들리면서 파장을 만들어낸다.

흘러간다. 흘러간다.

청각을 마비시키고, 시각을 마비시킨다.

슈웃!

또 다른 외기가 밀려온다.

이번 외기는 부드럽지 않다. 경기(勁氣)가 담긴 것은 아닌데…… 어떤 외기보다도 위험하다고 느껴진다.

이건 육감으로 감지한 게 아니다. 자신이 직접 눈으로 보고 판단한 것이다. 비록 눈으로 보지 않고 마음으로 본 것이지만, 눈으로 본 것보다 훨씬 정확하다.

쉑! 쒜에에엑!

검 한 자루가 외기를 향해 덮쳐 갔다.

까앙! 파파파파……!

묵직한 울림과 함께 검이 산산조각났다. 흘러오던 외기도 주춤하더니 점점 힘을 잃고 소멸했다.

십검의 파(破)!

루주는 사사십검을 펼쳤다. 두 자루를 동시에 쳐냈다. 한 자루는 검이었고, 또 한 자루는 구마삭이었다.

처렁! 촤아아악!

구마삭이 곧장 뻗어나가 희끄무레한 형체를 쳤다.

탁! 탁탁! 탁탁!

구마삭 끝에 무엇인가 걸렸다.

일다경 정도의 시간이 흘렀다.

루주는 그제야 눈을 떴다. 내기의 진탕을 멈추는 데 그토록 오랜 시간이 필요했다.

그는 제일 먼저 노파가 서 있던 곳을 쳐다봤다.

노파의 지팡이가 나뭇조각이 되어서 흩어져 있다. 그리고 늙어서 뼈만 남은 팔 하나도 떨어져 있다.

'팔 하나……'

그는 전력을 쏟아냈다. 더 이상은 그 무엇도 할 수 없을 만큼 완벽한 무공을 펼쳤다.

그런데 팔 하나다.

노파를 죽일 수 있을 줄 알았는데…… 죽이지 못했다.

노파 역시 자신을 공격하지 못한다. 노파의 공격은 이미 읽혔다. 지팡이가 산산조각났다는 게 그런 사실을 말해준다. 그렇지 않았다면 지팡이가 가슴을 꿰뚫었을 게다.

노파도 더 이상 할 것이 없고, 자신도 할 것이 없다.

두 번, 세 번…… 연이어 부딪쳐 봐도 결과는 지금과 크게 달라지지 않는다.

노파에게 지지는 않지만, 그녀를 죽일 수도 없다.

노파는 누구인가!

살천루에 이만한 고수가 있었다니!

그녀는 살천루주에 비해서 적어도 두어 단계 윗길의 고수다.

살천루주 서너 명이 합공을 펼쳐도 이길 수 없을 만큼 강하다. 그 말은 자신도 그만큼 강하다는 말도 되지만…… 사실이 그러니 냉정하게 평가해야 한다.

이 정도의 고수가 살천루에 있었다면…… 사총은 상대가 안 된다. 진작 살천루라는 이름으로 사도가 재통합되었을 게다. 사총은 사라지고 살천루만 남았으리라.

지금은 살천루도 남았고, 사총도 남았다.

노파가 전혀 움직이지 않았을 때나 가능한 일이다.

실제로도 그렇다. 살천루 살수들을 그토록 많이 죽였는데도 노파는 이제야 나타났다. 살천루가 폭삭 무너지고 난 다음에 어슬렁어슬렁 나타났다.

그럴 필요가 있었나?

지금이니 맞상대를 할 수 있지, 한 달 전만 해도 어림없다. 만약 십간조를 치기 전에 노파가 나섰다면 제대로 검도 써보지 못하고 당했을 게다.

그때는 고작 사검밖에 쓰지 못했다.

노파와 겨뤘다면 머리가 띵하고 울렸을 때, 승부가 갈렸다.

일시적으로 시력을 잃은 팽가연처럼 자신도 시력과 청력을 잃고 무방비 상태로 서 있었을 게다. 뭐가 가슴을 찔러오는지 느끼지 못했으리라.

노파는 어디서 무엇을 하다가 나타난 것일까?

"음!"

루주는 신음을 흘리면서 땅에 떨어진 팔을 주웠다.

잘린 팔에서 찾아낼 건 없다. 여느 노파의 손과 전혀 다르지 않다. 주름살이 세월의 무게만큼 패었고, 손바닥에 굳은살은 없고, 문신 같은 문양도 없다.

'평범하다.'

일을 안 한 손도 아니고, 많이 한 손도 아니다. 쇠를 잡아본 손이라고 할 수도 있고, 아니라고 할 수도 있다.

루주는 맹삼력에게 돌아섰다.

묻어줘야 하지 않겠나. 가슴 아픈 인생을.

마인들이 검을 거뒀다.

그들로서는 어떻게 해볼 도리가 없다.

살천루주가 죽었다. 살천루가 멸문했다.

사총주가 죽었다. 무서운 무공을 선보이던 노파도 팔 하나를 놓고 도주했다.

사마의 영화는 끝났다.

남은 자들만으로는 사총의 위대함을 재현할 수 없다. 무엇보다도 십검을 수련한 루주가 떡 버티고 있는 한, 세상을 사총이 지배한다는 건 불가능하다.

일단은 돌아가야 한다. 더 이상 싸우는 것은 개죽음이다.

"괜찮다면 돌아가겠소."

마인들 중 한 명이 말했다.

"……."

루주는 말하지 않았다.

지금 그에게는 마인들의 말이 들리지 않는다. 그들의 말을 듣느니 죽은 맹삼력을 위로해 주리라.

"우릴 보내주지 않으면…… 그럼 우린 본격적으로 인해전술을 쓸 생각이오. 지금부터 수하들을 대거 투입해서 계속 싸움을 벌일 요량이오. 하루도 좋고 이틀도 좋고 사흘도 좋고, 죽을 때까지…… 해보시겠소?"

"뭐라고!"

루주가 눈을 가늘게 떴다.

화가 났다는 증거다. 마인들의 말에 정말로 화를 내고 있다.

"과거 검치는 닷새를 싸웠소. 검치가 죽인 숫자는 천삼백. 당신들은 얼마나 버틸지 구경해 볼까?"

마인이 품에서 물소 뿔로 만든 호각을 꺼냈다.

"그걸 불면 너는 이 자리에서 죽는다. 가장 잔인하게. 내 장담하는데 네 시신을 천 토막 내주지. 어떻게 갈라지는지 네가 직접 볼 수 있을 거야."

루주답지 않은 사이한 음성이 흘러나왔다.

그의 눈에는 살염이 이글거렸다. 무공이 약한 자들, 죽음밖에 보일 게 없는 자들을 대거 투입한다는 말에 화가 단단히 났다.

"보내주시오."

루주는 대답 대신 그를 노려봤다.

"지금 한 말…… 취, 취소하겠소. 저, 정말…… 미안하오."

루주는 그제야 고개를 돌렸다.

"가라."

"왜 그래요? 저놈들 꽁지 빠진 놈들이에요. 이때 쳐버려요!"

주설언이 소리쳤다.

그녀는 맹삼력의 죽음이 슬프다. 취취의 죽음이 슬프다. 이런 슬픔을 만들어낸 마인들을 용서하고 싶지 않다.

루주는 주설언의 말에 고개를 저었다.

"저들을 죽인다고 사마가 소멸하나? 그렇다면 쳐도 좋고.

사총은 무너졌어. 지금부터 일어나는 모든 죽음은 싸움이 아니라 살상이야. 이미 승부는 끝났다고."

"휴우!"

주설언이 한숨을 내쉬었다.

"고맙소."

사총 무인이 검을 거꾸로 잡고 포권지례를 취해 보였다.

루주가 말했다.

"지금부터 내 귀에 사총이란 말이 들리지 않도록 해. 그 말이 들리면…… 아까 사총주가 그러더군. 수하가 이만이라고. 이만이 아니라 삼만이라도 척살한다. 절대로 내 귀에 사총이란 말이 들리지 않도록…… 주의해."

"알겠소."

그들은 대답과 동시에 신형을 띄웠다.

쉬익! 쉬익!

그들은 떠나갔다.

백여 명이 왔다가 겨우 십여 명만 살아서 돌아갔다. 그래도 그들은 사총주의 시신이라도 수습해서 떠나갔다. 완전히 몰락해 버린 살천루는 루주의 시신조차도 수습할 사람이 없다.

사총은 어찌 될까?

이제 끝났다. 두 번 다시는 재기하지 못할 것 같다.

그럼 됐지 않나.

사실…… 사총이 무림을 어떻게 하건 신경 쓰지 않는다. 그런 일에 신경 써본 적도 없다. 무림 영웅이 아니기 때문에, 정도를 수호한다는 대의명분 같은 것이 없기 때문에 쳐다보지도 않는다.

빌어먹을!

모두 필요없다. 모두 필요없어.

그는 맹삼력 옆에 앉았다. 그리고 멍하니 하늘을 쳐다봤다.

옆에서 취취의 시신을 부둥켜안고 흐느끼는 팽가연의 울음소리가 들렸다.

3

팽가촌은 봉문했다. 하지만 하북에서 벌어지고 있는 일에 무관심할 수는 없다. 문만 안으로 틀어 잠갔다 뿐이지 바깥에서 벌어지고 있는 일에 촉각이 곤두서는 것은 마찬가지다.

검치가 하북 땅에 들어섰다.

이것보다 더 큰 관심거리는 없다.

검치와 루주가 죽을 둥 살 둥 싸워댄다. 그러다가 팽가연이 루주 뒤를 이어서 싸운다. 하루가 멀다 하고 얻어터지는데 그 모습이 정말 보기 힘들다.

그런 소식들이 귀에 전해진다.

또 다른 소식도 들어왔다.

살천루가 결사를 감행한다. 루주 일행을 죽인다고 공언하면서 하북 땅을 밟았다.

다른 때 같았으면 당장 사실 조사를 나갔다.

살수 무리가 하북 땅에서 공공연히 날뛴다는 건 있을 수 없는 일이다. 암약하는 것도 용인할 수 없는데, 어디서 감히 선포를 하고 사람을 죽이는가.

만약 이게 사실이라면 하북팽가의 모든 전력을 기울여서 그들을 쳤을 게다. 팽가의 힘만으로 처리하기 힘들다면 무림의 힘도 빌릴 것이다.

지금까지는 그렇게 처리해 왔다.

문주직이 공석인 지금은 아무것도 하지 못한다. 팽가오로가 장로회의를 거쳐서 중요사안을 결정할 수는 있지만, 그렇게까지 해서 굳이 나설 만한 일도 아니다.

그들은 루주와 살천루의 싸움을 지켜봤다.

'루주가 기회를 많이 주는군.'

그는 팽가촌으로 잠입해 들어갔다.

팽가오로의 통천오방진을 뚫을 수 있는 방법은 없다. 팽가오로가 팽가촌을 지키고 있는 이상 기척 없이 스며든다는 건 어떤 자도 불가능하다.

팽가이로와 삼로, 그리고 사로가 출타했다.

팽가오로 중에서 세 명이 자리를 비웠다.

그만큼 살천루와 루주의 싸움은 모든 이의 이목을 잡아당긴다.

사실은 그도 가보고 싶다. 루주의 안위가 염려되기도 하고, 검치가 왔다니 구경하고 싶기도 하고, 이럴 때 한 팔이라도 거

들어줘야 되는 게 아닌가 싶기도 하다.

그러나 꾹 눌러 참았다.

이 세상에는 두 부류의 인간이 있다.

꼭 살아야 할 사람과 반드시 죽어야 할 사람이 있다.

현재 팽가촌에는 후자에 속하는 사람이 버젓이 살아 있다. 그 여자…… 루주의 어미…… 그 여자는 월아를 죽였다. 무공도 모르는 여자를 처참하게 죽였다.

"이놈아, 소리 내면 안 돼!"

그는 흑풍의 머리를 쓰다듬었다.

흑풍을 루주에게 남겨두고 왔다. 한데 어느 날 깊은 잠에 빠졌다가 눈을 떠보니 흑풍이 옆에 와 있다.

놈이 주인의 냄새를 맡고 찾아왔다.

이런 놈을 어떻게 내팽개칠 수 있는가. 비록 자신이 하는 일에 꽤 방해가 되겠지만 그래도 데리고 있어야겠다.

흑풍은 말귀를 알아들은 듯 앞발을 낮게 구부렸다.

스스스! 스스스!

호가는 팽가촌 안으로 깊이 파고들었다.

팽가촌의 지리는 환히 알고 있다. 이곳에서 치료까지 받은 적이 있기 때문에 눈감고도 걸을 수 있다. 특히 주의해야 할 사람들이 어디에 머무는지도 안다.

통천오방진이 전개되지 않은 지금, 가모를 쳐야 한다.

청성파의 절기인 부운약표(浮雲躍飄)가 경쾌하게 흘러나왔다.

"후웁!"

팽가촌 안으로 깊숙이 들어서자 자신도 모르게 큰 숨이 토해져 나왔다.

팽가촌 무인들에게 발각되는 건 두렵지 않다. 그들도 자신을 알기 때문에 침입 사실이 발각되어도 죽거나 다치지는 않는다. 싸움이 일어나지도 않는다. 자신의 목적까지 알고 있기 때문이다.

하지만 가모는 치지 못한다.

가장 중요한 목적을 이룰 수 없다.

어떤 일이 있어도 이번 잠행에서 가모의 숨을 끊어야 한다. 그렇지 않으면 영원히 기회가 생기지 않을 것 같다.

'저곳!'

가주는 자신의 거처를 십족령의 둘레로 삼았다.

한마디로 집 밖으로 나가지 않겠다는 뜻이다. 팽가촌 사람들만 집안으로 받아들이고, 외부 손님은 일체 접견하지 않겠다는 의지의 표현이다.

더불어서 가모도 외부 인사를 만나지 못한다.

모든 만남이 철저하게 통제된다.

들어오는 것도, 나가는 것도…… 팽가 무인들의 허락을 얻지 않고는 시녀조차도 만날 수 없다.

호가는 흑풍과 함께 담장으로 넘어 안으로 들어섰다.

이번에 사용한 신법은 비류보(飛流步)다. 물 위를 스치며 날아가듯 부드럽게 뛰어넘는다.

흑풍도 날렵하게 담장을 넘었다.

송아지만 한 덩치가 일류무인이 신법을 펼친 것보다 더 은밀하게 움직인다.

"이놈…… 아직 쓸 만하구나."

그는 흑풍의 머리를 긁어주었다.

루주와 살천루의 싸움은 확실히 하북 무림을 강타하고 있다. 모든 무인의 이목이 그곳으로 쏠린다. 자신이 팽가촌 깊숙이 잠입할 수 있었던 것도 그 덕분이다.

그야말로 하늘이 점해준 길일이지 않나.

'가모는 후원에 머문다고 했어!'

이는 취취가 해준 말이다.

가모를 치고자 하는 그의 뜻을 알고 아무도 모르게 은밀히 가모의 위치를 말해주었다.

가모는 비연사도에게도 상당히 괘씸한 여자다.

쉬이익!

그는 물 흐르듯 유연하게 담장을 따라 질주했다.

십족령이 선포된 곳.

팽가촌 무인들조차 발길을 끊어버린 곳.

수십 명의 하인과 시녀들이 북적거리던 곳은 이제 찬바람만 썰렁하게 스쳐 간다.

그는 숨을 필요도 없었다.

가주의 거처까지 침입하는 것에는 상당한 주의를 필요로 한다. 하지만 십족령이 선포된 집안에는 개미 그림자조차 찾을 수 없다. 다른 사람들에게 발각될 우려가 전혀 없다.

더군다나 가주의 집무실과 거처가 담장으로 구분되어 있다. 거처는 또 바깥과 안이 나뉘어 있다. 하루 종일 서 있어도 침입 사실이 드러나지 않는다.

그는 중문(中門)을 지나, 후원으로 들어섰다.

"자네 같으면 어찌하겠나?"

"결자해지(結者解之)가 아니겠습니까?"

"가모가 죽을 수도 있으니 하는 말이지 않나. 호가, 저자…… 정상이 아니야."

"좌문기공(左門奇功)에 능통한 자라는 건 알고 있었지 않습니까?"

"그러니 하는 말 아닌가."

"가주가 안에 있어요. 그냥 놔두셔도 될 듯싶습니다."

팽가일로와 이로는 뒷산 세심루에서 팽가촌을 굽어보며 대화를 이어갔다.

세심루는 팽가촌을 한눈에 내려다볼 수 있는 요충지다.

예전에는 이곳에 많은 문사가 있었다. 그들이 활기차게 전서를 받아들이면서 무림정세를 살폈다.

지금은 쥐 죽은 듯 조용하다.

모두가 죽었다.

하북팽가의 위세가 옛날에 비해서 절반 이하로 꺾였다.

그나마 다행인 점은 팽가연이 혼원벽력도를 제대로 수련했다는 점이다. 또한 이에 자극을 받은 팽효기가 밤잠을 이루지 않고 철혈적성도에 몰두하고 있다.

모두 고무적인 일이다.

하지만 옛날의 성세를 회복하려면 적어도 이십 년은 소요된다. 아직 어린 새싹들이 자라서 굳건한 기둥이 될 때까지 기다려야 한다. 그때까지 무림풍파로부터 하북팽가를 보호하고, 유지시킬 임무가 자신들에게 있다.

"오랜만에 바둑이나 한 판 하려는가?"

"좋지요."

일로와 이로는 한가하게 바둑판을 펼쳤다.

딱! 따악!

흰 돌과 검은 돌이 번갈아 놓였다.

팽가촌에는 크다면 크고, 적다면 적은 싸움이 벌어질 판이지만, 그들은 관심없다는 듯 바둑에 몰두했다.

가모는 후원 연못에 앉아 있었다.

연못가에 앉아서 하얀 발을 연못에 담그고 물장난을 치고 있었다.

중년 부인의 우아함과 소녀의 발랄함이 한 몸에서 표출되었다. 너무나도 순진하고 맑은 모습이라서 자신도 모르게 희미한 미소가 머금어지는 광경이었다.

끄르르릉!

흑풍이 날카로운 송곳니를 드러내며 으르렁거렸다.

흑풍은 적을 알아본다.

호가와 감정적인 교류를 나누고 있는 상태라서 싫고 좋음을 정확하게 감지해 낸다.

흑풍의 갈기가 곤두섰다.

"뭐야?"

가모가 위엄있게 물어왔다.

그녀는 언제나 당당하다. 도도하다. 다정다감하다기보다는 차고 맑은 쪽이다. 그러면서 사람의 어려움을 헤아리고 도와주는 마음씨는 매우 깊다.

그녀는 성녀다.

그녀의 본색이 만천하에 알려진 지금도 그녀에게 물심양면 도움을 받은 사람들은 소문을 믿지 않는다. 설혹 소문을 있는 그대로 믿더라도 절염색녀가 회개해서 성녀가 되었는데 무엇이 잘못이냐면서 애써 두둔한다.

그녀가 지난 세월 동안 하북 주민들에게 베푼 선정은 그만큼 큰 것이었다.

"흠! 개를 보니 누군지 알겠다. 흑풍견주…… 맞지?"

"맞소."

호가는 마음을 차분하게 가라앉히면서 냉정하게 말했다.

이 여자는 루주의 어미다. 그러므로 최대한 존중하는 마음으로 손을 써야 한다.

싸움에서 흥분은 금물이다. 그 정도도 모르면서 무공을 쓰지는 않는다.

그가 마음을 차분하게 가라앉힐 이유는 백 가지도 넘는다.

"월아의 복수를 하겠다는 말은 들었어."

"그럼 긴말은 하지 않겠소."

스릉!

검을 뽑았다.

청성파의 무공은 다방면에서 발전을 거듭해 왔다.

초기에는 도문(道門)답게 장(掌)과 수(手)에 중점을 두었지만, 시대의 변화에 따라서 검과 도, 암기와 기타 화기도 집중적으로 연구하기 시작했다.

검법은 종류만 해도 일곱 가지가 넘는다.

하북팽가가 다섯 가지를 가지고 있는 점에 비하면 청성파 무학의 폭넓음을 알 수 있을 게다.

호가는 검을 뽑자마자 검지로 검벽(劍壁)을 툭 건드렸다. 습관이다.

한데 그 모습을 본 가모의 눈가에 잔주름이 패었다.

"호호호! 칠십이파검(七十二波劍). 좋은 검이지. 굉장히 빠르고, 정교하고, 숨 돌릴 틈도 주지 않고 몰아치고……."

스륵!

가모는 연못에 담갔던 발을 꺼냈다.

하얗고 예쁜 발에서 물기가 또르륵 떨어진다.

그녀는 발을 닦지 않았다. 물기 젖은 발로 풀을 밟으면서 기분 좋은 듯 생긋 웃었다.

"궁금한 점이 있어. 칠십이파검을 쓸 때는 어떤 신공을 운영

하는 거야?"

"나는 만상귀일신공(萬象歸一神功)을 쓰고 있소."

이것은 굳이 비밀이 아니다.

글 모르는 어린아이에게 책 중에는 논어도 있고, 중용도 있고, 대학도 있다고 말을 하는 것과 진배없다.

"만상귀일신공으로 풀어낸 칠십이파검…… 괜찮네. 그럼 나는…… 금검문의 사십팔로 무수검법을 써볼까? 칠십이파 대 사십팔로로라. 쳇! 내가 먼저 수가 끊기겠어."

물론 의미없는 말이다.

칠십이파니 사십팔로니 하는 것들…… 초식의 연속성, 일련성을 말하는 것이지만 큰 의미는 없다.

절강성 금화부 금화산 금검문.

검가(劍家)의 명문이기는 하지만 청성파의 검공에는 비할 바 못 된다는 게 세간의 평이다.

스륵!

가모가 풀밭에 놓인 장검을 들었다.

검집은 없다. 검신부터 검자루까지 금빛으로 반짝이는 황금검이 마치 풀밭에 버려진 듯 놓여 있었다.

"먼저 시작해."

가모가 금검을 수평으로 들어 올리며 말했다.

'흐읍!'

호가는 검을 쳐내지 못했다.

만상귀일신공을 끌어올려 전신에 휘돌렸다. 진기를 검에 집중시키지 못하고 계속 휘돌리기만 했다. 그렇게라도 하지 않으면 짐승이 될 것 같아서 견딜 수 없었다.

검을 든 가모가 사랑스럽다.

나이나 신분 혹은 세상이 조건 지어놓은 모든 요소를 다 버리고 한 여인으로만 봤을 때, 그녀는 너무 사랑스럽다.

안고 싶다. 강렬하게 사랑하고 싶다.

'사술!'

뭔가 이상하다는 느낌을 받았지만 별로 대수롭지 않게 지나쳤다.

한데 그게 화근이다. 애욕은 시간이 지날수록 강렬해졌다. 손에는 검을 들고 있으면서, 서로 노리고 있는 마당에 하물이 주책없이 불끈 곤두서기 시작했다.

입안에 침이 마른다. 갈증이 치민다. 눈이 열기가 솟구쳐서 붉게 달아오른다.

'절염색녀…… 색녀…… 사악한!'

이것은 정상이 아니다. 분명하다. 사악한 사술에 말려들었다. 그것도 만상귀일신공을 짓누르고 가슴을 헤집을 만큼 아주 강력한 사술이 시동되었다.

'으음……'

월아! 월아! 월아!

월아를 떠올리면 애욕이 잠잠해질까? 사랑했던 그녀를 생각하면 여인을 품고 싶은 마음이 사라질까? 처참하게 죽은 그녀의 모습을 상기하면…….

그녀가 생각나지 않는다.

월아가 어떻게 생겼더라? 어떻게 죽었더라?

그의 눈에 보이는 것은 가모뿐이다. 얇디얇은 한 겹 옷을 벗기면…… 그녀를 껴안고 뒹굴면…… 검을 버리고 사랑을 갈구할까? 절염색녀지 않은가. 사내라면 환장을 하는 색녀지 않은가. 한바탕 운우지락을 즐긴 후에 싸우든지 말든지 하자고 해도 받아들일 여자지 않은가.

저 여자는 어떤 요구든 응한다.

자신과 운우지락을 즐기면 말 잘 듣는 강아지가 되어서 졸졸 따라다닐 게다.

저 여자…… 길들일 자신 있다.

"저기…….'

호가가 검을 내리며 입을 달싹였다. 그 순간,

쉬잇! 퍽!

황금 검이 눈부심 금광을 토해냈다. 황금빛 물결을 쏟아냈다. 그리고 그의 가슴에서 붉은 선혈을 빨아냈다.

'월아!'

호가는 금광의 물결 속에서 월아의 얼굴을 되찾았다.

그녀가 웃는다.

괜찮아. 괜찮아. 할 만큼 했어. 괜찮아.

'제길! 사라…… 천요공…….'

호가는 자신이 어떤 사공에 걸려들었는지 이제야 깨달았다.

좌문기공에 대해서 그만큼 많이 아는 사람도 없다. 모든 좌공을 다 수련한 것은 아니다. 하지만 지식으로는 바다보다도 넓게 풍부하게 알고 있다.

사라천요공!

사문(邪門) 제일(第一)!

실체를 드러낸 적이 없는 전설 속의 무공.

쉑! 픽!

둔탁한 소리와 함께 흑풍의 잘린 머리가 그의 발 앞에 나뒹굴었다.

거대한 흑풍의 몸뚱이는 가모 앞에 쓰러져 있다. 가모가 흑풍의 머리를 잘라서 그에게 던진 것 같다.

흑풍의 가죽은 도검불침이다.

진기가 깃든 검으로도 베이지 않아서 웬만한 일류고수쯤은 너끈히 상대할 수 있다.

그런 흑풍이 배가 쭉 갈린 채 죽었다.

머리가 통째로 잘려서 던져졌다.

"사라…… 천요공…… 무……."

'적인가?

그가 하고 싶었던 말이다. 무적인가? 사라천요공, 무적인가?

그는 말을 끝맺지 못하고 쓰러졌다.

가모는 금검을 던져 버리고 연못에 발을 담갔다.

머리 위로 뜨거운 햇살이 내리쬔다. 이글이글 태양의 열기가 작열한다.

그녀는 눈살을 좁히면서 태양을 봤다.

열기로 가득한 태양에 까만 흑점이 보인다.

'살천루……'

그녀는 태양에게서 눈길을 거둬 연못을 봤다.

보이지 않는다. 너무 강렬한 빛을 본 탓인지 모든 게 시커멓게만 보인다.

지금 그녀의 마음이 이와 같다.

검치가 나타났다. 사총을 단신으로 무너트린 검치가 루주와 함께 검을 섞고 있다. 거기에 혼원벽력도를 깨우친 팽가연도 있고, 추명오독을 장난감처럼 사용한다는 주설언도 있다.

팽가연, 주설언…… 코흘리개나 다름없던 계집들이 무림의 한 주축이 되었다는 게 우습기만 하지만…… 그래도 현실을 무시할 수는 없다. 상황을 똑바로 봐야 한다.

살천루가 미치지 않고서야 어찌 검치를 칠 수 있겠나.

검치 곁에 검치만큼이나 위협적인 자들이 즐비한데, 어찌 칠 생각을 했겠나.

이건 비정상이다.

그런데 말이다. 무림이란 곳은 말이다…… 절대 비정상이라는 말이 통용되지 않는 곳이다. 비정상적인 일이 벌어진다는 것은 그만큼 배후가 짙다는 뜻이다.

알지 못하는 일이 벌어지고 있다.

또 하나, 사총이 움직임을 중단했다.

사총은 체면을 구겼다. 팽가촌을 건드려서 본전도 못 뽑았다.

당당한 모습으로 무림에 나서야 하는 사총으로서는 출발도 하기 전에 망신부터 당한 셈이다.

그런데 조용하다.

잡힌 자들을 구출할 생각도 하지 않는다. 그들이 작심하면 팽가촌 정도는 단번에 쓸어버릴 수 있는데, 그 짓을 하지 않는다. 어떤 행동을 일으킬 기미도 보이지 않는다.

이것도 비정상이다.

당금 무림에서 가장 암적인 존재인 사총과 살천루가 일시에 비정상적인 행동을 한다.

'움직이고 있어.'

다른 사람은 몰라도 그녀는 예감한다.

노인들이 움직이고 있다.

사총이 제힘을 발휘하지 못하고, 살천루가 제 뜻대로 움직이지 못한다. 검치가 무림에 나타나기는 했지만 별다른 행보를 보이지 않는다.

이 모든 이상함 뒤에는 노인들의 입김이 있다.

찰랑! 찰랑!

발로 연못물을 걷어찼다. 물살을 흩뜨리며 장난을 쳤다.

팽가촌에 몸을 담은 게…… 십 년인가? 십일 년인가? 아니…… 십이 년인가?

그 정도의 세월이면 찾아냈어도 벌써 찾아냈어야 하는데.

'이제는 더 이상 미룰 수 없어. 더 미뤘다가는 내 생명도 보장하지 못해.'

노인들이 나선 이상 시간이 없다.

늙은이들이 움직였다는 것은 판을 새로 갈아엎겠다는 뜻이다. 지지부진한 것들을 모두 치워 버리고 속전속결로 처리하겠다는 의사 표현이다.

살천루와 루주가 지척에서 싸운다. 그리고 그 여파는 곧바로 자신에게 밀어닥친다.

빠르면 내일이나 모레…… 늦어도 오육 일 안에는 커다란 변화가 일어난다.

십 년 동안 찾아도 찾지 못한 것을 하루나 이틀 사이에 찾아내야 한다.

'시간이 없다면…… 당신들만 판을 뒤집을 수 있는 게 아냐. 나도 뒤집을 수 있어.'

그녀가 환하게 웃었다.

송아지만 한 흑풍의 목에서 피가 철철 흘러나오고, 죽은 호가의 눈이 감기지도 않았는데…… 그녀는 꽃을 보면서 웃는다.

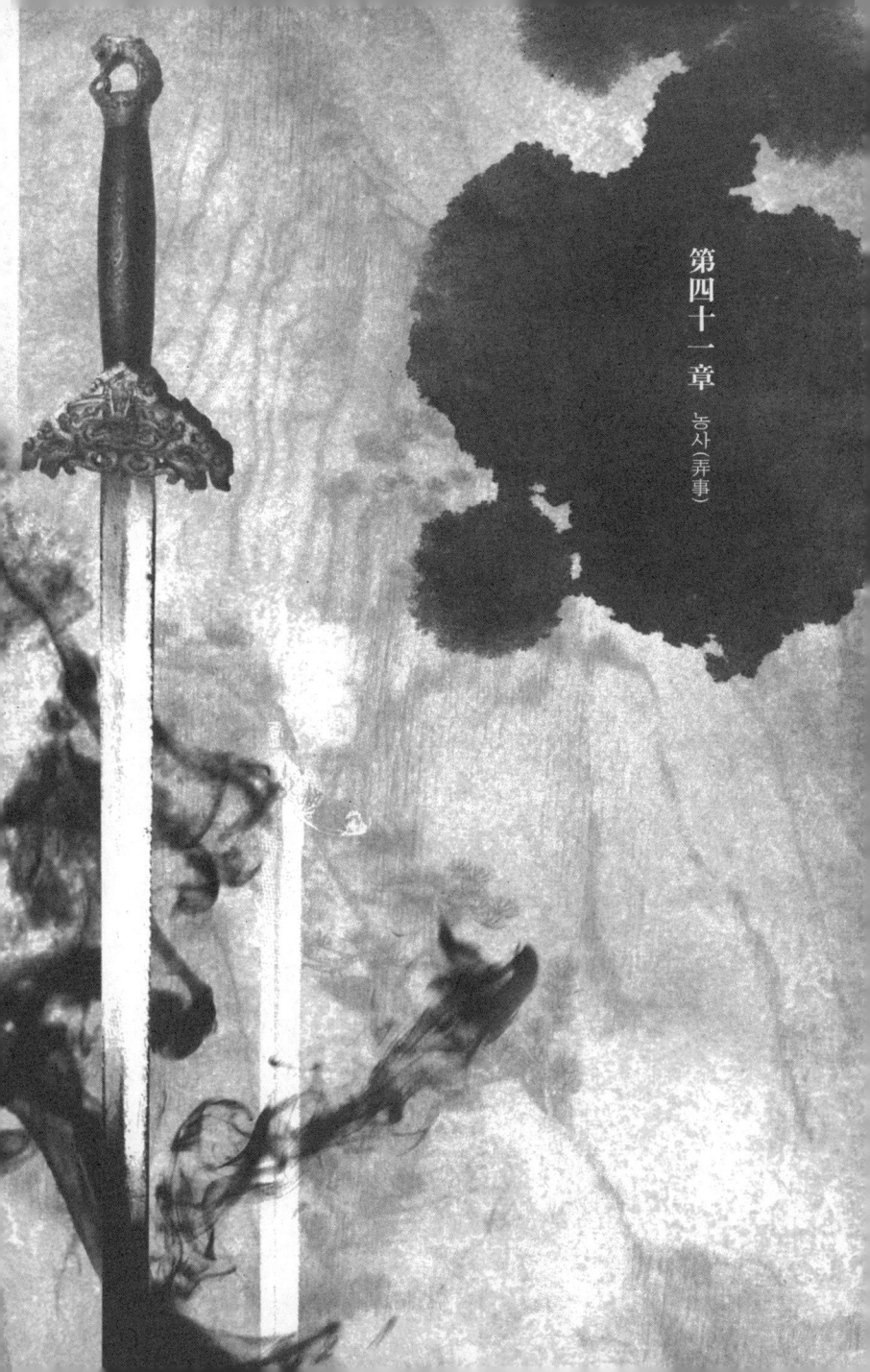

第四十一章 농사(弄事)

1

드륵! 드륵! 드르륵……!

걸음을 옮길 때마다 검끝이 바닥을 긁었다.

섬돌에 부딪치기도 하고, 마루에 긁히기도 하고, 때로는 흙
도 긁어댔다.

그녀는 검을 질질 끌면서 중문을 넘어섰다.

드륵! 드륵!

검이 돌바닥을 긁는다.

쉬익!

청년 고수가 지붕에서 날아내리며 그녀 앞을 가로막았다.

"가모, 돌아가 주십시오."

"이름이 뭐더라?"

"팽조연(彭潮撚)입니다."

안다. 왜 모르겠는가. 아비는 관심없지만 할아비가 팽가오로 중에 다섯째라는 건 안다. 그 칠푼이가 늘 입에 달고 산 놈이라서 기억에 뚜렷하다.

"너…… 나 안고 싶지?"

"그게 무슨 말…… 쏨……."

팽조연의 음성이 미약해졌다. 아니, 욕념으로 물들어갔다.

드륵! 드륵!

그녀는 검을 질질 끌면서 팽조연 앞으로 다가섰다.

팽조연은 아무 생각 없이…… 뜨거운 눈길로 가모의 전신을 훑었다. 지금 그의 머릿속에는 오직 한 가지 생각밖에 없을 것이다. 어디서 이 여자와 즐기나.

이 얼마나 나약한 자들인가.

푹!

질질 끌리던 금검이 팽조연의 가슴을 뚫었다.

그는 금검이 날아오는 모습도 보지 못했다. 눈길이 그녀의 가슴에 머물렀다. 그 시선이 너무도 뜨겁고 강렬해서 가슴이 타들어가는 것 같다.

그는 밑에서 검이 흘러오는 것을 보지 못했다.

"컥! 컥!"

그는 급한 단말마를 토해냈다.

늦었다. 실수를, 실책을 깨달았을 때는 이미 늦었다. 이것이 무인의 운명이다. 한순간이라도 정신을 놓으면 바로 죽음과

입맞춤하는 게다.

드륵! 드륵! 쉬이익! 쉬익!

이번에는 두 명이 날아 내렸다.

그들은 이미 병기를 뽑은 후다. 팽조연이 죽는 모습을 봤기 때문에 방심하지도 않았다.

"돌아가…… 십……."

"바보들……."

"음!"

"날 똑바로 봐. 가모야, 절염색녀야? 사람은 같지만…… 너희가 어떻게 생각하느냐에 따라서 행동이 달라져. 가모 같으면 존중해야 할 거고, 절염색녀 같으면…… 어떻게 할래?"

"색녀, 돌아가라!"

그들은 싸늘하게 '돌아가라' 고 말한다. 색녀라고 무시하는 듯한 말투를 써가면서.

틀렸다. 이미 걸려들었다.

저들이 색녀라고 말한 순간, 저들의 눈에는 절염색녀만 존재한다. 존중해야 할 가모는 사라지고 없다.

스읏!

"어림없다!"

저들은 검을 들어 올리자 버럭 일갈을 내지르며 뒤로 물러섰다.

한데 그 모습이…… 호호호! 우습지 않나. 마치 굼벵이가 기어가는 것 같지 않나. 벼락같이 물러서도 모자랄 판에 조금이라도 늦게 물러서려고 애쓰는 듯하지 않나.

실제로 그렇다.

저들은 가급적이면 늦게 물러서려고 애를 쓴다. 그녀가 검을 들어 올린 이 순간에도 절염색녀의 선택을 갈구하고 있다. 만약 일이 벌어지면, 정사를 즐기게 되면 그 대상자로 자신을 선택해달라는 소망이 깃들어 있다.

이것이 사라천요공의 무서움이다.

인간이 지닌 욕망 중에서 욕정을 최우선시하게 만드는 지옥의 무공이다.

슈각! 쒜에엑!

가모는 두 사내를 베어냈다.

전력을 기울이지 않고 슬금슬금 눈치를 보면서 뒷걸음질 치는 자들을 어찌 베어내지 못할까.

두 사내는 음심의 대가로 목숨을 내놨다.

스릉! 드륵! 드륵!

검이 청석 바닥에 질질 끌린다.

그녀는 소리를 숨기지 않았다. 가급적이면 많은 무인이 나와줬으면 좋겠다는 심정이다. 팽가촌에서 자신을 사악시하니, 그에 맞춰서 검을 써주겠다는 뜻이다.

소리를 듣는 자, 모두 나와라.

소리를 들은 자, 한 사람이 나왔다.

"이제 그만하시오."

"호호호!"

"돌아가시오. 십족령이 풀리지 않았소."

가주가 호목(虎目)을 부릅뜨며 말했다.

가모는 피식 웃었다.

"풋! 미친놈······ 날 좀 안아봤다고 해서 날 전부 아는 듯이 말하면 곤란해. 돌아가라고? 호호호! 네 눈에는 이 피들이 안 보여? 저놈들이 안 보여?"

"돌아가시오."

"이봐, 팽가주. 난 너에게 용무가 있는 거야."

스릉!

가주가 날렵한 유엽도를 뽑았다. 하지만 가모를 겨눈 게 아니다. 자신의 목에 댔다.

"돌아가시오. 돌아가서 십족령이 풀릴 때까지 기다리시오. 그렇지 않으면······ 내 자진하리다."

가모는 흠칫했다.

'이 자식!'

갑자기 분노가 치솟았다.

가슴 밑바닥에서 일어나기 시작한 뜨거운 열기가 순식간에 전신을 휘돈다.

가주가 알고 있다!

그녀가 원하는 것이 가주의 머릿속에 있다는 사실을 알고 있다. 그것이 무엇인지 안다.

"언제부터야?"

"돌아가시오."

"언제부터냐고!"

버럭 고함을 내질렀다. 악을 쓰듯 고함을 쳤다.

"금검문 문주를 만났을 때부터."

"호호호호호! 호호!"

가모는 미친 듯이 웃어 젖혔다.

금검문주를 만났을 때부터라면 처음부터다.

이 능구렁이 같은 자식은 자신이 절염색녀라는 것을 알고 있었다. 특정한 목적을 가지고 접근했다는 사실도 안다. 그러면서 잘도 가지고 놀았다. 사랑하는 척, 다정한 척, 부인을 위해서라면 간이라도 빼줄 듯이 정성을 다했다.

"네 머리로 알 리는 없을 테고…… 누구야?"

"노인."

"노인?"

"금검문주를 만나기 전에 어떤 노인을 만났소. 당신에 대해서 말해줍디다. 그래서 정말 깊이 고민했소. 그게 금검문을 하루 늦게 방문한 이유요."

"노인을 만났다고? 나에 대해서 말해주더라고? 호호호! 그런 말을 믿으라고? 처음 본 사람이 나에 대해서 말해줬는데, 그 말을 냉큼 믿었다고?"

"그 노인…… 날 일초에 무너뜨렸소."

"……!"

가모는 입을 쩍 벌렸다.

하북팽가의 가주를 일초에 무너트릴 수 있는 사람이라면 검치 정도 되는 무인이어야 한다. 검치가 쓰는 무공과 비슷한 종류의 무공을 써야 한다.

일초에 생사를 결정짓는 무공!

그런 무공을 구사하는 자는 많지 않다. 팽가주를 상대로 그런 무공을 쓸 자는 더욱 없다.

자신에 대해서 잘 안다?

그 말은 노부부에 대해서도 잘 안다는 뜻이다.

노부부를 모르는 한 자신을 알 수가 없다. 자신은 그들에 의해 만들어진 몸이니까. 목에 개줄이 묶여 있고, 개줄 끝은 그들이 잡고 있으니까.

팽가주의 말은 사실이다.

자신이 노부부의 명을 받았듯이…… 팽가주도 어떤 노인의 밀담을 들었다.

그래서 분노는 더욱 거세진다.

다 알고서 행한 일!

"더럽지 않았어? 절염색녀와 잔다는 게?"

"내겐 선택의 여지가 없었소."

"왜? 나랑 자지 않으면 죽이기라도 한대?"

"내 한 몸이야 죽으면 그만이지만, 그로 인해 하북팽가가 멸절될 수는 없지 않소."

"호호호! 그래서 더러운 년을 품었다?"

"……."

팽가주는 부인을 하지 않았다.

그 점이 더욱 미치게 한다. 지금까지 자신이 가주를 희롱해 왔다고 생각했는데, 이제 보니 자신이 희롱을 당하고 있었다. 자신에게 보여준 미소 속에는 경멸이 담겨 있었다.

"하북팽가 멸절…… 그건 지금도 마찬가지야. 내가 마음먹으면 이까짓 팽가 하나쯤 없애지 못할 것 같아? 지금 당장 다 죽여봐? 그 잘난 혼원벽력도로 맞서보지 그래?"

그녀는 입에 침이 튀도록 고함쳤다.

루주가 마차를 전복시켜서 애를 지우지 않았어도…… 이 인간을 설득할 수는 없었다. 아이를 낳고, 진심으로 애정을 쏟아부어도 이 인간의 입은 열리지 않는다.

모든 것을 알고 있는 인간의 입을 어떻게 열 수 있나.

하북팽가에는 오대도법 이외에 또 한 가지의 도법이 존재했다.

무결(無缺).

도법이라는 명칭도 없이 단지 '무결'이라고 불린다는 도법.

말 그대로 결점이 없다는 도법이니, 무적도에 다름 아니다. 이 세상에서 가장 강한 무공이다. 또한 앞으로도 무결을 능가할 무공은 창안될 수 없다.

완벽한 무공보다 더 완벽한 무공이 어디 있는가.

이는 인간의 무공이 아니라 신의 무공이다. 무공이 완벽한 만큼 무공을 펼치는 인간도 완벽해야 한다. 어느 한 가지라도 결점이 있으면 무결은 깨진다.

그래서 무결이란 무공은 단맥(斷脈)했다.

수련할 수도 없고, 수련되어지지도 않는 극점의 도법이니 어떻게 전승되겠는가.

그 구결이 가주에게 전승된다.

구결은 굉장히 난해할 것이다. 아무도 해독한 사람이 없을 정도로 난해함이 극치를 이룰 것이다. 그렇지 않았다면……역대 팽가주들 중에 누군가는 무결을 수련했을 것이다.

무결은 수련할 마음조차도 들지 않을 정도로 싱거울 것이다.

신의 무공이라는 점을 들먹이지 않아도, 다만 하북팽가의 오대도법보다 더 강한 무공이라는 소리만 들었어도…… 그런 소리만으로도 무결을 수련하는 자는 반드시 나온다.

하북팽가에서는 그 누구도 무결을 수련하지 않았다.

구결을 팽가주만 안다는 점을 감안하더라도 마찬가지다. 팽가주들 중에 그 누구도 무결의 '무' 자도 언급하지 않았다. 오로지 혼원벽력도에만 매달렸다.

무결을 알지 못한다는 증거다.

그러면서도 무결은 전승되어 내려왔다.

아무도 모르게…… 오직 가주에서 가주에게로…….

그 사실을 노부부가 안 것은 얼마 되지 않는다. 검치가 사총을 박살 낼 때다.

"십검? 키키키! 누가 십검이래. 이건 무결이야. 무결도 몰라? 완벽함. 너흰 완벽함을 두들기고 있는 거야. 불완전한 것들이 완

벽한 것을 부수려고 달려드는 거야. 알아? 이 불나방들아!'

검치가 사총을 부수면서 한 말이다.

물론 그가 미쳐서 한 말일 수도 있다. 십검에 자신을 가지고 있기 때문일 수도 있다. 십검을 능가할 무학은 없다는 자신감의 발로일 경우가 높다.

노부부는 그렇게 생각하지 않았다.

그들이 알고 있는 지식에 의하면 무결이라는 무공은 분명히 존재한다. 터득한 사람이 없고, 수련한 사람이 없지만, 구결이 전해져 온다는 소리를 들었다.

일단 확인해 볼 필요가 있다.

그녀가 근검절약이 몸에 밴 하북팽가에서 십 년 동안이나 썩어야 했던 이유다.

노부부는 급하게 재촉하지 않았다.

그녀도 서둘지 않았다.

노부부는 사라천요공을 일 년에 한 초식씩 전수해 주었다.

일 년에 일 초다.

그런데 그게 급하지 않다. 처음에는 뭐 이런 전수가 다 있냐 싶었지만 일 초 수련을 마치고 나면 어느 덧 일 년이란 세월이 지나 있곤 했다.

노부부는 딱 적절한 시기에 적절한 만큼만 전수해 준 것이다.

기루에서 몸이나 파는 여자가 하북팽가 정도는 하루아침에 쓰러뜨릴 수 있는 절정 무인이 된다.

이 얼마나 꿈만 같은 일인가.

앞날에 대한 희망이라고는 티끌만큼도 없는 바람둥이 남편과 손가락질 받으며 사는 것과는 질이 다른 삶이다.

노부부의 조건은 딱 하나, 무결의 구결을 알아내는 것이다.

그런데 틀렸다. 이 능구렁이가 모든 사실을 알고 있다면 구결을 알아내는 건 불가능하다. 저 꼴을 봐라. 자신의 목에 칼을 대고 있지 않나. 저런 놈이 구결을 말하겠나.

도망가?

어림도 없는 말…… 노부부의 능력을 모르는 사람이라면 그런 생각을 할지 몰라도, 노부부를 조금이라도 아는 사람이라면 감히 도망의 도 자도 꺼내지 못한다.

모든 게 틀렸다.

"호호호! 호호호호호!"

가모는 성난 고양이처럼 웃어댔다.

*   *   *

목검 두 자루를 땅에 짚고 서서 죽은 시신.

검치라는 대검호가 한낱 이름없는 황야에서 쓸쓸하게 죽어갔을 것이라고 생각하는 사람은 아무도 없다.

누군가가 그를 보고 지나가더라도 그를 검치라고 생각하지는 않을 것이다.

"쯧! 불쌍한 놈."

한 사람, 등에 큼지막한 바둑판을 멘 노인이 혀를 찼다.

검치의 표정은 순해 보인다. 세월의 무게가 잔뜩 덮인 얼굴에 희미한 미소가 감도는 듯하다.

죽음의 공포에 잠을 이루지 못한 못난이가 있다.

백만 명에 하나 태어날까 말까 한 천재이면서도 죽음의 그림자에 짓눌려 점점 미쳐갔다.

그는 많은 사람을 죽였다.

하나 그가 쓰는 검은 죽음의 검이다. 사람을 죽이면 죽일수록 그만큼 자신 역시 죽음의 공포에 시달린다.

죽음 앞에서는 무심도 깨진다.

그야말로 한 점 의식도 없는 상태가 되어야만 한다. 그렇다고 바보처럼 뇌가 비어 있어서도 안 된다. 보고 있으면서 의식하지 않고, 위험을 느끼면서도 거부하지 말고 받아들여야 한다.

죽음과 동일하게 살아야 한다.

삶의 끝이 죽음인가?

아니다. 죽음은 이제 시작일 뿐이다.

어둠 속에 촛불 하나 켜진 것, 이것이 삶이다. 촛불이 꺼지면 어둠이 찾아오고…… 어둠은 원래부터 있었다. 어디에서 온 것이 아니다. 원래부터 그 자리에, 항상 곁에 있었다.

이 어둠으로 삶을 치는 것이 십검이다.

어둠과 완전히 동일시되지 않으면 어둠에 잡아먹힌다. 짓눌리게 된다. 촛불을 펄럭이려고 애를 쓰지만 어쩔 수 없다는 것을 안다. 꺼질 때가 되면 꺼진다. 그런데…… 어둠 속으로 들어가는 것…… 당연한 것이 두렵다.

그는 늘 두려운 마음속에서 살았다.

"편안해 보이는구나."

사실 그의 말은 모순이다.

죽은 자는 누구나 편안하다. 아니, 편안하다는 감정 또한 찾아볼 수 없다. 아무것도 없는 공허의 세계로 들어선 자가 세상을 말할 리 없다. 진정으로 어둠을 본 자라면 조그만 촛불을 펄럭이면서 살아가는 게 우스워 보일 게다.

죽음은 고통스럽지도 두렵지도 않다.

바둑판을 짊어진 노인은 허리춤에 맨 호로병을 꺼내 마개를 땄다.

쏴아아!

상큼한 주향이 물씬 풍긴다.

"놈…… 술 한 잔 받고…… 잘 가거라."

그는 검치의 시신에 술병을 부었다. 호로병이 텅 빌 때까지, 술을 모두 쏟았다. 그리고 부싯돌을 켰다.

타악! 화아악!

검치의 시신에 불이 붙었다.

머리끝에서부터 발끝까지…… 술이 묻은 곳에서 일제히 불길이 치솟았다.

"한 세상…… 지극히 짧은 삶이거늘 왜 이리 살기 힘드노."

노인은 중얼거리면서 발길을 돌렸다.

검치의 시신이 거세게 타올랐다. 하늘 끝까지라도 치솟을 듯 거친 화염을 뿜어냈다.

2

팽가일로와 팽가이로는 자신들만큼 늙은 사람을 봤다.

'고수!'

그들의 눈가에 이채가 번뜩였다.

평생을 무림에서 늙어온 경륜이 반짝 경고를 토해냈다.

노인은 산길을 걷는다. 한데 발걸음 소리가 나지 않는다. 왼발, 오른발…… 발걸음을 옮기는데, 중심은 전혀 흔들리지 않는다. 어깨와 머리는 움직이는데, 단전은 늘 한곳에 머물러 있다.

간단하게 몇 가지만 살펴봤는데, 놀랍기 이를 데 없다.

"말 좀 물읍시다."

노인이 숨을 헐떡이며 말했다.

일로가 눈살을 좁혔다.

산길을 더듬어온 노인은 숨이 찬 듯 큰 숨을 거칠게 몰아쉰다. 한데 한 번, 두 번…… 겨우 두 번 몰아쉬었을 뿐인데, 전신에 진기가 충만해진다.

길을 걸어온 사람의 숨결이 아니다.

그렇다. 세심루에서 가부좌를 틀고 앉아 운공조식을 취한 사람의 숨결이나 다를 바 없다.

평상시의 호흡이 아니다. 이 정도로 빠르게 진기를 휘돌리는 것은 싸움을 벌일 때뿐이다. 즉, 이 노인은 목적 없이 방문한 게 아니다. 자신들을 노리고 왔다.

"힘든 길을 걸어오셨구랴. 물어보슈."

이로가 바둑돌을 집어 들면서 말했다. 여차하면 암기로 발사할 생각이다. 노인을 어쩌지는 못해도 순간적인 기습공격만은 막아낼 수 있다.

노인이 피식 웃으면서 말했다.

"북망산천을 찾아갈 때가 되었는지 눈이 침침해서 길을 잘 찾지 못하겠구려. 누가 길 안내 좀……."

순간, 일로와 이로가 거의 동시에 퉁기듯 일어났다.

쒜에엑!

이로는 들고 있던 바둑돌을 냅다 집어 던졌다. 일로는 어느새 유엽도를 뽑아 들고 개산망월(開山望月)을 펼쳐 냈다.

"쯧!"

노인이 웃으면서 물러섰다.

타타탁! 쒜엑!

바둑돌이 나무에 틀어박혔다. 일로가 그어낸 개산망월은 빈 허공만 그었다.

"뉘신지?"

일로가 유엽도를 옆으로 뉘이며 말했다.

노인이 말하는 도중 머리가 땡! 울렸다.

외부에서 밀려온 충격은 없는데, 마치 커다란 망치로 두들겨 맞은 것처럼 머리가 심하게 울렸다.

암경(暗勁)에 당했다.

충분히 주의를 하고 있었는데, 약간이라도 이상한 기미를 느끼면 반격할 준비를 끝내놓은 상태였는데…… 그래도 당했다.

"당신들 정도라면 들어봤을지도…… 연저살심(戀咀殺心) 고배타루(苦杯墮淚)라. 들어보셨소?"

"음……."

"이…… 런……."

일로와 이로가 거의 동시에 신음을 토해냈다.

사랑의 깊이만큼 살심도 깊어지고, 쓰디쓴 술잔을 마실 때마다 통한의 눈물을 흘린다.

한 쌍의 탕부(蕩夫)와 탕부(蕩婦)를 일컫는 말이다.

그들은 참 많은 사람을 죽였다.

사내는 여인만 골라서 죽였고, 여인은 미공자만 골라서 죽였다.

사내가 북쪽을 훑으면 여인은 남쪽을 훑었다. 사내가 동쪽으로 내려가면, 여인은 서쪽으로 올라섰다.

그들은 서로가 서로를 의식한 듯하다.

서로에 대한 소문을 듣고 있으며, 어디쯤에서 살인을 저지르는지는 귀담아 듣는다.

사내가 한 명을 죽이면, 여인도 한 명을 죽인다. 여인이 살인을 하면, 사내도 살인을 한다. 어느 누구도 상대가 앞서 나가는 것을 허락하지 않는다.

무림공적?

당연하다. 많은 무인이, 문파가 그들을 죽이려고 했다.

한데 그들은 무적이다. 그들 앞에 선 무인들이 펑펑 나가 떨어졌다. 검의 달인, 도의 명인, 한 성의 패주…… 강하다고 일컬어지던 자들이 추풍낙엽처럼 나가 떨어졌다.

그나마 다행인 점은 탕부와 탕부가 대량 학살은 하지 않는다는 점이다.

산적이나 마인들처럼 기분 내키는 대로 살상하는 것도 아니다.

그들에게는 법칙이 있다. 암사마귀가 교미 후에 수사마귀를 잡아먹듯이, 사랑을 나눈 상대만 죽인다.

관계만 맺지 않으면 죽을 일이 없다. 그런데도 관계를 가진다. 그리고 죽는다.

사내는 호색한이다. 어떤 여인이든 옷고름을 풀 수 있다. 처음 만난 여인도 침상에 눕힐 수 있다. 여인은 탕부다. 어떤 사내든 침상으로 끌어들일 수 있다. 열락을 즐길 수 있다.

그리고 끝은 항상 죽음이다.

밤새워서 열락을 불태우고, 아침이 되면 싸늘하게 식어버린 시신만 남겨두고 떠나간다.

그들에게는 별호가 없다.

워낙 지독한 짓을 해서 별호를 주지 않았다.

누구 눈에 띄든지 당장 죽여야 할 자이기 때문에 이름 같은 것을 부여할 필요가 없었다.

탕부, 그리고 탕부!

벌써 죽어서 한 줌 흙이 되어버린 줄 알았거늘…… 이렇게 또 나타났는가.

노인이 말했다.

"내 오늘 가주에게 볼일이 좀 있는데…… 아무래도 당신들이 방해가 될 것 같아서 말이오. 북망산천에 먼저 가서 불 좀 밝혀주시구려. 내 곧 따라가리다."

"놀라운 일이군. 한낱 탕부인 줄 알았는데, 이토록 놀라운 절공을 지닌 고수였다니."

일로가 진기를 가득 끌어올리며 말했다.

일로나 이로의 무공은 중원 최강이다. 무림의 명문대파에서도 그들의 입지는 확고하다. 그들은 무림 원로이며, 그에 걸맞은 무공을 지니고 있다.

그들은 어떤 상대를 만나도 여유가 있다. 항상 여유가 넘친다. 검치가 하북 땅에 들어섰다는 말을 듣고도 싸움 구경을 가지 않았다. 그만큼 무공에 자신을 가진다.

자신들을 검치와 비교하는 게 아니다.

무공으로 따지면 분명히 검치가 한 수 위다. 하지만 같은 위치에 선 사람이라는 자부심이 있다. 검치보다는 못하지만, 그에 필적할 수 있다는 긍지가 있다.

너도 무인, 나도 무인.

검치가 결전을 청해오면, 다른 사람들은 꽁지를 말 수 있지만 그들은 체면 때문에라도 칼을 든다.

그만큼 무공에 자신을 가졌는데…….

노인에게서 허점을 발견하지 못하겠다. 너무 완벽해서 칼을 겨누고 있기도 힘들다. 몸을 움직여도 단전 중심은 고정불변인 것처럼 온몸이 텅 빈 듯하지만, 사실은 꽉 차 있다.

이런 자가 계집이나 희롱하던 탕부였다니.

"미안하구려. 시간이 없어서."

노인이 옆에 있던 소나무에서 가지를 꺾었다.

소나무 가지, 그것으로 천하에 명성이 자자한 팽가오로 중 두 명을 상대하려는 겐가?

쒜에에엑!

다듬지 않은 소나무 가지가 느리게 다가왔다.

"무시도 정도가 있는 법이거늘!"

일로가 버럭 고함을 내지르며 유엽도를 쳐냈다.

일탄개벽(一呑開劈)!

칼등으로 소나무 가지를 감싸듯 밀쳐 내고, 칼날로 전신을 쪼갠다.

지금과 같은 상황에서 전개하기 딱 좋은 초식이다. 한데,

스륵!

소나무 가지가 오히려 유엽도를 감싸 버렸다. 다듬지 않은 잔가지들이 칼날을 휘감았다.

따앙!

유엽도의 중간 부분이 뚝 부러졌다.

직접 당하고도 믿지 못할 일이지만…… 진기가 가득 실린 강도(鋼刀)가 금방 꺾어낸 생나무에 밀려서 부러졌다.

"가시게."

노인이 말했다.

그 순간, 노인을 향해 덮쳐들던 이로는 피가 역류하는 충격을 받고 뒤로 물러섰다. 입으로는 붉은 피를 줄줄 흘리면서.

탁! 쉐엑! 퍽!

노인이 부러져서 떨어지는 유엽도 반 토막을 발로 쳐냈다. 그리고 아직도 진기가 실려 있는 듯한 유엽도 반 토막은 일로의 목을 꿰뚫고 지나가 세심루 기둥에 탁 박혔다.

일로가 썩은 짚단처럼 풀썩 꼬꾸라졌다.

노인은 생나무에 걸린 일로의 유엽도를 아직도 휘청이고 있는 이로에게 던졌다.

퍽!

날아간 유엽도가 이로의 미간 한가운데에 박혔다.

이로는 믿을 수 없다는 듯 눈을 부릅떴다.

노인이 강하다는 것은 알았지만…… 이건 너무 싸움이 안 된다. 어린애가 칼을 들고 나서도 이것보다는 더 잘 싸울 것 같다. 명색이 팽가오로라는 사람들이…….

이로는 털썩 무릎을 꿇더니 그대로 엎어졌다.

"쯧! 방해만 되지 않는다면 굳이 죽일 필요는 없었는데.

쯧쯧!"

노인은 죽은 일로와 이로를 보면서 혀를 끌끌 찼다. 그러나…… 죽은 사람을 보면서 만족해하던 그의 얼굴이 돌덩이처럼 딱딱하게 굳어가기 시작했다.

팽가촌 초입에 일단의 무리가 들어선다.

남자 한 명과 여자 두 명.

남자는 천하제일의 미남자라고 해도 손색이 없을 정도로 영준하고, 여인들은 화용월태가 무색하다.

노인의 눈을 부릅뜨게 만든 건, 사내가 메고 있는 검대다.

등 뒤로 검 여섯 자루, 허리에 네 자루…… 십검이다.

이 시대에 십검을 쓸 수 있는 사람은 세 사람뿐, 광기자(狂棋子)와 검치와 루주뿐이다.

광기자는 당장 죽어도 하등 이상할 게 없는 늙은이이고, 검치는 이미 죽었다는 보고를 받았고…… 그렇다면 루주다.

루주? 루주가 어떻게 여기에 왔지? 그럼 할멈이?

루주가 왔다는 것은 할멈이 싸움에서 졌다는 것을 의미한다.

"허! 허!"

노인은 탄식만 토해냈다.

도대체 뭐가 어떻게 돌아가는 것인가. 검치를 제거한 할멈이 왜 루주는 제거하지 못한 것인가. 필요한 사람은 주설언뿐인데…… 나머지는 모두 제거해도 되는데……

노인은 팽가촌으로 내려가지 못했다.

루주 일행은 혼자가 아니다. 팽가촌 무인들은 알아채지 못하고 있지만 늙은 괴물이 따라붙었다. 멀찍이 떨어진 곳에서 바둑판을 등에 짊어진 괴물이 루주를 지켜본다.

광기자와 루주.

일진이 좋지 않다.

'할멈…… 도대체 일을 어떻게 한 거야?'

*　　　*　　　*

루주는 팽가촌으로 들어서지 못했다. 팽가촌 입구에서 걸음을 멈춰 세웠다.

어미와 자식!

참으로 다정한 사이이지만, 그렇지 못한 관계도 있다. 세상에 그 어떤 관계보다도 불편한 사이도 있다.

"안 갈 거예요?"

"여기 있지."

"그래도 직접 가보는 게……."

"가봐."

루주는 두 여인의 등을 떠밀었다.

노파의 암경은 어미의 사라천요공과 흡사한 구석이 있다.

일단 부드럽다는 점이 같다. 너무 부드러워서 암경이 펼쳐진지도 모른다. 뭔가가 이상하다거나 통증 같은 것이 느껴졌을 때는 이미 암경에 당한 후이다.

같다고 할 수는 없다.

노파의 암경은 신경을 건드린다. 청각이나 시각에 직접적인 타격을 가한다. 순간의 방심이 죽음으로 이어지는 무인들의 싸움을 감안하면 아주 치명적인 타격이다.

그런 타격을 받은 다음 살수를 당하면 당할 수밖에 없다.

사라천요공은 음욕을 불러일으킨다.

강력한 춘약을 복용한 사람처럼 행동한다. 평소의 일상적인 이성이 와르르 무너지고 오로지 음심에만 들떠서 이리저리 휘둘리는 동물적인 경험을 하게 된다.

완전히 다른 것 같지만 그렇지 않다.

음심도 신경을 자극하기 때문에 일어나는 것이다. 아무런 자극이 없이 괜히 음욕이 발동하겠는가.

어떤 신경을 자극하느냐가 문제일 뿐, 자극하는 방식이나 효과 면에서는 다를 바 없다.

루주는 이런 부분을 즉각 알아챘다.

노파와 어미는 모종의 관계가 있다.

어미와 살천루는 관계가 없다. 만약 관계가 있다면 지엽 조직이었던 귀살왕에게 살수 청탁을 넣지는 않았을 게다. 곧바로 살천루주에게 넣는 게 가능했다면 말이다.

어미는 살천루를 몰랐다.

어미는 사총도 모른다.

사총 무인들이 합류하기는 했지만, 나중 일이다.

자신이 어미를 찾아왔을 때, 마차를 전복시킬 때…… 그 순간에는 살천루도 사총도 어미와는 아무 상관이 없었다.

어미에게는 이숙만 있었다.

아직도 정체를 알 수 없는 이숙.

팽가주가 자신의 의동생이라고 인정한 사람.

그 사람이 비연사도를 죽이고 루주를 죽이려고 했다. 검치의 후인을 멸절시키려고 했다.

도대체 뭐가 어떻게 돌아가는 건지…….

어쨌든 어미를 관찰해야 한다. 지켜봐야 한다. 어미와 흡사한 무공을 지닌 사람이 살천루와 함께 나타났다. 취취와 맹삼력을 죽였다. 그리고 자신도 죽이려고 했다.

그 노파는 어미에게 나타날 게다.

이런 일련의 생각들이 한달음에 팽가촌으로 오게 만들었다.

하지만 안에는 어미가 있다. 세상에서 가장 만나기 힘든 사람이 사악한 눈을 부릅뜨고 있다.

어미를 만날 자신이 없다.

아니, 어미를 만나는 순간…… 어쩌면 어미를 베어야 할지도 모른다는 불안감에 발이 떨어지지 않는다.

지금 상황으로는 영락없이 그럴 것 같다.

어미를 노리는 사람은 많다. 당장 하북팽가만 해도 어미를 용서할 수 있을지 의문이다. 그러기에는 너무 많은 사람이 죽었다. 가주의 친자식까지도 덫에 걸려 죽었다.

하북팽가의 입장에서 보면 요녀를 잡아두고 있는 셈이다.

어미를 구할 방법은 없다.

또 그럴 생각도 들지 않는다. 그러기에는 너무도 많은 애증을 품어왔다. 어미의 사랑을 전혀 받지 못한 상태에서 증오만 키웠다. 지금 이렇게 멀리서 지켜보고 있는 것만으로도 최선을 다하고 있다는 걸 알아야 한다.

어머니의 죽음에 애써 무관한 척 행동한다. 하지만 자신의 손으로 죽음을 이끌 수는 없다. 죽음을 지켜보는 것조차도 괴롭다.

그는 안으로 들어서지 못하고 입구에 머물렀다.

두 여인이 잠시 그를 쳐다보더니 안으로 들어섰다.

쉬익! 쉬익!

날카로운 경풍과 함께 두 명의 무인이 길을 가로막았다.

"비켜. 그러고 싶지는 않지만, 해야 된다면 너희를 베고서라고 안으로 들어가야 해."

팽가연이 사촌 동생들을 쳐다보며 말했다.

"그럴 필요 없습니다. 누님, 안으로 들어가시지요. 가주님께 곧바로 가시는 게 좋겠습니다."

"아버님께? 왜?"

"들어가 보시면……."

두 무인이 말끝을 흐렸다.

기어이 사달이 벌어졌다.

무슨 일인지 좀이 쑤셔서 견딜 수 없다. 어미가 죽는 것일

까? 이렇게 죽는 것인가? 겨우 여기까지 오려고 그토록 모질게
남편과 자식을 버린 것인가.

팽가촌은 조용하다.

안에서는 폭풍이 일어나고 있건만, 밖에서 보면 먼지 한 올
날리지 않는 것처럼 조용하기만 하다.

탐화랑객을 칼로 찔렀다.

한 번도 아니고 수십 번을…… 아버지를 찔렀다.

지금도 눈에 선하다.

피 묻은 손에, 피 묻은 칼을 들고 요악하게 웃고 있는 모습.

죽어가는 남편의 얼굴을 칼로 저며내던 모습.

전생에서부터 악연을 쌓아온 철천지원수인 줄 알았는데, 그
녀가 어미였다.

그런 그녀가 절염색녀라는 별호를 버리고 팽가촌 성녀로 둔
갑해 있을 때, 그런 사실을 알았을 때…… 기가 막혀 웃음도 나
오지 않았지만, 그래도 다행이다 싶었다.

그렇구나. 그런 삶을 원한 것이었구나.

방탕한 삶, 쾌락에 물든 삶, 술과 도박과 환락에 지쳐가는 삶
을 버리고 건실한 삶을 택했구나.

인생을 바꾸기 위해서는 탐화랑객을 버려야 했겠지.

다 이해했다. 다 용서했다.

그런데 정작 자식인 자신은 용서했는데, 또 한 사람…… 검
치는 용서하지 않았다.

─그 독부년…… 모두 거짓이야. 진짜인지 거짓인지는 건드려 보면 알지. 살짝 건드려 봐. 키키키! 그럼 당장 본색을 드러낼걸? 호박에 줄 긋는다고 수박 되냐? 키키키!

검치의 수련을 마다하고 금제까지 당하면서 뛰쳐나온 것은 수련이 고돼서가 아니라 검치의 이런 멸시가 싫었기 때문이다.

그랬다면 그냥 그렇게 살았어야 한다.

어미를 잊고, 다 용서하고…… 계집들을 끼고 계집장사나 하는 천요루주의 삶을 살면 되는 거였다.

살짝 건드려 봐라.

그 말을 군이 실험해 볼 필요는 없었다.

그랬다면…… 어미는 살수를 고용하지 않았을 게다. 살천루가 개입하지 않았을 것이고, 사총 무인들이 나서는 일도 없었을 것이고…… 어미는 여전히 팽가촌 성녀로 살고 있을 터이다.

세상을 왜 이렇게 만들었나.

어미의 운명을 왜 이런 식으로 비틀었나.

그가 망연히 하늘을 올려다보고 있을 때, 길 저쪽에서 바둑판을 짊어진 노인이 걸어왔다.

뚜벅! 뚜벅! 뚜벅!

주위를 둘러보면서 매우 여유 있게 걸어온다.

루주는 손끝이 자르르 떨렸다.

노파를 만났을 때처럼 알지 못할 긴장감이 은은하게 퍼져 간다.

'고수!'

노인은 루주에게 손을 흔들어 보였다. 잘 아는 사람처럼, 오랜만에 만난 사람처럼.

노인이 그의 옆에 와서 앉았다.

"검치가 죽었다."

노인이 불쑥 한 말이다.

3

'죽어? 늙은이가…… 죽어?'

그렇게 헤어진 것이 마지막 만남이었나? 그렇게 죽으려고 그 먼 길을 온 것인가.

아니다. 천하제일인이 그렇게 간단히 죽을 수 없다. 말이 안 된다. 그를 죽일 수 있는 사람은 이 세상에서 오직 십검을 수련한 자신뿐이어야 한다.

루주는 주먹을 꽉 쥐었다.

"늙은이를 죽일 수 있는 사람은 없습니다. 노인장의 말을 믿을 수 없군요. 노인장은 대체 뉘십니까?"

"나? 멍청한 놈. 그냥 멍청한 놈이라고 부르게."

"좋습니다. 그럼 늙은이가 누구에게 죽었습니까?"

"네가 팔을 잘랐더구나."

그 노파!

사실이다! 검치가 죽었다!

노파는 검치를 죽일 수 있는 능력이 있다. 노파의 무공이라면…… 십검을 무너트린다.

이게 무슨 말인가? 검치가 노파에게 죽었는데, 그는 노파의 팔을 잘랐다. 그렇다면 그가 검치보다 더 강하다는 말인가? 검치를 죽일 수 있을 정도로 강하단 말인가?

그렇다. 그의 십검은 검치보다 한 단계 위다.

검치와 겨뤘을 때, 그는 검치를 죽일 수 있었다. 그의 십검에는 그만한 힘이 담겨 있었다. 예전과는 정반대로 검치가 칠검에서 막혔다. 그런 걸 무승부로 결정지었다.

검치를 불러올 때는 검치에게 의존하고 싶은 생각이 컸다.

사총이 움직이고 있기 때문에 검치가 없으면 안 될 상황이었다. 누가 사총을 막는단 말인가.

그런데 검치는 즉각 움직이지 않았다. 사총에 대해서는 신경도 쓰지 않았다. 그 대신에 장난이라도 하듯이 그를 두들겨 팼다. 나중에는 팽가연까지 끌어들여서 매일 타작했다.

그 결과 그의 검이 완성되었다.

검치의 매타작은 그냥 매타작이 아니다.

전신 혈도를 골고루 타작한다. 살과 뼈를 굳건하게 만들고, 혈을 강건하게 다져준다. 금제시켜 놨던 경혈을 풀어주고, 그

동안 정체되어 있던 울혈을 뽑아낸다.

검치보다 나은 십검을 가진 것은 검치의 힘이다.

그런 검으로도 노파를 어쩌지 못했다.

검에 걸렸다 하면 죽음을 피할 수 없다고 믿었는데, 노파는 검에 맞고도 팔만 내줬다.

노파는 초절정고수다.

만약 노파를 다시 만난다면 그때는 어떨까? 이번에 팔을 잘랐으니 반드시 이길 수 있을까?

자신하지 못한다.

팔을 잘랐다고 해서 다음에 또 이기란 법은 없다.

자신 정도의 무인들은 본인의 무공보다는 외부적인 요인에 영향을 받는 경우가 많다.

뛰어난 궁수도 바람을 탄다.

바람의 강약에 따라서 활의 정확도가 유지되기도 하고 떨어지기도 한다. 백발백중을 자신하는 천하 최고의 궁사도 돌풍이 불 때는 자신하지 못한다.

그런 일이 초절정고수들 사이에서 벌어진다.

이번에는 이겼다. 다음에는 질 수 있다.

검치가 노파에게 죽었다.

자신이 검치보다 나은 십검을 가지고 있다지만 그 차이는 실낱보다도 가늘다. 너무 작은 차이라서 차마 차이라고 말할 것도 없다. 이번에는 이겼지만 다음에는 모른다.

검치가 졌다. 죽었다.

'바보……'

왜 그럴까? 정말 싫은 인간인데…… 갑자기 눈물이 주르륵 흘러내린다.

"후우!"

루주는 깊은숨을 토해냈다.

노인이 말했다.

"네 어미…… 쯧! 뭐라고 부를꼬? 기왕이면 좋은 게 좋겠지? 성녀라고 부르지 뭐. 지금부터 성녀가 팽가촌에 머무는 이유를 말해줄 테니 잘 듣게."

루주는 눈을 부릅뜨고 노인을 쳐다봤다.

"아십니까?"

"알지. 흐흐흐!"

노인이 히죽히죽 웃었다.

루주의 눈빛이 딱딱하게 굳어갔다.

노인은 누군가? 누구기에 이 모든 일을 아는가. 이 대화가 끝난 다음에는 어찌 되는가. 싸워야 하는가? 그럴 것 같다. 그냥 이야기만 툭 던지고 돌아서기에는 이야기의 내용이 너무 깊다.

노인을 쳐다본다.

노인이 어미의 일을 아는 게 신기하다. 어미가 팽가촌에 머물고 있는 이유, 새삼 궁금하다. 여러 가지 일들이 한꺼번에 몰아쳐서 머리가 정리되지도 않는다.

쳐다보는 수밖에 없다.

노인이 말했다.

"하북팽가에 무결이라는 무공이 있지."

"무결? 처음 듣습니다."

하북팽가에 대해서 그처럼 자세히 아는 사람도 이제는 드물 것이다. 하북팽가의 무공을 속속들이 안다. 혼원벽력도의 무서움도 안다. 하지만 그 속에 무결이라는 무공은 없다.

"히히! 그 이야기를 하려면 사연이 길지."

"……"

"검치 그놈이 아무 말도 해주지 않은 거야?"

"아무 말도 못 들었습니다."

"그놈…… 히히! 그럴 놈이지. 그러고말고. 충분히 그러고도 남을 놈이야."

노인이 검치를 '그놈'이라고 불렀다.

검치를 그놈이라고 부를 수 있는 사람…… 검치의 친구이거나…… 아니다. 검치보다 훨씬 연배가 많다. 검치도 노인이고, 이 사람도 노인이다. 그렇지만 이 노인이 훨씬 늙었다. 검치보다 이십여 년은 더 많은 것 같다.

'동배는 아니고…….'

"그렇게 머리 굴리지 마라. 그놈 십검을 나한테 배웠다."

"엇!"

루주는 깜짝 놀랐다.

그럼 이 노인이 사부의 사부? 사조(師祖)란 말인가?

루주가 예를 갖추기 위해 몸을 일으키려고 했다. 그러나 노인이 어깨를 찍어 눌렀다.

"넌 검치 놈을 스승으로 인정하지 않잖아?"

"지금은 인정합니다."

"시끄러, 이놈아! 네놈이 그렇듯 검치 그놈도 마찬가지야. 나한테 십검을 배운 건 맞지만, 스승이니 하는 개떡 같은 건 몰라. 그저 무공만 전수한 사이지."

"존함이……?"

"그런 게 왜 필요해. 곧 죽을 늙은이인데."

노인이 등에 짊어지고 있던 바둑판을 풀어내면서 말했다.

"네놈 어미 이야기를 하려면 참 오래전의 이야기부터 시작해야 돼. 너무 오래되어서 기억이 가물거리는 이야기부터."

"말씀하시지요."

사실은 그런 말을 듣고 싶지 않다.

어미가 팽가촌에 있는 이유부터 듣고 싶다. 먼저 그 이야기부터 했으면 좋겠다. 하지만 노인이 먼저 하고 싶은 말이 있는 모양이다. 들을 수밖에 없다.

"옛날에 재미있는 노인네가 있었지. 그 노인네는 천하무적이야. 정말로 강했어. 그런데 너무 강하니까 무림에 흥미를 잃은 거야. 모두 어린아이로만 보이니 뭐 싸울 거리가 있나. 강호출도라는 걸 해봤는데 모두가 허수아비란 말이지. 뭐 장문인이라는 작자들도 일초만에 나가떨어지고."

루주는 숨이 턱 막혔다.

이야기만 들어도 노인의 강함이 상상된다.

"이게 검치삼령 중 하나야. 각 문파의 장문인들의 수치스러운 과거. 괜히 까불지 마라 이거지. 지금 장문인들도 검치를 이길 능력은 되지 않았고."

알고 있었다. 다른 건 몰라도 검치삼령은 안다. 그 이야기를 들으면서, 옛날에 장문인들을 허수아비처럼 다룬 고수가 검치의 사부일 것으로 생각했다. 한데 아닌 것 같다.

다른 사람들은 검치가 십검을 창안한 줄 알지만, 검치삼령을 아는 사람은 그런 생각을 하지 않는다.

현 장문인의 사부쯤 되는 사람들을 장난감처럼 가지고 논 사람.

그 사람의 이야기다.

"그래서 이 노인네가 고향으로 돌아와 버렸어. 강호에 흥미를 잃고 말이야."

십검을 창안한 노인이다.

십검의 유래다.

루주는 노인이 누구를 말하고 있는지 짐작했다.

"그 후에 노인은 제자를 거뒀는데…… 그 제자들이 참으로 요망해. 한 놈은 멍청하고, 다른 한 놈은 방탕하고, 또 한 년은 음탕하지. 흐흐흐! 결국 그 두 연놈은 무공을 배우기도 전에 몸부터 붙어버렸어. 찰싹!"

여자는 노파다. 그럼 남은 건 두 사람. 이 노인은 어느 쪽일까? 방탕한 쪽? 멍청한 쪽?

"그런데 이 사부라는 노인네가 워낙 심심했던 모양이라. 제자들을 놓고 장난을 친 거야. 자신의 무학을 전부 전수하지 않은 거지. 음탕 방탕한 두 연놈에게는 사라멸공을, 멍청한 놈에게는 일단검파(一端劍波)를 전수했어."

일단검파? 생전 처음 들어보는 무공이다.

십검이 아니었나? 노인이 십검을 말하고 있는 줄 알았는데.

"그러면서 노인네가 말한 거야. 내가 전수한 무공을 완벽하게 수련하면 마지막 무공을 전수하겠다. 그건 무결이라고 하는 건데, 지금 전수한 무공 따위는 일초에 무너트릴 수 있는 최고의 무공이다. 너희에게 말해준 건 무결을 수련하기 위한 기본공이야."

'무결?

하북팽가에 있다는 무결 말인가?

그의 눈길이 팽가촌 안으로 잠시 흘러들었다.

사실 마음이 편안하지 않다. 팽가연이 안으로 들어갔다. 지금쯤 어미와 어떤 결판을 내고 있을 것이다. 지금 이렇게 노인과 앉아서 한가하게 옛날이야기나 하고 있을 정신이 없다.

하지만…… 듣는다. 이 이야기기 바로 어미의 이야기다. 어미의 일생이다.

노인이 태평스럽게 이야기를 이어갔다.

"그로부터 세월이 꽤 많이 흘렀지. 그 연놈들은 세상에 나와서 못된 것들을 만들었어. 사라멸공은 굉장한 무공이야. 그런

농사(弄事) 275

무공을 수련했는데 가만히 있지는 못하겠지. 시작은 노파가 먼저 했는데…… 흐흐흐! 살인집단이야. 그런 걸 만들었더라고."

"살천루!"

"말 끼어들지 마라, 인마. 기운 빠지잖아."

"네."

"또 한 놈은 사총이란 걸 만들었어. 그놈이 대단하긴 대단한 놈이야. 키키! 멍청한 놈이 알았을 때는 너무 늦었지. 사총이란 게 무림을 집어삼키기 일보 직전이었다고 할까? 아무도 막을 수 없었어. 사총이 무림을 치기 시작하면…… 흐흐흐! 끔찍했을걸."

사총은 이미 무림을 피바다로 만들었다.

한데 그게 무림을 치지 않은 것이라면…… 정도 무림과의 공존조차도 하지 않겠다는 뜻이다. 전 무림을 수중에 넣겠다는…… 정복, 정복이다.

그런 일이 벌어졌다면…… 시산혈해!

"멍청한 놈은 무언가 해야 한다고 생각했지만, 할 게 없었어. 멍청한 놈이 수련조차 게을리해서 두 연놈의 상대가 되지 않았거든. 연놈들이 살려주고 있는 것만도 감지덕지했지. 그런데 그때 재미있는 일이 벌어진 거야. 그 재미있는 노인네가 운명 직전이라고 연락을 보내온 거지."

노인이 옛날을 회상하는 듯 먼 하늘에 눈길을 주었다.

말은 계속 이어졌다.

"무결이라는 절정 무공이 이 세상에서 영영 사라지는 순간
이니 어땠겠어? 방탕 음탕한 두 연놈과 멍청한 놈이 부리나케
찾아갔지. 그런데 그 노인네…… 정말 죽었더라고. 죽는다고
기별을 넣고 바로 죽은 거야."

노인의 눈가에 물기가 촉촉했다.

노인은 '멍청한 놈'이다. 노인은 사부를 사랑했다.

"노인네가 유서를 남기기는 했는데, 그게 또 재미있어. 무결
을 세상에 남겨놓았다는 거야. 그게 어디 있는지는 스스로 찾
아내라더군. 이건 뭐 수수께끼도 아니고, 사람을 가지고 노는
것도 아니다. 단서는 없었어. 지금 무공을 정점으로 끌어올리
면 자연스럽게 알게 될 거라는 거지. 그런데 그 말을 믿을 수
밖에 없었던 게…… 그 노인네가 거짓말은 하지 않거든. 언제
나 진실만 말했거든. 또 그 무공을 찾지 않을 수 없는 게, 그걸
수련하면 우리가 수련한 무공 정도는 일초에 제압할 수 있다
고 했거든. 무적 중에 무적인 거지. 흐흐흐!"

"그걸 하북팽가에 맡겼군요."

"아니."

노인은 힘없이 고개를 내둘렀다.

"노인네가 죽자 두 연놈은 하던 일을 마무리하려고 했지. 무
림을 피로 물들이려고 했어. 그걸 어떻게 저지시켜야 되겠는
데…… 방법이 없는 거야. 그래서 그동안 연놈 몰래 기르고 있
던 놈에게 사총을 치라고 했지. 사총을 치면서 무결이라는 말
을 언급하라고 했어. 십검이 아니라 무결이라고."

노인은 긴 이야기를 이어갔다.

사총은 검치에게 무너졌다.

원래 검치를 수련시킬 때는 사총을 칠 생각이 없었다. 검치의 무공이 어느 정도 완숙하면, 자신과 힘을 합쳐서 연놈을 칠 생각이었다. 저쪽이 두 명이니, 이쪽도 두 명이면 상대가 되지 않겠나.

하지만 어림도 없는 생각이다.

검치의 무공은 생각만큼 늘지 않았다. 일단검파를 전개하기에는 워낙 자질이 떨어졌다.

노인은 고민 끝에 검치에게 사사십검을 전수시켰다.

일단검파를 변형시킨 검으로 위력은 매우 사납지만, 역시…… 노부부를 상대하기에는 터무니없이 부족하다.

그래도 괜찮다. 어차피 노부부의 마음에 의심이 들게 하는게 목적이니까.

검치는 사총을 치면서 자신의 무공이 무결이라는 말을 남겼다.

노부부는 당장 주목했다.

검치를 제압하는 건 문제 없다. 그가 쓰는 검공은 낯설면서도 익숙하다. 검공의 형태는 완전히 다른데, 일단검파와 흡사하다. 무공의 요체가 똑같다는 느낌을 지울 수 없다.

노부부는 검치의 십검이 사부에게서 흘러나왔다고 믿었다.

무결, 무결이다.

다만 그가 미쳐서 제대로 수련하지 못한 것뿐이다. 사실 미친놈이 그 정도라도 수련한 게 기적이다. 아니다. 그 누구도 무결을 수련할 사람은 없다. 무결의 임자는 오직 사부의 직전제자 세 명뿐이다. 자신들이다.

사라멸공이나 일단검파를 능숙하게 펼치지 못하면 무결을 수련할 수 없다.

검치는 이런 순서를 지키지 않았다. 그러니 그의 무공이 정점을 찍을 수 없는 것이다.

순서를 지키지 않고 어설프게 수련한 무공으로 사총을 멸문시켰다.

노부부는 흥분했다.

검치를 관찰하자.

그때부터 노부부의 시선은 검치를 따라붙었다.

검치의 일거수일투족을 감시했다. 그가 사용하는 무공을 면밀히 연구했다. 한데 그는 제자들을 다그칠 때 빼고는 무공을 사용하지 않는다. 그리고 그 제자라는 것들도 한심하기 이를 데 없어서 무결의 요체를 펼칠 필요가 없다.

검치를 잡아서 고문해 볼까?

한데 놈은 미쳤다. 미쳐서 제정신이 아니다. 다정한 말도 통하지 않는다. 옆에 다가오는 놈은 남자, 여자 가리지 않고 무조건 돌팔매질부터 하고 본다.

그들은 끈기 있게 기다렸다.

사총을 다시 일으킨들 무엇하나, 무결을 익힌 자가 나오면 하루아침에 몰락한다. 괜히 헛심만 든다. 또 그 정도는 얼마든지 만들 수 있다.

그럴 바에는 차분히 기다린다.

사라멸공을 수련하면서, 사부의 말대로 정점까지 끌어올리면서 무결을 수련할 준비를 한다.

그런데…… 여기서 또 사달이 벌어졌다.

방탕한 노인네가 절염색녀를 찾아냈다.

그녀는 예쁘다. 너무 예뻐서 탐이 난다.

노인은 절염색녀를 취했다.

그녀는 이미 지아비가 있었고, 자식까지 있었지만, 노인의 무력 앞에 짓이겨져 나갔다.

그것뿐이었으면…… 노인과 절염색녀의 관계가 단발로 끝났으면 절염색녀의 이야기는 없다. 하북팽가 이야기도 없다.

노인은 절염색녀를 취한 후, 그녀에게 더욱 깊이 매료되었다.

그녀의 방중술은 그를 천상의 낙원으로 이끌었다. 사라멸공의 맛을 살짝 보여준 후에는 절염색녀 쪽에서 더욱 적극적으로 달려들었다. 그녀는 이미 강제로 몸을 빼앗긴 여인이 아니었다.

남편은 죽이고, 자식을 버렸다.

사라멸공이 눈앞에 있다. 수련할 수 있다. 천하를 오시할 수 있다.

노인이 의도한 대로 절염색녀는 노인의 여인이 되었다.

노인이 이렇게 즐거움을 누릴 때, 그 모습을 질투의 눈으로 쳐다본 사람이 있다.

노파, 그녀는 살천루를 크게 일으켰다.

검치는 사총을 쳤지만 살천루는 건드리지도 않았다. 그럴 필요가 없었으니까. 사실 사총을 치려고 했던 게 아니라 노부부에게 무결이란 존재를 알릴 목적이었으니까.

살천루가 무림을 휩쓸었다.

살천루는 절염색녀의 목숨도 노렸다.

멍청한 놈은 다시 고민했다. 기껏 조용하게 만들어놨는데 한 여자 때문에…….

그래서 또 수단을 부렸다.

하북팽가에 무결이 있다는 사실이 밝혀졌다.

엄밀히 말하면 밝혀진 것은 아니다. 두 노부부가 옛 고서에서 우연히 찾아낸 일이니까.

하북팽가주.

손가락 하나면 죽일 수 있는 자.

하지만 그 역시 검치처럼 처치가 곤란하다.

그는 근골이 강하다. 강압적으로는 절대로 머릿속에 있는 말을 꺼내지 않는다. 구결을 토해낼 리 없다.

사라멸공으로 머릿속을 휘저어놓을 수도 없다.

우연도 이런 우연이 있을 수 있나. 하북팽가의 혼원벽력도는 사라멸공과는 상극이다. 사라멸공과 혼원벽력공이 부딪치면 약한 쪽이 깨진다. 머릿속이 터져서 죽는다.

이 부분에서 노인과 노파는 극적으로 타협했다.

노인은 절염색녀를 떠나보냈다.

노파의 존재를 알게 된 절염색녀는 목숨을 구하기 위해서라도 떠나야만 했고…… 더군다나 그녀가 원하던 사라멸공…… 아니, 사라멸공에 요기를 더한 사라천요공을 매년 한 초씩 전수해 준다니 나쁠 것도 없다.

그 세월이 어느덧 십 년이다.

노인은 긴 이야기를 끝냈다.

무결.

그것은 하북팽가의 절전도법이 아니다. 하북팽가에는 그런 도법이 없다.

하북팽가주가 이번 일에 협조했다.

없는 무공을 있는 척하면서 지내왔다. 그렇지 않으면…… 무결이 없다는 것을 알면 노부부를 막을 수 없으니까. 무결이 없다는 걸 알면 당장 검치부터 죽일 테니까.

또 하북팽가도 기호지세다.

노부부를 속이기로 한 이상 끝까지 가야 한다. 그렇지 않으면 노부부를 기망한 대가로 멸문의 화가 미친다.

십검은 일단검파의 변형이다.

노부부는 아직도 그 사실을 모른다. 멍청한 놈과 검치가 연락을 주고받는다는 사실 정도는 알아낸 것 같은데, 그 이상을 파고들지 못했다.

노부부는 아직도 하북팽가에 무결이 있다고 생각한다.

'어머니…… 어머니…….'

루주는 허탈하다 못해서 웃음이 새어 나왔다.

이런 일로…… 이런 일 때문에…… 아버지를 죽이고, 자신을 버린 것인가.

기운이 탁 풀렸다.

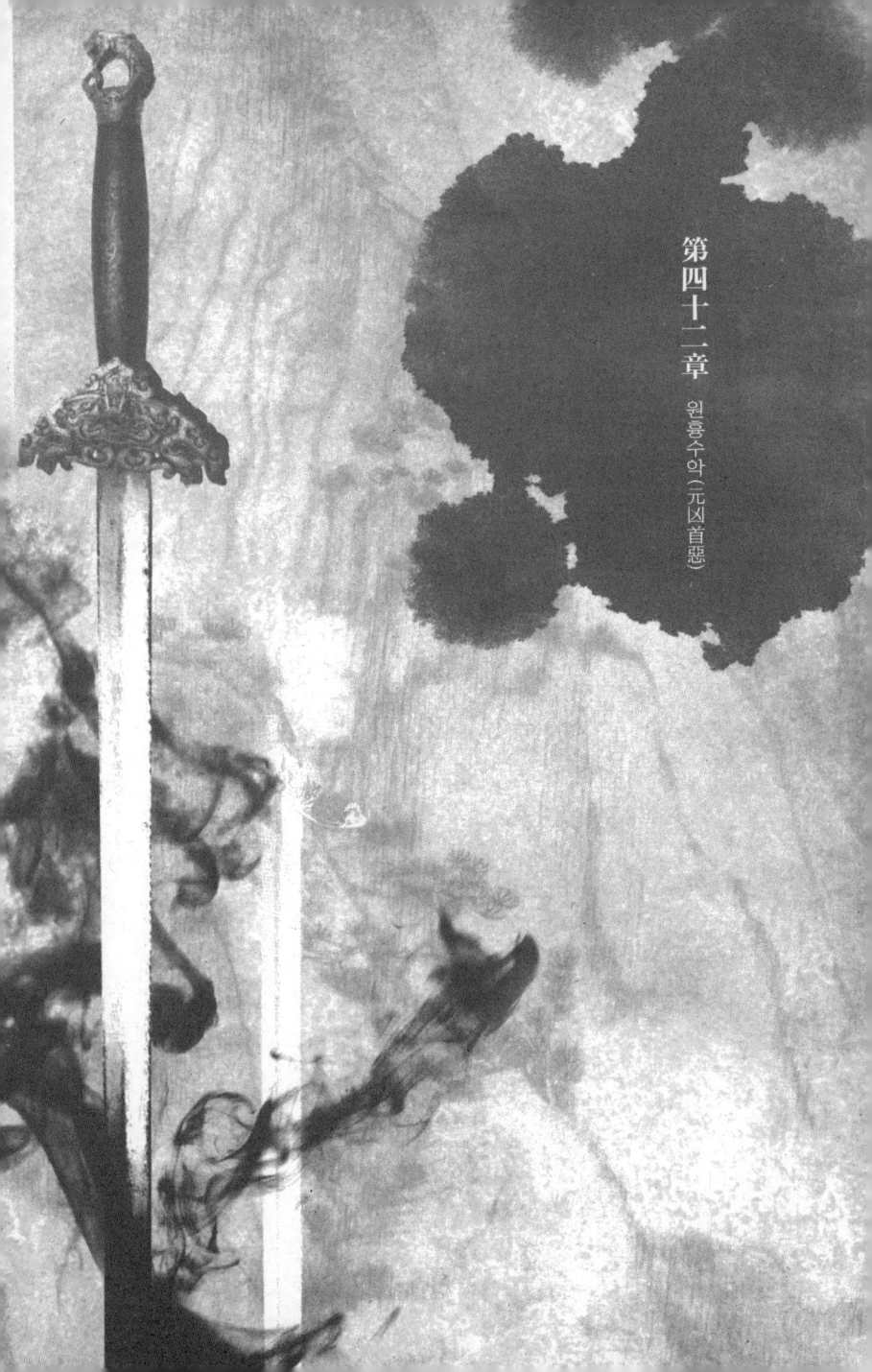

第四十二章 원흉수악（元兇首惡）

1

아버지가 자신의 목에 칼을 대고 있다. 바닥에는 사촌 동생들이 피를 흘리면서 쓰러져 있다. 가모는 독기 서린 눈초리로 피 묻은 검을 들고 있다.

이게 무슨 상황인지는 설명하지 않아도 알 수 있다.

"아버지!"

"왔구나."

팽가주는 딸을 보고도 유엽도를 내려놓지 않았다. 칼을 목에 대고 여차하면 경동맥을 자를 기세였다.

"아버지, 내려놓으세요."

팽가연이 조심스럽게 말했다.

팽가주는 엷은 웃음으로 답했다.

"검치한테 십검을 배운다고 들었다. 괜찮은 게냐?"

아버지는 무관심하지 않았다. 그녀가 밖에서 무엇을 하고 있는지 모두 다 전해 듣고 있었다.

"전 괜찮아요. 그 칼부터 내려놓으세요."

"그럴 수 없구나."

팽가주는 씁쓸하게 웃었다. 하지만 매우 편해 보이는 얼굴에는 예전에 보여주시던 넉넉함이 배어 있었다.

지금 그는 매우 추한 행동을 하고 있다.

딸 앞에서 자진하겠다고 자신의 검을 목에 대고 있다. 십 년을 같이 살아온 아내가, 성녀라고 불렸던 여자가 팽가의 식솔을 도륙하다 못해 자신을 겁박한다.

결코 편한 상황이 아닌데도 그는 웃었다.

하북팽가의 멸문이 그의 손에 달려 있다. 그 노부부가 살아 있는 한 멸문은 언제라도 일어날 수 있다. 전 무림의 운명은 언제나 풍전등화다.

무결! 무결만은 지켜야 한다.

없는 무결을 어떻게 지키나. 그래서 자신이 죽어야 한다. 자신이 죽으면 무결도 사라진다.

물론 절염색녀는 무섭게 화를 낼 것이다.

하북팽가를 도륙할지도 모른다. 어쩌면 오늘이 하북팽가가 멸문당하는 날일지도 모른다.

절염색녀의 사라천요공은 그만한 능력이 있다.

팽가오로가 적절할 때 와줘야 하는데…… 그러면 조금이라도 희생을 줄일 수 있는데.

팽가오도로는 어림도 없다.

절염색녀를 죽이는 것으로 끝나지 않는다. 그녀를 죽이면 두 노부부와의 싸움이 시작된다. 그런 싸움을 각오했을 때만 절염색녀를 죽일 수 있다.

어떻게 할 것인가.

아무래도 오늘은 편하지 않을 것 같다. 어느 한 쪽이 결딴날 것 같다.

이래서 팽효기를 밖으로 내보냈다.

그는 팽가촌에 오지 않는다. 당분간은 백인대와 함께 정도 무림을 돌볼 것이다.

오늘 하북팽가가 잘못되어도 그가 있으니 안심이다. 그가…… 하북팽가를 이을 것이다.

그조차도 죽을 수 있다. 두 노부부의 악랄한 손속이라면 하북팽가의 뿌리를 끊어놓을지도 모른다.

하지만 딸이 있다.

이 딸은…… 검치가 뒤를 돌봐준다. 노부부로부터 안심할 수 있다. 그리고 자식을 낳으면…… 그들 중 한 명은 팽씨 성을 줄 것이다. 하북팽가를 재건할 것이다.

하북팽가는 살아남는다.

그는 검치가 죽은 것을 몰랐다. 그래서 희망을 가졌다.

'세상은 아직도 살 만한 곳이야.'

"이 아비, 너에게 혼원벽력공의 진수를 보여줘야겠구나."

"아버지."

"허허허! 나로 인해 비롯된 씨앗은 내가 거두는 게 마땅하지. 내가 거두지 못한다면 제물이라도 되어야겠지. 그래야 죽어서라도 식솔들과 얼굴을 마주할 수 있을 거 아니냐."

팽가주가 절염색녀를 쳐다봤다.

일장격돌의 전운이 감돈다. 팽팽한 긴장감이 어린다.

"호호호!"

절염색녀는 같잖다는 듯 코웃음을 쳤다.

그녀는 하북팽가의 도법을 두려워하지 않는다. 이 정도의 도법은 얼마든지 파해할 수 있다. 팽가오로의 합공이라면 모를까…… 일대일의 격전으로는 사라천요공을 깰 수 없다.

그리고 그 생각이 맞다.

팽가오로의 합벽진만이 사라천요공과 맞설 수 있다.

그녀가 청석 바닥에 대고 있던 검을 들었다.

"그래도 내가 좋았지? 내 위에서 헐떡거렸잖아. 그거 좋았다는 뜻 아냐? 더러웠다고? 끔찍했다고? 호호호! 더럽긴 뭐가 더러워. 좋아서 죽을 지경이었으면서. 그만큼 즐거움을 줬으면 몇 마디 정도 해줄 수 있잖아?"

"무슨 말을 해주면 좋겠소?"

"무결…… 구결을 말해."

"저승길에서."

팽가주가 그녀에게 검을 겨눴다.

'흔들린다!'

팽가연은 아버지의 검을 봤다.

흔들린다. 격동하고 있다. 혼원벽력공의 진수가 나오지 않고 있다. 이 싸움…… 아버지가 진다. 순간,

"취취가 죽었어요."

팽가연이 차분하게 말했다.

"흠화도 죽고, 유리도 죽고…… 비연사도가 다 죽었어요."

그런가? 매우 침통한 일이다. 하지만 이 상황에서 말할 일은 아니 것 같은데?

팽가연이 눈을 내리깔았다. 발끝을 쳐다봤다. 눈은 반개(半開)한다. 그녀의 정신은 차분하게 가라앉고 있다. 주위의 여건에 흔들리지 않는다.

혼원벽력도가 극성으로 치달았다.

"나보다…… 뛰어나다!"

팽가주의 얼굴에 경악이 어렸다.

팽가연의 모습은 자신이 미처 깨닫지 못한 경지를 보여준다. 자신이 이루지 못할 도신의 지경이다.

팽가연이 말했다.

"오라비도 죽고 효문 오라비도 농락당하고…… 저 여자, 우리 팽가에 참 많은 짓을 저질렀어요."

"우리 팽가? 호호호! 계집…… 그래, 그럼 넌 효문이가 단순히 유혹에 넘어갔다고 생각해? 그래서 나와 동침했다고? 호호호! 혼이 빠져서 백모와 동침했다고? 그렇게 생각하면 조금 편해? 웃기지 마. 내 배 위에서 헐떡일 때는 모두 제정신이었어!"

팽가촌 무인들은 낯을 들지 못했다.

절염색녀가 하는 말은 하북팽가의 치부가 된다.

이런 일은 있을 수 없다. 가모가 팽가촌 무인들을…… 도대체 창피해서 이 일을 누구에게 말한단 말인가.

천추의 한이다.

여자 한 번 잘못 들이면 집안이 망한다더니, 지금이 딱 그짝이다.

그러나…… 팽가주는 흥분하지 않았다. 팽가연은 더욱더 차분했다. 아예 감정이라는 것이 없는 사람처럼 침착했다.

"루주를 생각해서 당신…… 목숨은 살려주려고 했어. 하지만…… 안 되겠네. 루주에게 잘못을 빌더라도, 이쯤에서 당신 인생을 끝내주는 게 좋을 것 같아."

"호호호호! 너 그놈 좋아하냐? 이것아, 잘 들어. 그놈 핏속에는 내 피가 섞여 있어. 팔난봉꾼의 피도 섞여 있고. 그놈은 천요루주가 딱 제격인 놈이야. 딴짓은 못해. 평생 계집장사나 해먹을 놈이라고. 그런 놈한테 빌붙어서 살려고? 호호호호! 그놈한테 안겨서 생각해, 이 남자를 누가 낳았는지. 호호호!"

스릉!

팽가연이 유엽도를 뽑았다.

정말이다. 절염색녀를 죽이고 싶지 않았다. 그가 팽가촌 초입에 있다. 말을 하지 않았지만 제발 어미의 목숨만은 부지시켜 달라고 소원하고 있을 게다.

하지만 안 되겠다.

스웃!

유엽도가 쳐들렸다.

혼원벽력공……. 일순 시간이 정지한다.

세상의 시간은 여전히 흐른다. 하지만 그녀에게는 시간이라는 관념이 없어졌다. 시간이 느껴지지 않는다. 몸이 고정되었다. 아무것도 하지 않고 가만히 서 있다.

파앙!

그녀의 머릿속에 한줄기 빛이 스며들어다.

강렬하게 짓쳐들어온 광채는 그녀의 신경을 두들겼다.

노파가 썼던 수법과 흡사하다. 그녀를 일시 실명상태로 몰아넣었던 바로 그 수법이다.

다른 점이 있다면 절염색녀의 공부는 시신경을 건드리지 않고, 욕념을 자극한다는 거다.

사내와 발가벗고 침상에서 뒹구는 모습이 떠오른다. 하지만 그 모습 속에 자신은 없다. 누군가가 침상에서 뒹굴고 있다. 그리고 자신은 한참 떨어진 곳에서 지켜본다.

파앙! 팡! 파앙!

광채는 계속 환상을 만들어낸다.

그녀를 치지 못하고 멀리 떨어진 곳에서 환상만 그려낸다.

원래 이 환상 속에 자신이 있어야 한다. 자신이 열락에 들떠 있어야 한다. 실제로 정사를 가질 때처럼 사내의 숨결을 느끼고, 체취를 감지해야 한다.

그래야 사라천요공에 걸려든 것이 된다.

지금은 그런 느낌이 들지 않는다.

정염이 일어나기는 하지만 거리가 있다. 자기 자신이 멀리서 일어나는 정염을 객관적으로 차분하게 지켜본다.

그렇다. 이것이 진정한 관조(觀照)다.

조용한 마음으로 사물의 본질을 들여다본다. 분명히 저 환상은 자신의 머릿속에서 일어나고 있으련만…… 자신이 지켜본다. 그것은 본질이 허상을 꿰뚫고 있다는 뜻이다.

사라천요공은 통하지 않는다.

스읏!

그녀는 움직였다.

"엇!"

절염색녀가 깜짝 놀라서 엉겁결에 검을 쳐냈다.

그녀로서는 이토록 정심한 공격이 쏟아질 것이라고는 생각하지 못한 듯하다.

그럴 수밖에 없는 것이…… 지금까지 이런 적이 없다. 사라천요공을 펼치면 누구라도 휘청거렸다. 남자, 여자, 노인, 어린아이…… 누구라도 넋을 잃었다.

넋 잃은 놈을 베는 것은 쉽다.

검에 진기를 주입할 필요도 없다. 검의 날카로움만으로도 육신 하나 베어내는 건 충분하다. 넋을 잃은 무방비 상태의 허수아비를 누가 죽이지 못하나.

팽가연도 그런 상태가 되어야 한다.

팽가주는 그런 상태였다.

팽가연이 끼어들기 전에, 그가 먼저 나섰을 때…… 사라천
요공을 펼쳤다.

그는 당했다. 검끝이 흔들렸다.

팽가연은 다르다. 전혀 흔들리지 않는다. 굉장히 빠른 도법
을 전개해 온다.

"허억!"

카앙!

엉겁결에 내민 검이 유엽도와 부딪치면서 잘려 나갔다.

절염색녀는 사라천요공을 완전히 믿었다. 그래서 자신의 절
기조차 펼치지 않았다. 하북팽가에 스며드는 조건으로 배운
사십팔로 무수검법조차 펼치지 않았다.

파앗!

한 줄기 빛이 육신을 관통하며 지나갔다.

"커억! 꺼어억!"

그녀는 세상에 태어나서 가장 힘든 비명을 토해냈다.

그녀의 머릿속에 한 사람이 스쳐 간다.

─크윽! 끄으으윽!

그가 비명을 내질렀다. 그래도 그의 가슴에, 등에, 목에……
수없이 비수를 찔렀다.

탐화랑군!

'죄 받은 거야.'

그녀는 웃으면서 쓰러졌다.

청석 바닥의 차가움이 얼굴에 닿는다. 그 감촉이 좋다. 평생을 너무 뜨겁게 살아왔으니까.

루주는 없다.

기다리고 있을 줄 알았는데 떠나고 없다.

"언니, 괜찮아요. 내가 있잖아요. 그 사람, 날 버리고는 못 가요. 그러니까 반드시 와요. 안 오면 우리 가만두지 마요. 언니는 나만 꼭 붙잡고 있어요. 호호호!"

주설언이 웃었다.

그래도 팽가연의 마음은 무겁기만 했다.

그의 어미를 죽였다. 그가 용서하지 않을 것 같다.

'용서? 용서해서 어쩌라고……'

그렇다. 용서를 한다고 해도 그는 특별한 사내가 되지 않는다.

의붓 남매끼리 특별한 사이가 될 수 없다. 용서를 한들 어떻고, 하지 않은들 어떤가. 이대로 평생을 살아야 한다는 것은…… 삶이 곧 지옥이지 않은가.

그녀는 가슴이 무너졌다.

루주를 생각하면 가슴이 너무 아프다.

그녀의 가슴속에는 루주의 그림자로 꽉 찼다.

무뚝뚝한 사내, 잘생긴 사내, 천하제일의 무공을 터득한 사내…… 어느 여자라도 좋아할 사내…….

'어떻게 해……..'

바람에 나뭇가지가 흔들린다.

2

무결!

무결은 존재하지 않는다.

존재할지도 모른다. 이 모든 무공을 창안한 사람이 거짓말이라고는 해본 적이 없다고 하니, 정말로 존재할 수도 있다. 마지막 유언대로 어딘가에 맡겨놨을 수도 있다.

하지만 지금 세상에서 말하는 무결은 완전히 거짓이다. 바둑판을 멘 '멍청한 놈'이 만들어낸 가짜 무결이다.

이 간단한 장난이 무림에 불었을 피바람을 막았다.

이제 그들은 늙었다.

세상사가 한낱 물거품이라는 것을 알게 될 나이가 되었다. 또 안다. 하지만 욕심을 내려놓지는 못한다. 아마도 이 욕심은 마지막 죽는 순간까지도 내려놓지 못할 것이다.

그들은 사총을 재건한다. 사총은 언제든지 일어설 수 있다. 또 살천루도 일어선다. 그에게 죽은 숫자만큼 보충될 것이고, 한 번의 패배를 경험 삼아 더 강한 조직을 만들 게다.

세상에는 언제나 사마외도가 존재해 왔다.

그 이름이 사총이든, 살천루이든…… 어떤 이름으로 무림에 나타나든…… 항상 피를 몰고 오는 자는 있다. 그리고 그에 대항하는 사람도 또 나타난다.

향후의 일은 신경 쓸 것이 없다.

아직 일어나지도 않은 일을 가지고 전전긍긍할 필요가 없다.

사총과 살천루는 이미 굴러가기 시작했다. 구르는 바퀴가 되었다. 산정에서 떨궈진 눈덩이다. 조금 더, 조금 더…… 점점 커지기 시작해서 언젠가는 폭발할 게다.

두 노부부는 언제까지 사총과 살천루에 매달릴까?

그들은 나이가 많다. 많이 늙었다. 이제 와서 세상을 정복한들 어쩌자는 말인가.

그들은 욕심이 꽤 많다.

아직도, 그 나이가 되었어도 하고픈 일들이 참 많은 것 같다.

그들은 후인을 정하지 못했다.

절염색녀는 애초부터 후인 자리를 박탈당했다. 노파의 눈총을 받는 순간부터 사라멸공과도 인연이 없는 불쌍한 존재가 되었다. 절염색녀가 하북팽가주에게 구걸을 얻어왔다면, 그 즉시 참살당했을지도 모른다.

그들은 후인을 거두고자 한다.

젊은 나이에 천멸독경을 완득(完得)했으니 좋다. 천재라는 게 입증됐다. 고난도의 무공을 충분히 수련해 낼 수 있다.

기녀라는 점도 좋다. 웬만큼 알 것은 알아야지, 맹숭맹숭한 여자는 싫다. 절염색녀처럼 탁탁 튀어 오르는 여자가 좋다. 노인이 좋아하는 취향이다.

그런 여자가 자식까지 낳아주면 더욱 좋다.

노인은 그런 여자에게 사라멸공을 전수하고 싶어한다. 그리고 죽을 때가 되어서야 노파가 동의했다.

바로 주설언이다!

그녀를 끌고 와서 무공을 전수한다. 아이를 낳게 한다.

아주 가벼운 욕심이지 않나.

또 하나의 욕심은 무결을 완성하는 것이다.

곧 죽어서 관에 들어갈 나이에 무공을 완성한들 무엇하나. 하지만 완성하고 싶다. 사부처럼 완벽해지고 싶다. 사부처럼 무공을 수련한 다음에 무림에 흥미를 잃을지언정 그 위치에 한 번은 올라서 봐야 하지 않겠나.

궁극의 무공이란 어떤 것인가?

누구에게도 지지 않는 무공을 지니면 어떤 기분이 될까?

지금도 그런 기분은 느낀다. 사라멸공만으로도 천하무적이다. 하지만 항시 마음 한편에는 무결이 나타나면 어쩌나 하는 불안감이 없지 않아 있었다.

그런 느낌 없이…… 완벽한 자유를 누리게 만들어주는 무공!

그들은 그런 무공을 원한다.

노인은 바둑판을 풀었다.

"바둑 둘 줄 아나?"

"모릅니다."

"쯧! 이 재미있는 바둑도 못 두고······ 바둑을 모르면 인생 헛사는 거야. 배워둬."

"시간이 나면 배우겠습니다."

"쯧쯧쯧! 시간은 언제나 있는 거야. 지금 있는 건 시간이 아니고 뭐야? 너 지금 뭐 할 일 있냐?"

"없습니다."

"그럼 시간이 철철 넘치는구먼. 그런데 왜 안 배워?"

"하하! 그렇군요."

루주는 바둑판을 쳐다봤다.

사실 바둑판을 쳐다볼 기분이 아니다. 저 멀리서 두 노부부가 걸어오고 있다.

팔을 잘린 노파는 핏물이 밴 상의를 입고 있다.

지혈을 시켰지만 그래도 피가 흘러나오는 것은 어쩌지 못한다. 붕대로 감은 부분이 시뻘겋다. 앞으로 팔이 아물려면 한 달 이상 걸릴 게다.

그 옆에 노인이 있다.

별로 눈에 띄는 점은 없는 노인이다. 지극히 평범해서 시골 촌구석 어디에서나 흔히 보는 노인들과 구분이 되지 않는다. 한데 이 노인이 사총을 만들었다.

그들에게 신경이 쓰인다.

"이놈아, 바둑을 둘 때는 집중해야 하는 겨!"

"하하! 네."

"왜? 죽을까 봐 겁나냐?"

노인이 바둑판에 돌을 올려놓으면서 말했다.

노인은 혼자서 바둑을 둔다. 하얀 돌을 올려놓고, 검은 돌을 만지작거린다. 돌을 놓기 전에 고민을 한다.

루주는 대답도 하지 못했다.

노부부가 걸어올수록, 거리가 가까워질수록 무형의 압력이 한층 가중된다.

노파는 이러한 기도를 뿜어내지 못했다.

팔을 자를 때만 해도 충분히 상대할 수 있는 사람이었다. 한데 지금은…… 팔이 잘린 지금은 더욱 강해졌다. 저런 사람과 싸울 수 있을까 하는 의문까지 치민다.

파아아아아앗!

강렬한 강기가 목을 조여온다.

"격공전이(隔空轉移)라는 것이다. 허공에서 진기를 자유자재로 주고받는 절공인데…… 저것 때문에 내가 꼼짝하지 못했다니까. 검치하고 한 번 저 짓을 해봤는데 잘 안 되더라. 한데 저것들은…… 희한한 것들이야."

노인이 바둑판을 들여다보면서 말했다.

노부부의 진기가 상호 교류한다. 사내와 여인이 서로 진기를 주고받는다. 걸어오면서…… 행공(行功)으로…… 서로의 진기를 북돋아준다.

'두 사람의 힘이 아니야. 그 이상의 힘이야.'

이건 상당한 부담이다.

그가 아무리 빠른 검을 지녔다고 해도 두 노부부의 이백 년 공력을 맞받아친다는 건 어불성설이다.

그만한 힘이 있을 리 없다.

멍청한 노인에게 진기도인을 해줄까? 하지만 방법이 문제다. 일반적인 도인(導引)으로는 진기 전달이 제대로 되지 않는다. 거의 절반 정도가 중간에서 소멸해 버린다. 그래서 정작 상대방에게 전달되는 진기는 절반 이하다.

두 사람이 진기를 주고받으면 두 배의 힘이 비축되는 게 아니다. 세 배, 네 배로 증폭된다. 상대가 전해주는 힘을 바탕으로 지닌 무공을 극성으로 끌어올릴 수 있기 때문이다.

저들 부부처럼 격공전이라는 것을 하지 못한다면 승부를 결행할 수 없다.

이런 압박감은 바둑을 두는 노인이 평생 동안 받아온 것이다.

그래서 그는 싸우지 못했다. 두 사람의 합격을 이겨낼 자신이 없어서…… 그래서 검치를 키웠다. 같이 상대하려고.

그런데 검치를 키워도 노부부의 상대는 되지 못한다. 그들의 진기 교류는 행공의 정점에 서 있다.

"키키! 키키키!"

노파가 루주를 알아보고 웃었다.

"저놈이야? 임자 팔을 자른 놈이."

"키키키!"

"쯧! 어린놈한테."

"검치보다 빨라."

노파가 노인에게 말했다.

"빠르다는 건 임자 팔만 보아도 알 수 있고. 잠시 비켜서 있게. 내 저놈부터 처리하고."

노인이 상의를 벗으면서 말했다.

노인의 근육은 젊은이 못지않게 잘 발달되어 있었다. 젊어서 팔난봉꾼 소리를 들을 만큼 용모도 빼어나다. 군계일학이라는 소리를 듣고 살았을 사람이다.

스윗!

노인이 검을 들었다.

그는 혼자가 아니다. 노파에게 물러가 있으라고 했지만, 노파는 완전히 빠지지 않았다. 약간 뒤로 물러서서 끊임없이 노인과 진기 교류를 이어가고 있다.

이건 반칙이다.

딱악! 탁!

등 뒤에서 바둑돌 놓는 소리가 들린다.

바둑 두는 노인…… 그는 긴장하고 있다. 바둑판에 떨어지는 돌 소리로 알 수 있다. 하지만 움직이지는 않는다. 마치 '이 싸움은 네 싸움이야' 라고 말하는 것 같다.

루주가 일어섰다.

어미를 욕보인 자, 아버지를 죽게 만든 자.

난생처음 보는 낯선 자인데 무서운 분노가 일어난다.

그는 노인 앞으로 걸어갔다.

"검치에게서 십검을 배웠다고? 검치는 할멈 손에 죽었는데, 그런 할멈을 벴다. 검치를 능가하는군."

십검이라는 말은 세상 사람들이 지어준 이름이다. 검치, 루주, '멍청한 놈'은 사사십검이라는 이름 하나를 더 알고 있다. 그리고 이들 노부부는 무결이라는 이름으로 오인한다.

지금도 그렇다. 노인은 십검이라고 말하면서도 무결에 대한 호기심으로 두 눈이 일렁거린다. 노파를 벨 만큼 강해진 십검, 아니, 무결을 보고 싶어 한다.

"무결……."

루주가 목검을 뽑으면서 말했다.

"무결은 있는 그대로…… 자신이 수련한 것 그대로…… 무결이란 무공은 없어. 내 무공이 완성되면 그게 바로 무결이야. 당신들 사부가 한 말, 나도 알겠는데…… 아직도 그 이치를 모르나? 어떤 무공이든 정점까지 수련하면 그게 바로 무결. 도대체 무결을 무공으로 알고 찾아다닌 멍청함은 뭐야?"

"크큭! 이놈아, 그걸 말해주면 어떡해? 이제 저 두 사람…… 확실히 죽여야겠다. 안 죽이면 분해서라도 무림을 피바다로 만들 작자들이야."

"그까짓 무림이 어떻게 되든 내가 상관할 바 아니고…… 당신!"

루주가 목검을 들어 노인을 가리켰다.

"당신이 희롱한 여자, 내 어머니야."

"후후! 내가 희롱한 여자가 어디 한둘 이래야지. 가만……

그럼 내가 네 아비?'

노인이 히죽 웃었다.

루주는 웃지 않았다. 침착하고, 조용하게 말했다.

"그래서 죽이려고."

츠으웃! 츠츠츠춧!

노파의 기세가 더욱 강해졌다.

노파는 루주의 검을 경험해 봤다. 그렇기 때문에 무서움을 안다. 노인이 경거망동하지 않도록 끊임없이 진기로 자극한다. 방심하지 말라고 말한다.

두 사람이 합공을 하는 것과 진배없다. 아니, 그보다 더한다. 합공은 검이 두 자루로 늘어난 것일 뿐이지만, 지금은 진기가 합일되었다. 그 힘, 그 강력함을 무슨 수로 상대한단 말인가.

루주가 수련한 무공은 일단검파가 아니다.

정통 무공이 아니라 '멍청한 놈'이 변형시킨 과외무공이다.

그 위력이 일단검파에 못지않다고 해도 어딘가에는 허점이 있으리라. 그렇지 않으면 '멍청한 놈'은 결코 멍청하지 않다. 그는 새로운 무학을 창조한 셈이니 사부를 능가한다.

검을 들고 선 노인도 안광이 싸늘해졌다.

"지금부터 셈하지. 살천루주를 죽인 죄, 하나. 사총주를 죽인 죄, 둘. 할멈의 팔을 자른 죄, 셋. 존장을 능멸한 죄, 넷. 내 앞에 검을 든 죄, 다섯. 넌 다섯 토막 난다."

"병신."

"뭐?"

"내 어미가 너 같은 병신에게 당했다는 게 억울해. 그래서 난 널 천참만륙 시킬 거야."

쒜에엑!

루주는 신형을 띄웠다.

빠르지 않다. 평범하다. 달려오는 모습이 눈에 환히 보인다. 하지만 목검 끝이 움직이자 상황이 완전히 달라졌다.

타타타타탓! 타타탓!

순식간에 콩 볶는 소리가 터져 나왔다.

노인은 물러서지 않았다. 손에 든 검을 일직선으로 쭉 뻗었다. 십검과 정면으로 부딪쳐 간다.

쾅왕! 쾅! 쾅쾅쾅!

일검이 노인의 검을 후려친다. 박살 난다. 이검이 후려친다. 박살 난다. 삼검도 후려쳤고, 박살 났다. 치는 족족 박살이 난다.

한데 터져 나가는 것은 루주의 검뿐이다.

노인의 검은 요지부동, 까딱도 하지 않는다. 노인의 진기에 노파의 진기까지 합해져서 극강의 검이 탄생했다.

검이 십검을 무너뜨리면서 다가온다. 루주의 가슴을 찔러온다. 느물느물 웃으면서, 지금이라도 피하고 싶으면 피해보라는 듯이 살살 놀려대면서 다가온다. 그때,

수에엑!

바둑판이 날아왔다.

"크크크! 저놈…… 드디어 발광하네. 크큭! 오래 기다렸지. 무려 칠십 년인가? 키키킥! 난 평생 동안 꽁지만 말다가 갈 줄 알았는데, 그래도 찍소리는 내보기로 한 거야?"

노파가 웃었다.

쫘앙!

바둑판이 노인의 검을 가로막았다.

바둑판은 나무로 만든 게 아니다. 강철로 만든 것이다. 한데 두부! 마치 두부처럼 바둑판이 관통된다. 그리고 계속해서 루주의 심장을 향해 찔러든다.

루주는 마지막 남은 두 자루의 검을 뽑았다. 그 순간,

쉐엑!

바둑판 앞으로 희끄무레한 인영이 뛰어들었다.

퍼억!

둔탁한 소리가 울렸다.

노파의 진기까지 흡수한 검은 바둑판 앞으로 뛰어든 사람을 꿰뚫었다. 사형의 가슴을 찍었다.

잠깐 동안이지만 검이 묶였다. 루주는 그 순간을 놓치지 않았다.

파파파파팟!

루주의 십검이 작렬했다. 원한을 버린 검, 무심으로 쳐낸 검이 누군가에게 작렬했다. 한 사람을 베고, 그 뒤에 서 있던 노파까지 베어낸다.

상식적으로 두 노인은 피했어야 옳다. 하지만 그들은 피하

지 못했다. 가슴을 꿰뚫린 노인이 사력을 다해서 두 노부부의 진기를 빨아들이고 있다. 흡인신공(吸引神功)으로 노부부를 옴짝달싹 못하게 묶어놓았다.

퍽!

목검이 노인의 옆구리를 파고들어 명치 어림에서 멈췄다.

퍽!

목검이 노파의 머리를 두들기며 들어가 목젖 아래서 멈췄다.

3

"하루 술값이 얼마라고?"

"은자 한 냥."

"그러면 이건 뭐야?"

"은자 한 냥."

"그런데 왜 술상 안 내와!"

"햐! 이런 쥐방울만 한 놈이! 야, 이놈아! 이곳은 어른만 오는 곳이라고 했어, 안 했어!"

"쥐방울만 한 놈?"

이제 겨우 열서너 살쯤 되어 보이는 어린애의 눈에서 살광이 번뜩였다.

홍독사는 눈을 희번덕거렸다.

그가 눈을 위로 치켜뜨면 검은 동자가 말려 올라가면서 흰

자위만 휑하니 드러난다.

어린애가 움찔거렸다.

"이 어린놈이! 너 누구 허락받고 온 거야! 네 아비한테 일러 줄까!"

"햐! 그러지 말고 기녀 구경 좀 하게. 돈 주잖아."

어린애가 금방 웃는 낯으로 돌변했다.

"흐흐흐! 한 가지만 묻자. 그렇게 기녀를 봐서 뭐 하려고? 얼굴만 보게? 아니면 다른 짓도 하려는 게야?"

"거, 우리 같은 사내끼리……."

어린애가 눈을 게슴츠레하게 떴다.

홍독사는 기가 막혀서 말문이 막혔다.

기루를 운영하다 보면 별의별 놈을 다 보지만 머리에 피도 안 마른 놈이 기녀를 찾는 건…….

"야, 이놈아. 너 고추나 여물었냐?"

"거 자꾸 이놈아 저놈아 하지 마소! 무슨 놈의 기루가 손님 대접을 이따위로 해. 이거 확 뒤집어 버릴까?"

어린애는 제법 어른 흉내까지 냈다.

"어떻게 뒤집으려고?"

"어떻게? 어떻게는 뭘 어떻게…… 가 아니고요."

어린애의 말투가 갑자기 공손해졌다.

뿐만이 아니다. 어린애는 벌써 벌떡 일어섰다. 눈은 사방을 향해서 휘휘 돌아간다.

"한 발짝만 움직이면…… 장담하는데 사흘 동안 피똥 싼다."

북풍한설이 몰아치는가. 한기가 뚝뚝 떨어진다. 온몸에 소
름이 쫙 돋는다.

"이, 이모(二母), 이모, 저 그게…… 그게 아니라……."

어린애는 말을 하면서도 연신 사방을 살폈다. 도주할 구멍
이 있나 없나 살피는 게다.

"아휴, 내가 이놈 때문에 미치겠소. 이놈 루주 자식이라는
거 속일 수도 없겠어. 루주도 아마 어렸을 때, 딱 이랬을 거야.
가거든 한 번 물어보슈. 그랬나, 안 그랬나."

"물어볼 것도 없어요. 그랬대요."

한기를 물씬 풍기는 여인이 들어섰다.

주설언…… 세월의 흔적이 묻어나긴 하지만 여전히 아름답
다. 여전히 청초하다. 하지만 수정같이 맑은 눈동자에는 칼날
같은 서릿발이 맺혀 있다.

"너 지금 혼원벽력도 수련할 시간 아냐!"

"그건…… 그러니까 그게 재미가 없어서…… 이모, 저 이모
의 독공을 배우면 안 될까요?"

어린애는 활로를 찾은 듯 주설언에게 찰싹 달라붙었다.

"혼원벽력도부터 끝내고."

이번에는 더욱 차가운 음성, 얼음처럼 찬 음성이 들렸다.

"어, 어머니!"

어린애의 얼굴에 핏기가 가셨다.

주설언이 아이의 한쪽 팔을 잡았다. 새로 나타난 여인, 팽가
연이 다른 팔을 잡았다.

어린애는 허공에 번쩍 들렸다.

홍독사는 고개를 휘휘 내저었다.

"갔어?"

천장에서 속삭이는 음성이 들려왔다.

"갔소!"

홍독사는 퉁명스럽게 말했다.

쉬익!

한 사람이 날렵하게 뛰어내렸다. 루주! 그다!

루주가 말했다.

"어험! 허! 저놈 저거 뭐가 되려고…… . 저놈이 효자라면 다른 기루를 찾았을 텐데. 쯧! 그런 건 기대하기 틀렸지? 그건 그렇고…… 이번에 새로 온 기녀가 있다며?"

"아휴! 내가 빨리 죽든가 해야지."

홍독사가 골치 아픈 듯 머리를 탁 쳤다.

『십검애사』 완결

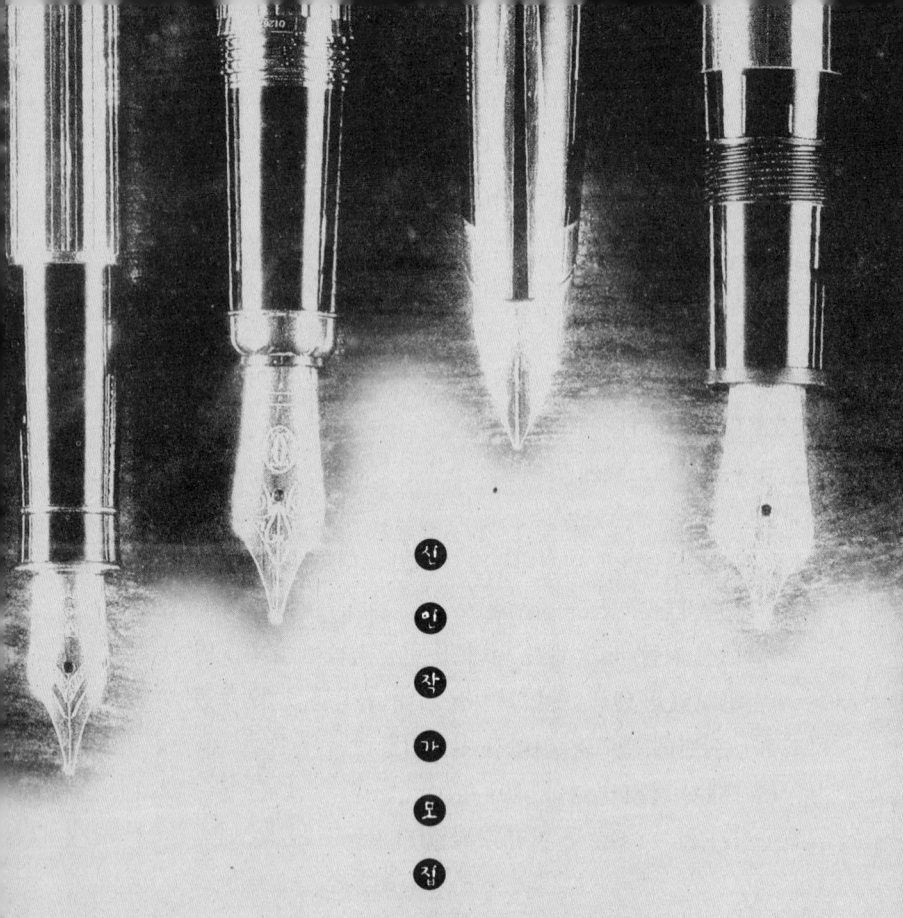

신
인
작
가
모
집

시작이 반이라고 했습니다.
작가의 길에 대한 보이지 않는 벽을 과감히 깨뜨리십시오!
청어람은 작가 지망생 여러분들의
멋진 방향타가 되어드리겠습니다.

저희 도서출판 청어람에서는
소설 신인 작가분들을 모집합니다.
판타지와 무협을 사랑하시는 분들의 많은 참여를 바랍니다.
소정의 원고(A4용지 150매)를 메일이나 우편으로 보내주시면
검토 후 출판 여부를 알려드리겠습니다.

주소:경기도 부천시 원미구 심곡2동 163-2 서경B/D 2F 우편번호 420-822
TEL:032-656-4452 ·**FAX:**032-656-4453
http://**www.chungeoram.com**
e-mail:chungeoram@chungeoram.com

Lord of MAGIC
마탑의 영주 TOWER

유왕 퓨전 판타지 소설

최대 장르 사이트 문피아 선호작 베스트!
작가 유왕이 그려내고,
청어람이 펼쳐내는 신마법의 세계!

『마탑의 영주』

마법이 사라지고,
드래곤은 환상 속의 신화가 되어버린 세계.
누구도 그 흔적을 알지 못하는 세계.

"마법이 사라졌다고? 누가 그래? 내가 있는데!"

위대한 마법사이자 마지막 마법사인
스승의 진전을 이은 카르!
황폐해진 영지를 되찾고, 마법사들의 꿈인 마탑을 세워라!
세상에 오직 하나뿐인 새로운 마법의 시대를 여는
독보가 펼쳐진다!

Book Publishing CHUNGEORAM

유행이 아닌 자유추구 –
WWW.chungeoram.com

TURNING POINT

홀로선별 장편 소설

**영빈!
동정의 몸이 되어
20년 전으로 회귀하다!!**

나이 서른아홉 모든 것을 잃고 한강 다리 위에 올랐다.
검푸르게 넘실거리는 깊은 물을 대면한 순간.

운.명.은 이루어졌다!

정령의 힘으로 결의한 지금
새로운 인생의 전환점을 넘어 미래가 펼쳐진다!

『터닝 포인트』

홀로선별 작가의 새로운 도전이 펼쳐진다!

Book Publishing CHUNGEORAM

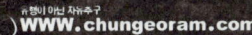